VOYANTE

Bernard Lenteric est né à Paris, il y a bientôt un demi-siècle.
Son école : la rue.
Boxeur, danseur mondain, camelot, puis dirigeant d'une multinationale et producteur de films : *Le dernier amant romantique, Plus ça va, moins ça va, Les 7 jours de Janvier, Le Cœur à l'envers, Un type comme moi ne devrait jamais mourir.*
Après trois ans passés à Hollywood, il devient scénariste puis écrit des best-sellers : *La Gagne, La Nuit des enfants rois, Voyante, La Guerre des cerveaux, Substance B, Les Enfants de Salonique, La Femme secrète, Diane.*

Paru dans Le Livre de Poche :

LA NUIT DES ENFANTS ROIS.
LA GAGNE.
LA GUERRE DES CERVEAUX.
SUBSTANCE B.
LES ENFANTS DE SALONIQUE.
LA FEMME SECRÈTE (Les Enfants de Salonique, 2).
DIANE (Les Enfants de Salonique, 3).
VOL AVEC EFFRACTION DOUCE.

BERNARD LENTERIC

Voyante

ROMAN

OLIVIER ORBAN

A Laure Killing

PREMIÈRE VOYANCE

1

Josepha Meisner était seule chez elle, regardant la télévision sans la voir. Elle examinait ses mains avec attention, cherchant la moindre trace de dégradation due à son travail. Elle était secrétaire de direction du président d'ITT, Humphrey Dowen.

Malgré la promotion dont elle avait été l'objet au sein du staff des dactylos, son patron souhaitait qu'elle continuât à taper elle-même les nombreuses lettres, notes, circulaires, dont il aimait partager avec elle le secret avant que leur contenu ne fût livré au plus grand nombre.

Un pull-over trop large, une maladroite jupe de tweed, des bas beigeasse et de sévères mocassins d'enseignante cachaient un corps délicieux, mais seul son miroir le savait.

Ses mains, aux longs doigts forts, aux ongles carrés décrivaient dans l'espace, quand elle parlait, des volutes gracieuses, résolues. Chignon de cheveux blond-roux, front bombé, nez droit et charnu, deux lèvres ne semblant pas provenir de la même bouche : lèvre supérieure sage, lèvre inférieure renflée comme un fruit tropical.

Myope, elle portait, à l'âge de vingt-sept ans, de

grosses lunettes, après avoir essayé des verres de contact qui lui avaient un peu abîmé la cornée. Ses yeux avaient une couleur singulière, entre le marron et le vert foncé. Elle habitait au dernier étage, un petit studio avec une vue superbe sur Central Park. Elle pouvait entrevoir les limousines noires qui, de l'hôtel Plaza, emmenaient les *gens importants*. Josepha se sentait une âme de midinette quand elle pensait à eux. Pour elle, le monde se divisait en deux parties inégales : tous les gens de la planète, modestes, occupés à d'humbles tâches, asservis à l'autre partie de l'univers, une élite, un très petit nombre : les *personnes importantes*.

Elle pensa à sa vie de femme et ne put s'empêcher de sourire : lamentable.

Abraham Ackerman, chef de service, marié, deux gosses, mauvaise haleine, éjaculation précoce, était son amant. Aussi embarrassé au lit qu'il était volubile et adroit dans les rapports humains.

C'était arrivé à la party du Thanksgiving Day de l'entreprise. Ils avaient tous bu un peu trop. Abraham l'avait entraînée au parking où il lui avait pris sa vertu.

Pourquoi Josepha avait-elle continué à accepter ces étreintes sans plaisir ?

Elle se concentra sur cette question et comprit : Abraham était peut-être un moyen d'accéder aux *gens importants*.

Puis elle pensa de nouveau fortement à Abraham.

Une angoisse terrifiante l'envahit peu à peu. Dans un halo, elle voyait sautiller l'image de la télévision, petite lumière tremblotante sans plus de signification. Ses mains devinrent moites. Elle transpirait, puis fut agitée de violents tremblements.

Elle voyait Abraham Ackerman précipité par la fenêtre de l'étage élevé de son building par deux inconnus masqués. Le temps lui sembla étiré comme dans un truquage cinématographique. Elle distingua très nettement le corps d'Abraham, gros hanneton pathétique, gesticulant, tombant vers l'asphalte, d'abord lentement, puis de plus en plus vite, avant de s'écraser comme une pierre, mort sur le coup.

Elle se leva, tremblante, éperdue.

Elle avait vu !

2

John actionna posément les cinq serrures de la porte d'entrée de son penthouse. Il entra, referma la porte en actionnant une fois de plus les cinq fermetures, puis se dirigea vers l'immense pièce qui composait la presque totalité du penthouse avec, en prime, une kitchenette et une salle de bains assez spacieuse.

A travers la baie vitrée, il admira le spectacle de Broadway, nimbé de cette lumière si particulière à New York, au moment où le jour s'éteint dans une série de demi-teintes à coloration dramatique. Bon dieu, comme cette ville lui plaisait ! Il allait l'investir, la posséder, la réduire à merci. Mais comment ? La réponse était simple : par n'importe quel moyen. En mentant, en volant, en trichant, en se prostituant, peu lui importait. John avait réinventé l'amoralité tranquille.

D'une cache aménagée dans les soufflets de sa veste de sport, il sortit un walkman, encore dans son emballage de plastique, et le posa délicatement sur une des nombreuses étagères qui couraient le long des murs. Ce walkman rejoignit un nombre impressionnant de petits appareils électroménagers : toasters, tourne-disques, rasoirs électriques, magnétophones à cassettes, qui avaient en commun la particularité d'être petits et chers. On pouvait les voler facilement et les revendre à bon prix sans grand danger.

John Meisner était un bel athlète de vingt-deux ans, mesurant environ 1,85 m, habillé avec une élégance extrême, les cheveux coupés court, des yeux verts éveillés, une bouche généreuse découvrant des dents éblouissantes. Il était sympathique, inspirait confiance et, dans ses rapports avec les femmes, se comportait en véritable démocrate : toutes avaient leur chance, même les plus déshéritées, à condition qu'il puisse, par de malicieux procédés, en tirer profit.

Il s'allongea tout habillé sur son grand lit, qui faisait face à la rue, contempla avec bonheur la forêt de buildings qui s'ouvrait à ses yeux, puis il enclencha une cassette de Barbra Streisand et fit le point de sa journée.

Il avait été promu le jour même responsable du rayon hi-fi du grand magasin de discount électroménager, après deux années d'obséquiosité et de flagornerie envers son patron. Il était assez satisfait, quoique cela ne constituât qu'une étape mineure vers l'objectif qu'il s'était fixé. Il souriait en pensant à l'habile machination qui lui avait permis de faire accuser son prédécesseur de tous les larcins qu'il avait lui-même commis. Il avait pris un réel plaisir devant le pauvre hère innocent traité comme un coupable et chassé sur-le-champ. Méchant, moi ? Mais c'est comme ça la vie !

Et l'autre mollassonne, que fait-elle à cette heure-ci, avec sa dégaine incroyable, sa tronche pas possible, à moitié aveugle, et c'est ma sœur en plus. Seul à New York avec cette idiote. Rien à en tirer. Vierge pleurnicharde, destinée aux travaux ménagers.

Le téléphone sonna : « Pardon, Barbra », dit-il en baissant le son de la cassette ; puis il décrocha : « Josepha ? Salut la moche. Quoi de neuf dans ta vie misérable ? » En écoutant attentivement la longue réponse de Josepha, il devint songeur. « Répète un peu ça ? Tu as vu tomber ce gros tas ? Et il s'est écrasé comme une merde. Bon, tu as fait un cauchemar, c'est tout... Comment ? C'est dans le *New York Times* d'aujourd'hui ? Attends, ne quitte pas. » Il prit le journal et à l'endroit indiqué par sa sœur, il vit le portrait d'Abraham Ackerman.

3

Le général Walker se contempla avec satisfaction dans l'immense miroir du dressing-room qu'il avait fait aménager à la Maison Blanche. Personne ne pouvait y pénétrer et cela valait mieux !

« Mon Dieu, comment suis-je tombé si bas ! dit-il à son reflet qui éclata d'un rire aigrelet. 60 000 dollars, le dentier le plus cher du gouvernement, voilà ce que j'ai dans la bouche. » Et d'un geste nerveux, il retira sa perruque blonde de femme fatale et la jeta à terre. De l'index, il tenta de gommer le rouge à lèvres qui, quelques instants auparavant, faisait de sa bouche un fruit sensuel et provocant. Sa robe de lamé noir largement décolletée fut arrachée, ses talons aiguilles volèrent à travers la pièce, ainsi que sa petite culotte, son porte-jarretelles et ses bas noirs.

Il était nu devant son miroir : épaules affaissées, ventre mou aux plis graisseux, pieds pathétiques aux ongles peints en rouge, dix petites larmes de sang. Il parla à son image avec une voix étonnamment douce :

« Que dois-je faire ? Qui me guidera, moi qui dois diriger ce pays ? Chaque soldat, chaque capitaine demande la solution à son supérieur. Il obéit, et sa vie se déroule harmonieusement. Et moi ? Qui puis-je solliciter ? » Il leva vers un ciel imaginaire son visage de travesti tragique : « Réponds-moi, pour une fois, Dieu, que dois-je faire ? » Walker ne reçut aucune réponse. « Il y a bien un être au monde pour me donner la solution. Ces Russkofs de merde vont nous écraser la gueule avec leurs missiles. Ils se sont mis à fabriquer des armes à la vitesse où les lapins se reproduisent, au lieu de cultiver du blé. Et ça, aucun connard du Pentagone n'y peut quoi que ce soit. Et maintenant, on m'a refilé le bébé. C'est dingue de penser que je suis arrivé aux honneurs suprêmes au moment de ma suprême dégradation. Je suis à peine un être humain, incapable de supporter ma propre image, le dernier des connards, et aussi, sûrement, un lâche et un assassin ! Je n'ai même pas le courage de me faire enculer, ce qui résoudrait au moins un de mes problèmes... Je vais prendre un bon dollar d'argent, le lancer très haut et s'il retombe du côté de l'aigle, ce sera la guerre. Voilà ce que je vais faire... »

4

A la frontière du Broadway clinquant de néon violet et pistache — où se donnaient depuis des années les presque académiques shows « Chorus Line », « Annie » — l'avenue devenait plus sombre, plus misérable et franchement dangereuse même en plein jour. C'est là que se trouvait le commissariat de la 102ᵉ Rue, qui, lui, n'avait rien de clinquant. C'était un commissariat sordide, un point c'est tout.

Les jeunes détectives se trouvaient tous dans le bureau du sergent Faynbaum, nouvellement promu. Il avait eu un choc en revenant de huit jours de congé chez sa mère, à Miami : profitant de son absence, ces salauds avaient entièrement repeint son bureau, franchement dégeulasse auparavant, mais de cette bonne saleté des écoles municipales et des administrations. Et même pas le carré-témoin pour se souvenir ! Les gars avaient mis le paquet : ils lui avaient offert un ensemble divan-bureau-table de conférences en formica jaune de Naples. La moquette était en imitation ocelot. Seuls les murs avaient reçu un apprêt virginal. Des rideaux de coton, en vichy à carreaux rouge et vert vif, filtrant une lumière déjà chiche venant de la rue, achevaient de donner à ce bureau une ambiance au-delà du supportable.

Maurice Faynbaum regarda autour de lui. Il fit un prodigieux effort pour faire appel à son fameux sens de l'humour. D'une voix blanche, il laissa tomber : « Le styliste fou a encore frappé. Dans une République de l'Est, ça serait dix ans de goulag. Ici, si je trouve le coupable, il sera — ou ils seront, dit-il en les dévisageant les uns après les autres, condamnés à bien pis : occuper ce bureau... » Il nota tout de même qu'une petite table basse, striée, écaillée, au plateau couvert de marques de cigarettes, aux traces indélébiles de fonds de verres, lui avait été laissée et que, dessus, dans un verre vide et propre, il y avait une rose. Il chercha des yeux Virginia. Elle rougit. Il sut que c'était elle.

Les détectives faisaient sauter les capsules des canettes de bière, buvaient, s'interpellaient. Ils composèrent une chanson en l'honneur de la promotion de Maurice Faynbaum et de la prise de possession de son nouveau bureau. Ça donnait à peu près ceci :

Quand le sergent Faynbaum
Revint de voir sa mère
Il ne fut pas peu fier
De se trouver derrière
Un beau bureau tout neuf

On a photographié
La table, le canapé
Afin de l'envoyer
A sa gentille mémé...

Une sonnerie feutrée interrompit l'inspiration policière. Maurice dut suivre le fil pour trouver le téléphone que ses joyeux compères avaient dissimulé dans le petit réfrigérateur, cadeau de Maman Faynbaum.

« Sergent Faynbaum, j'écoute... Qu'est-ce que tu racontes, John !... Arrête de me vendre des pianos... O.K., O.K., on se retrouve à cinq heures à la sortie de ton boulot... Oui, je suis sergent maintenant... Quoi ? Tu as été nommé chef de service ?... Ça c'est la meilleure ! Et Hossein ?... Ah, viré !... C'était un voleur, tiens, tiens !... »

Qu'avaient-ils en commun, Maurice Faynbaum, aussi large que haut, et le beau John Meisner, notre archange du mal ?

Des relations assez complexes.

Quand le patron de John avait porté plainte, le taux de tolérance des vols dans la grande surface étant dépassé, Maurice avait mené l'enquête et avait acquis l'intime conviction que son ami était coupable. Mais il n'avait jamais pu en établir la preuve. L'enquête était devenue un jeu de chasseur et de chassé : l'adresse machiavélique de John avait brouillé les cartes. Il n'avait pas craint de montrer à Maurice une part de sa ténébreuse nature. Il n'hésitait pas à dénoncer, à donner toutes sortes d'informations qui avaient aidé Maurice à plusieurs reprises. Rien n'échappait à sa vigilance. S'il avait voulu, il aurait pu être un policier redoutable.

John savait qu'il scandalisait Maurice. Cette fois-ci encore, il prit plaisir à lui expliquer combien il était bête d'être intègre, au point d'être moqué même dans la police. « Mes structures anachroniques t'emmerdent, lui répondit Maurice. Je suis un personnage démodé qui vient d'être nommé sergent et de plus, le seul de ma promotion. »

John éclata de rire : « Et combien tu gagnes maintenant ? » Maurice répondit froidement : « Secret administratif. — Moi, je peux te dire que ton pote, Bob Ronson, se fait dans les six cents dollars par semaine en petites rapines, petits chantages, petites extorsions et que si tu voulais m'écouter, on pourrait se les faire en or. »

Maurice prit l'air sérieux, buté que John connaissait bien : « Ne m'emmerde plus et explique-moi plutôt ce qui est arrivé à la grosse. »

John raconta à Maurice comment Josepha, sa sœur, avait *vu* tomber Abraham Ackerman et lui demanda s'il croyait à la voyance. Maurice lui proposa de l'amener dans une banlieue ouvrière de New York où certains policiers du commissariat rencontraient un voyant qui, pour cinq dollars, leur prédisait des choses qui semblaient se réaliser. Parfois.

5

Laura Kebicherian gara sa petite Austin noire sur le trottoir et sortit la première de la voiture. Elle en fit le tour et ouvrit la portière à John Meisner, comme un galant homme l'eût fait pour la femme qu'il courtise. John n'était pas gêné d'être traité de cette manière par la riche Laura. Pendant leur course folle dans New York, malgré les volutes sirupeuses des *Quatre saisons*, John avait exposé son projet de fonds d'investissement.

— Combien veux-tu ?

— 20 000 dollars.

— O.K. ! dit Laura, puis avec la délicatesse des amazones new-yorkaises, elle entreprit d'ouvrir sa braguette. John se demandait si elle avait cru une seconde au fonds d'investissement ou si elle avait fait appel au mini-ordinateur caché dans son cerveau qui lui avait confirmé que 20 000 dollars était le juste le prix pour une aventure avec John. Au feu rouge, Laura réussit à extraire le sexe de John. Sa main droite, industrieuse, s'affairait et John recevait des effluves d'un parfum sentant l'herbe et la sueur.

John s'amusait d'être manipulé de la sorte. Avec coquetterie, il repoussa la main experte :

— Pas maintenant !

Après tout elle n'avait pas encore payé.

L'élégant immeuble, cinq étages sur Madison Avenue, appartenait à une jeune femme psychanalyste, Birgitta Bucholtz. Elle le tenait de ses parents, le louait mais avait gardé la jouissance des deux derniers étages et de la terrasse. Elle partageait ces trois niveaux avec une voyante.

Ce dernier détail avait poussé John à accepter d'accompagner Laura à cette party.

— Laura Kebicherian.

— O.K. ! répondit l'interphone, 4e étage.

La porte blindée de l'ascenseur s'ouvrait directement sur une entrée carrelée de marbre noir et blanc. Les murs étaient tapissés de velours noir. Des torchères de cuivre représentant des boucs diffusaient une lumière chiche, oppressante. « L'antichambre de la mort », pensa John.

Birgitta Bucholtz devait plafonner à 42 kg et son mètre soixante-dix en paraissait bien plus grand. La bouche pincée, elle lança :

— Voici Laura, quelle joie ! Tu es la seule ici — je te le rappelle — à être à la fois ma patiente, et celle de Gaël. Garde le secret.

— C'est le doublé le plus cher de New York !

— Et le jeune homme superbe, qui est-il ?

— John Meisner. Nous sommes en affaires.

Il fallait traduire : « Il est à moi. »

John riva ses beaux yeux verts sur les yeux voilés, couleur huître, de l'analyste, puis lui sourit.

Une femme forte, ronde, la trentaine, apparut, vint vers eux et se fit présenter : c'était Gaël Loeb dont la renommée de voyance commençait à franchir la frontière de l'État de New York. John l'entraîna vers un divan inoccupé. Au passage, il rafla deux coupes de champagne et prenant le coude de Gaël, la fit asseoir avec une tranquille autorité.

— Et mes invités ?

— Je représente à moi tout seul un mélange d'invités tellement détonnant...

— Vous vous représentez seulement et c'est déjà assez.

Gaël avait formulé cette phrase sans sourire, presque sèchement. Elle reprit :

— Que voulez-vous ?

— Savoir si vous « voyez » et comment ?

— Et pourquoi vous le dirais-je ?...

— Parce que je suis « celui qui ne croit pas ». Je ne suis jamais coupable, je n'ai jamais honte. Il n'y a ni Dieu ni Diable pour me punir de mes mauvaises actions, si toutefois j'en commettais, mais c'est impossible. Je ne crois pas au Mal.

Gaël ne l'avait pas quitté des yeux. Elle semblait recevoir chacun des mots de John comme autant de coups de fouet, alors qu'il s'exprimait d'une voix égale.

Elle était émue et lui répondit presque en criant :

— Je vois à travers vous toute l'horreur du cynisme érigé en système philosophique !

Laura, attirée par la voix aiguë, véhémente de Gaël, vola au secours de son petit poussin.

— Gaël, lâche-lui la jambe, veux-tu, à ce délicieux chaton : il va décupler ma fortune. Tu devrais investir dans son fonds financier... Il semble avoir une sorte de génie pour les affaires !

Gaël éclata franchement de rire aux propos de Laura :

— Tu devrais prendre tes jambes à ton cou et mettre entre cet homme et toi un continent tout entier...

Laura se colla contre John, le baisa sur les lèvres et conclut :

— Nous verrons bien qui brûlera l'autre.

Pendant cette discussion animée, John avait fait l'inventaire du décor un peu nouveau riche, mais d'assez bon goût. Il avait répertorié les catégories socioprofessionnelles des nombreux invités présents : acteurs connus, commentateur vedette de la télévision, écrivains, dont un prix Pulitzer, groupe WASP bostonien, tout ce qui faisait les « *Beautiful People* ». Où qu'ils soient, ils restaient entre eux. Mais tous avaient au moins une fois levé les yeux vers Birgitta ou Gaël, avec un regard d'enfants fragiles qui ont peur d'être abandonnés ou punis. Peur et soumission, c'était précisément cette sensation de malaise qu'il éprouvait en cet instant. Ces gens riches, célèbres, gâtés, avaient démissionné. Ils avaient remis leur destin entre les mains de l'analyste, puis de la voyante : maintenant ils étaient soumis. Esclaves, délicieusement, abjectement. Et mourant de peur que leur maître ne veuille plus les prendre en charge. Même John, monsieur Ni-Dieu-ni-maître, avait envie de vomir. Tous ces destins, ces dons, ces talents, cet argent, entre les mains de ces Circé de fin de siècle : une analyste, une voyante !

6

Maurice Faynbaum, armé d'un kleenex, essuyait soigneusement les rétroviseurs, les chromes, puis le pare-brise de sa Ford Turbo banalisée. Il sortait du *Car-wash* et ne supportait pas que les gouttes d'eau mêlées de savon laissent en séchant sur les portières de douteuses traînées ressemblant à s'y méprendre à des éjaculations anciennes.

— Et si c'en était, du vieux foutre ? Quatre milliards de petits spermatozoïdes ?! Tous morts à peine créés. Le plus grand génocide de tous les temps ; mais les spermatozoïdes ont-ils une âme ?

Puis Maurice, décidément en veine de pensées lyriques en ce froid matin de novembre, se regarda dans le rétroviseur. Il se trouvait beau, un mélange de Joconde et de John Mac Enroe. Un rapide coup d'œil à sa super Rolex incassable au verre fendu lui apprit que John Meisner, son pote, devait mettre la dernière main à son make-up. Déjà un quart d'heure qu'il avait appelé. Enfin, John fut là, tout près de lui, dents blanches, haleine fraîche et son beau regard vert innocent.

— Quinze minutes, pas plus, lui dit John.

— Ça valait le coup, répondit Maurice en le regardant admirativement. Tu es comme neuf.

John lança un regard amicalement moqueur sur son copain, le flic le plus honnête de New York, quel connard, et nota dix détails qui l'auraient prodigieusement agacé chez un autre : chaussures mal cirées en cuir marronnasse, blue-jean serré à l'entrejambe au point de ne laisser aucun doute sur sa virilité, chemise bleu ciel en Rhodia véritable, nœud pap orange fluo et veste tricotée mais où l'on reconnaissait la griffe inimitable de la mère de Maurice.

— Où m'emmènes-tu comme ça, incognito ?

— Chez une voyante portoricaine. Elle nous dira qui a piqué dans ton hypermarché, répondit le flic.

Ils montèrent dans la Turbo. Maurice mit son gyrophare spécial police et actionna sa sirène. Bientôt Broadway disparut. Ils sortirent du centre ville.

Maurice s'amusait en conduisant. Il avait laissé marcher le récepteur haute fréquence qui le reliait au commissariat et l'on entendait, hachurées, les instructions, informations, mises en garde de Super Dolly, sex-symbol du standard, cinquante-deux ans d'érotisme au service du radio-téléphone.

— On l'appelle « The Voice ».

John sortit un minuscule magnétophone Sony, le mit en marche et l'on entendit la divine Barbra Streisand.

— C'est elle, « The Voice », dit John.

— Le son est superbe pour un appareil volé...

— Prouve-le, enfoiré.

Ils éclatèrent de rire. Maurice ralentit, enleva le gyrophare, éteignit la sirène et se gara. Ils étaient arrivés au coin de la 9e Avenue et de la 100e Rue.

Il n'était pas loin de midi et le vent glacé, le ciel uniformément gris n'inclinaient pas les habitants du quartier à sortir dans les rues. En fait, à part les signes banals d'une misère extrême : poubelles éventrées, déjections de toutes sortes, cadavres d'animaux domestiques, préservatifs souillés, tout semblait normal. On était dans le centre du quartier portoricain.

Avant de sortir de la voiture, Maurice arma son revolver et vérifia qu'il pouvait très facilement le faire jaillir de son holster. Les deux hommes descendirent de la voiture que Maurice verrouilla soigneusement.

S'ils traînaient trop, ils retrouveraient la voiture complètement désossée, et quatre briques sous les quatre moyeux des roues : les roues et leur précieux pneumatique disparaîtraient à la vitesse de la lumière vers une destination inconnue du Diable lui-même.

Ils s'engagèrent dans ce que l'on pouvait difficilement appeler un immeuble tant la saleté, le temps, les horreurs d'une vie sans espoir avaient dégradé ce qui avait dû être un fier produit du génie de l'Homme. Ils enjambèrent dans le couloir un vieux Chicano aux cheveux blancs qui grelottait de tous ses membres à même le sol, sous sa chétive couverture. Sans un mot, Maurice lui tendit une flasque de whisky (le gilet tricoté par maman avait donc une poche secrète) et l'abandonna devant les yeux suppliants du vieillard.

— On peut être canonisé chez les juifs ? demanda John.

Maurice lui répondit sérieusement :

— Je n'aime pas la misère.

L'ascenseur depuis très longtemps démonté et vendu, c'est à pied qu'ils gravirent les 22 étages. Arrivés sur le palier, ils virent un gamin beau comme un dieu, chaudement vêtu mais pantalon bas, assis sur un pot écaillé. Près de l'enfant, un brûlot dispensait une bonne chaleur. L'enfant regardait avec application une bande dessinée. De temps en temps, il plongeait une main potelée aux doigts délicats dans le pot, en retirait un peu de merde, la respirait, la goûtait et s'en barbouillait avec un véritable ravissement.

— C'est son fils, dit Maurice.

Il sourit à l'enfant qui lui rendit un sourire merdeux, puis frappa. Une voix féminine mélodieuse les invita à entrer.

La porte était entrouverte. Amparo Salvador savait créer le mystère. Dans une pièce plongée dans le noir absolu, ils purent apercevoir un rai de lumière glissant sous les rideaux de velours sombre mal joints. Lentement, les rideaux s'écartèrent avec un léger bruit de poulies et de chanvre pour laisser apparaître dans un rond de lumière aussi précis qu'un spot de théâtre une table étroite et un siège à trois pieds, fruit des amours illégitimes d'un tabouret Louis-XV et d'une commode vénitienne, sur lequel trônait Amparo. Elle avait les cheveux emprisonnés en un chignon sévère, et le regard brillant.

Dans un dialecte ponctué d'exclamations et de râles aigus, Amparo et Maurice Faynbaum échangeaient des plaisanteries qui les faisaient mourir de rire. John pensait qu'elles avaient trait exclusivement à des événements se déroulant au-dessous de la ceinture.

— Y a pas que la baise, mais c'est quand même quatre-vingt pour cent, dit Maurice qui semblait lire dans les pensées de John.

Ils s'assirent sur deux caisses qui gémirent sous leur poids. John et Maurice se sentaient bien face à Amparo, tout près d'elle, dans ce cylindre de lumière environné d'obscurité. On devinait plus qu'on ne les voyait les lits-cages et les meubles modestes de la pièce, mais on sentait que là se déroulait une vie chaude, vibrante, familiale, malgré la misère extrême.

— Tu es venu pour toi ou pour ton sombre ami ? demanda Amparo en souriant.

John se souvenait d'une nouvelle d'Edgar Allan Poe dans laquelle un frère, après avoir assassiné sa sœur pour s'emparer de ses dents, les garde près de lui dans une boîte d'or et de platine précieusement sculptée.

Les dents d'Amparo étaient vivantes, charnues, excitantes. Le cerveau pervers de John les considérait comme un bien désirable et il lui fallut chasser une pulsion familière qui disait : comment s'en emparer ? John ferma ce volet vénéneux de sa conscience et répondit à Amparo :

— C'est Maurice qui veut savoir combien de temps il passera dans ce commissariat minable en se prenant pour Zorro. C'est une bonne question, non ?

Amparo sourit. Les deux hommes chavirèrent, sous le charme de son regard intense. Elle reprit :

— J'ai un poulet du Bronx, élevé aux vapeurs d'essence et aux amphètes. C'est O.K. pour vous ? demanda-t-elle à Maurice.

Il hocha la tête :

— O.K. pour le poulet !

Amparo disparut dans la cuisine et revint avec un volatile ligoté, hagard. Elle saisit un couteau effilé. D'un geste décidé, elle lui coupa le cou. Le sang gicla sur la table tandis que les pattes attachées esquissaient en un spasme ultime une dérisoire protestation. Le sang ruisselait à même le bois. La tête et une partie du cou étaient tombées près du mocassin de John qui contemplait sans mot dire cet étrange voisinage.

Amparo fendit le poulet en deux. Une odeur de sang chaud et de viscères se répandit dans la pièce, forte, écœurante. Amparo plongea la main dans la carcasse et en retira les entrailles qu'elle étala soigneusement sur la table. Elle se concentra. A travers la porte on entendit la voix de l'enfant annonçant fièrement :

— Jésus a fini. Viens voir, maman, c'est vraiment un beau caca.

Mais Amparo voyageait déjà.

Elle avait pâli, était en sueur et commença à s'exprimer d'une voix spasmodique :

— Je vois de grands dangers. C'est tellement compliqué, sombre, violent. Je vois des armes, des sabres et des poignards. Beaucoup de métal. Des intrigues... de la politique... Une femme maintenant... Qu'est-ce qu'elle est moche... C'est drôle, elle est très belle en même temps... Elle est entourée d'or... puissance... En même temps elle n'a rien, elle n'est rien... Elle est en danger, tu es en danger et celui-là, le diable blond est en danger aussi, dit-elle en se tournant vers John.

Puis elle fut secouée d'un rire formidable.

— C'est très ringard ce que je vais vous dire : tout cela se terminerait bien comme dans les contes de fées des Blancs, si le Diable ne s'en mêlait pas...

Elle cessa de rire. Elle semblait préoccupée, ses mains ensanglantées s'exprimant dans l'espace.

— Allez donc savoir la vérité avec un poulet drogué...

Maurice, très ému, donnait l'impression de la croire ; il sortit 10 dollars et essaya de les poser en évitant le sang répandu partout :

— C'est assez ?...

— Si tu laisses le poulet, c'est O.K.

John comprit pourquoi Maurice l'avait entraîné dans l'enfer du Bronx. La réalité était intolérable pour les paumés comme pour les nantis. Chacun avait besoin de son « fixe » de surnaturel pour survivre.

Amparo planta ses grands yeux noirs dans ceux de John :

— Tu te marres, beauté ! Toi, je ne peux rien te dire. Tu sais trop de choses.

Ils retrouvèrent la voiture intacte, hormis, sur une des portières, une inscription au canif, représentant un cœur percé d'une flèche : *A Bob pour la vie. Signé Tim.*

— L'encre est encore fraîche, constata Maurice en voyant s'enfuir une silhouette d'adolescent qui leur fit, avant de disparaître, un bras d'honneur.

— L'amour, toujours l'amour, même dans le Bronx.

— C'est beau, deux mecs qui s'aiment conclut John.

Maurice conduisait lentement. Il jeta un rapide coup d'œil à John.

— Elle ne s'y est pas trompée.. Ça se confirme... T'es un vrai voyou, toutes les voyantes te le diront.

— Et encore, tu sais pas tout. Je suis non seulement un voyou mais un diable.

Il fit mine de respirer un parfum imaginaire et reprit :

— Sniffe ! Je me suis arrosé de « Volcan d'Amour » et pourtant je sens toujours le soufre.

Maurice prit l'air accablé :

— Arrête tes conneries.

— Regarde, dit John en retirant un de ses mocassins, c'est pas un pied fourchu, ça ?

Un coup de tonnerre l'interrompit. Un éclair zébra le pare-brise. Le ciel s'était pourtant éclairci lorsqu'ils étaient montés chez Amparo. La voiture passait devant les grilles du zoo. D'un ton soudain très docte, Maurice expliqua à John que sa superficie dépassait cent hectares et que régulièrement on déclenchait des orages artificiels avec bruit de tonnerre pour éviter le stress aux oiseaux tropicaux.

Au nord du zoo, les deux amis s'arrêtèrent et décidèrent de déjeuner au Jardin Botanique.

Ça n'était pas la meilleure saison. Seuls quelques arbres citadins faisaient bonne figure pendant l'hiver particulièrement rigoureux de New York. Maurice Faynbaum expliqua qu'au printemps, la colline de pruniers japonais, le vallon de magnolias, les allées harmonieusement ornées de lilas, de rhododendrons et d'azalées à profusion faisaient de ce jardin un véritable enchantement.

John refusa d'y déjeuner prétendant qu'on leur servirait des racines et des carottes cuites et sucrées, ce dont il avait horreur.

Avec l'aide du gyrophare, ils se retrouvèrent rapidement chez Nat's, le meilleur délicatessen de Broadway.

Entre deux cornichons aigres-doux, Maurice demanda :

— Et ta sœur ? A-t-elle eu d'autres visions depuis Ackerman ?

John demeura silencieux un long moment puis répondit au policier :

— Je sais très peu de chose sur Josepha. Seulement quelques paradoxes. Par exemple, son corps est parfait, son visage harmonieux. Elle prend le plus grand soin d'elle et pourtant elle est moche. Elle n'a jamais l'air vraiment nette. L'Oscar de la sape grotesque et du make-up dissuasif. Ackerman devait avoir vraiment faim pour se la faire.

— A part ça ?

— C'est une pomme, une bonne pomme.

7

Jonathan Korn avait ralenti son train. Il balançait entre deux pulsions : rattraper son fils Alexandre qui lui rendait un demi-mile à chaque traversée de Central Park ou se faire rejoindre par un adorable volume jaune canari.

Il choisit d'attendre. Bientôt arriva à sa hauteur un visage éveillé, rond, charnu, aux yeux très clairs, sans cesse en mouvement, animé d'un remarquable strabisme divergent.

Il fit mine de renifler la jeune fille et dit :

— Qu'est-ce que vous mettez comme sueur ?

Même avec ses cheveux blonds collés par la transpiration, elle semblait fraîche ; une miette de poudre et elle serait prête à aller au bal.

— Original comme entrée en matière. A votre âge on devient bon !

Jonathan éclata de rire :

— Je ne suis pas si vieux que ça.

— Entre quarante et cinquante, plutôt vers les cinquante, répondit-elle.

— Bravo, vous avez droit à un dîner en tête-à-tête avec moi, mais à une condition.

— Laquelle ?

— Vous jurez de ne pas me sauter dessus. Comment vous appelez-vous ?

— Margot.

Ils s'arrêtèrent et s'assirent sur un banc. Jonathan, un peu congestionné, reprit son souffle. Margot regardait ce visage inconnu : l'homme perdait ses cheveux qui avaient dû être très noirs et très fournis, mais la forme du visage était distinguée, presque parfaite.

Jonathan devinait le trouble de la jeune fille. Déjà dans son formidable cerveau étaient programmées toutes les informations réunies par ses sens, son extrême concentration et son véritable don médiumnique. Déjà il « recevait » les cartes perforées : information, synthèse, mode de comportement. Puis s'enclencha un processus intellectuel qu'il connaissait bien et qui était le jeu le plus délicieux auquel il aimait se livrer : imaginer en quelques secondes toutes les aventures possibles avec un être qu'on vient à peine de rencontrer, qu'on ne reverra peut-être jamais.

Il souriait en la regardant avec ses yeux inimitables à la fois jaunes, verts, noirs, striés, tachetés comme la tenue léopard d'un parachutiste fou. Jonathan savait que ses yeux brillaient, mais *brillaient* littéralement, et que parfois, pour ne pas incommoder son vis-à-vis par ces véritables éclairs, il se contraignait à fermer ses paupières comme le héros d'une célèbre bande dessinée.

Sous ce regard, Margot se taisait. D'un mouvement tendre et innocent elle mit les mains sur son cou pour en comprimer les battements. Elle avait peur, mais pour rien au monde elle n'aurait bougé.

Son échelle de valeurs était bouleversée : Jonathan dépassait en présence et en énergie tous les êtres humains qu'elle avait rencontrés jusque-là. Elle s'écria :

— J'ai trouvé qui vous êtes : vous êtes « Monsieur Too Much ».

D'une foulée légère, un adolescent, au survêtement clair, les rejoignit et s'assit près d'eux. Son regard allait lentement de la jeune fille au visage de son père, essayant de comprendre cet étrange prodige. Un sourire incertain donna à ce visage d'archange couronné de boucles brunes une expression espiègle, enfantine. Jonathan, très tendrement, dit à Margot :

— C'est mon fils.

Il ajouta :

— Allez ! Margot ! Alexandre ! On court ? Rendez-vous à la maison.

Alexandre distança bientôt Margot, mais elle ne se laissa pas faire et le doubla. Alexandre se prit au jeu et Jonathan bientôt les vit disparaître, riant, gesticulant, se bousculant.

Jonathan courait par petites foulées, courtes, élégantes. Il visualisait la contraction de chacun de ses muscles sous la peau, le jeu souple de l'extrémité de chacun de ses os, l'organisation simple et sophistiquée de la circulation du sang avec les subtiles altérations de couleur au rythme de l'effort.

C'était un moment de bonheur, qu'il savourait en véritable hédoniste. Devant lui, Alexandre devait expliquer à Margot à quel point son père était super, bien plus jeune, plus gai, plus entreprenant que les copains de son âge, n'essayant pas d'avoir l'air d'un « teenager » en mettant des Levis serrés ou des Santiags, il dirait aussi — ô, toi, Alexandre, mon fils, comme je t'aime ! — que Jonathan Korn était le créateur et le principal actionnaire de la seule chaîne de Pay T.V. de l'État de New York, concurrençant sérieusement la Warner.

Jonathan arriva à la grille sud du Park. Il suffisait de traverser pour arriver au 40 Central Park South, entre le Plaza et l'hôtel Navajo.

Le portier et l'agent de sécurité répondirent respectueusement à son salut cordial.

Jonathan retrouva les deux jeunes gens dans le salon où Violetta, une Philippine aux yeux bridés, aux cheveux courts de garçonnet, leur apporta un thé chaud et d'appétissants petits gâteaux.

Jonathan rencontra le regard de Margot et comprit qu'Alexandre avait dû aller bien plus loin qu'il ne l'aurait imaginé, dans l'art de le « vendre ».

8

Josepha Meisner tapait la première lettre de sa vie pour son propre compte : sa démission.

Elle aimait ce bureau immense. Pendant cinq ans,

il avait été son nid, et le seul endroit où on la saluait par son nom.

Son patron l'appréciait. Elle avait perdu sa vertu au troisième sous-sol dans les bras d'un héros des Relations Humaines, aujourd'hui mort.

Quand son don de voyance fut connu dans l'entreprise, elle perdit son anonymat au staff de dactylos. On la regardait d'un œil nouveau, presque avec respect, parfois même avec un peu de crainte, pensa-t-elle. Les clients commençaient à affluer dans son studio après ses heures de travail et de plus en plus tard.

Même en comptant mal, et en demandant peu, elle gagna bientôt assez pour que cette occupation devienne son activité principale. C'était mieux qu'elle parte maintenant.

Elle se poudra une dernière fois, vint à bout, à l'aide de ses deux index, d'un point noir particulièrement pugnace à l'extrémité de son nez, ce qui en augmenta le volume. Elle poussa un soupir. Abandonner cet immense bureau où elle se retrouvait la nuit tombée, seule pour la première fois ? Elle pleurait. Un peu.

9

Rifka Meisner, la mère de Josepha et de John, était rouge de colère et un peu de honte aussi. A la caisse du supermarché « Thrifty's », elle tentait depuis cinq bonnes minutes de payer avec une carte de crédit et la caissière, une ravissante Portoricaine au bonnet de laine rouge enfoncé jusqu'aux oreilles, lui avait demandé son « I.D. », c'est-à-dire sa carte d'identité. Elle ricanait en regardant ce document. Rifka Groswasser, épouse Meisner, était née en Pologne, dans un petit village des environs de Varsovie appelé Zedrejezow. « Faut le faire, hein ? Faut le faire ! répéta la Portoricaine. Et cette signature, qu'est-ce que c'est ? Des pattes de mouche ? Déjà à l'école, ça ne devait pas être brillant... »

Rifka rougit de plus belle. Elle avait soixante-six ans, était née dans une ferme. Presque illettrée, apprendre l'anglais tel qu'il est pratiqué en Californie avait été pour elle mission impossible. Elle eût volontiers jeté un sort à cette méchante caissière, si elle n'avait été la bonté faite femme sur cette terre de douleur.

Toutes les minorités raciales étaient représentées dans la queue qui maintenant se pressait derrière Rifka à cette maudite caisse, et ces gens modestes prenaient cause pour la malheureuse victime contre la caissière, symbole de l'autorité. La Portoricaine craqua et Rifka, en sueur, encore émue — quel événement dans sa journée sans histoires ! —, put pousser victorieusement son caddie jusqu'à la Lincoln Continental, modèle 1957 décapotable, bleu ciel, que lui avait laissée son mari.

Rifka ouvrit le coffre de sa voiture et y déchargea son caddie. Elle avait tout son temps. Son mari, Samuel, était mort il y a dix ans, sans prononcer un mot. Elle pensa à ce petit corps chétif qu'elle avait chéri plus que tout au monde et qui, en cinquante ans, lui avait adressé dix fois la parole. La première fois, c'était : « Moi aussi », après qu'elle lui eut dit : « Je t'aime. » La seconde fois, il avait ouvert son auguste bouche le jour de leur mariage. Après de longues secondes de réflexion, il avait laissé tomber un « oui » déterminé. Puis, se souvenait-elle vraiment ? Oui, maintenant, elle se souvenait. Après la naissance de Josepha et de John, il avait dû la remercier de lui avoir fabriqué une fille et un fils avec tous les organes nécessaires à leur survie, d'une phrase brève accompagnée d'un regard tendre et aimant. Comme ce petit corps lui manquait ! Elle avait le cœur déchiré en pensant à cette présence si forte, attentive, et qui se taisait.

Puis les enfants étaient partis pour « vivre leur vie », avaient-ils dit, la laissant seule dans la maisonnette de bois du quartier de Watts à Los Angeles où les voisins l'avaient entourée d'affection, de protection. Chez Rifka, la clef était toujours sur la porte.

D'un geste décidé, Rifka mit le levier sur « drive ».

10

Samuel Meisner, tout mort qu'il était depuis une dizaine d'années, et enterré et rongé par les vers, se trouvait néanmoins assis confortablement sur le canapé Knoll pur cuir naturel de l'imposant living-room de Humphrey Dowen, executive manager d'ITT.

Il faisait bon. Un feu crépitait dans la monumentale cheminée avec de vraies bûches. Samuel avait vu de la lumière, il était entré. C'était donc là qu'habitait l'ex-patron de sa fille, Josepha, dans ce spacieux hôtel particulier de Madison Avenue. Samuel s'approcha de la cheminée et fit mine de se chauffer les mains, ce qui le fit rire. Depuis dix ans qu'il traînait entre Ciel et Terre, par tous les temps, vêtu d'une djellaba qu'on lui avait remise par erreur *là-haut* en le croyant musulman, il se souciait vraiment peu des intempéries.

C'était vraiment agréable de se balader sans contrainte, de passer du quartier du Queens à celui du Bronx en une seconde : il avait ainsi visité l'Amérique profonde en baguenaudant sur les petites routes et s'était émerveillé de l'incroyable diversité des paysages et des ethnies. Enfin il avait le temps de musarder, de réfléchir et même d'entreprendre, se sachant mort pour un bon bout de temps. Il n'était pas pressé de découvrir l'Europe ou d'autres continents. Malgré le changement intervenu dans son existence, il se sentait avant tout américain.

Ce qu'il regrettait, en revanche, de son ancienne vie, c'est d'avoir été aussi avare de paroles. Ça n'était pas très gentil de sa part de n'avoir pratiquement pas adressé la parole à sa femme de son vivant.

Au début, pendant leurs fiançailles, il était terrifié à l'idée de prononcer une parole, une seule parole qui pût déplaire à la jeune beauté juste débarquée de Pologne. De plus, il était à l'époque pratiquement vierge et ne pensait qu'à l'amour. Dès qu'il voyait Rifka, il était dans un tel état d'érection qu'il devait contraindre son sexe par d'adroits bandages avant chaque rendez-vous. Deux ou trois fois, dans l'obscurité complice d'une salle de cinéma, Rifka avait effleuré par mégarde la veste ou le gilet de Samuel. Les bandages avaient littéralement explosé, et une protubérance honteuse s'était formée soumettant son pantalon de flanelle à une pression intolérable.

A cette évocation, et par pure curiosité, Samuel souleva sa djellaba et contempla son sexe. Rien ne se produisait. Dorénavant tout se passait dans la tête...

Puis il s'était rendu compte que ne pas parler lui conférait une réelle autorité. Quand dans le brouhaha d'une discussion enfiévrée s'élevait sa voix douce et nette, l'on se taisait soudain. Tous les regards convergeaient vers lui et l'on attendait, pétrifié, stupéfait, ravi, qu'il voulût bien continuer.

Samuel en était ainsi arrivé à parler deux ou trois fois par an, et encore quelques mots.

Maintenant c'était la galère pour se faire entendre parmi les non-vivants. Ils étaient des milliards, et à tous les coins de rues, ça jacassait dur. Mais il était difficile de se faire des amis. Pourtant ils auraient dû se souvenir à quel point, de leur vivant, était réduite leur espérance de rencontre avec des hommes remarquables. Là, le temps, l'espace et les coteries étaient abolis.

Il n'était pas rare dans un groupe compact de croiser un Phénicien en tenue de galérien, un Italo-Américain lieutenant de Capone à l'épouvantable accent calabrais, des tas d'Indiens avec de drôles de tronches qui prétendaient être les propriétaires de tout, une jeune starlette californienne qui était morte d'une overdose de farine de lin, et à qui il avait donné rendez-vous au Radio City Hall. Elle lui avait d'ailleurs posé un lapin et quand il l'avait revue à la finale des Masters au Madison Square Garden, elle avait prétendu avoir passé la soirée avec Shakespeare et Thomas Edison.

— Vous n'avez pas rencontré Dante ?

— Il n'a pas pu venir, il était grippé.

Maintenant Samuel était là dans ce living, debout dans sa djellaba informe, seul et un peu triste. Les vivants ne pouvaient ni le voir ni l'entendre.

La porte du living s'ouvrit brutalement et il vit passer dans l'espace un très beau vase Ming qui s'écrasa et explosa sous le regard désapprobateur d'un grand portrait de Francis Bacon. Puis une toute petite créature, au regard de corbeau, à la robe noire de chanteuse réaliste et aux talons aiguilles vernis noirs, un peu trop hauts pour la soixantaine qu'elle affichait, arriva dans le living en glapissant. Elle avait dans ses bras l'autre vase qu'elle envoya avec précision exploser près du premier.

— Ouf, pensa Samuel, ils avaient la paire.

Humphrey Dowen, immense gaillard, à l'imposante stature, au regard d'acier, au menton énergique, portant autour de la taille un tablier rose, la suivait en la suppliant de sauver ses vases. Mais il était trop tard.

Son forfait accompli, Mme Humphrey Dowen fit face à son mari et hurla :

— Pauvre connard ! La prochaine fois, je lacère tes tableaux si tu rentres après 7 heures !

Samuel pensa :

« Il va lui mettre un pain et l'étendre pour le compte. »

Le regard vitreux, l'écume aux lèvres, Humphrey serrait les poings. Samuel cria :

— Pas dans la figure !

Mais Humphrey ne pouvait pas entendre.

La virago faisait face, mains sur les hanches, jambes écartées. Son cou de poulet tendu, arrogant, surmonté de sa tête noire et ronde comme la pointe d'un stylobille, tout était contracté, haineux :

— Vas-y ! Frappe, pauvre légume, pauvre pédé de province !

Le géant fit un pas vers elle. Alors que Samuel se réjouissait déjà de voir étrangler, là sous ses yeux, cette femme qui était véritablement une incongruité de la nature, Humphrey tout à coup devint blême. Les yeux prirent une expression humble presque suppliante, les lèvres s'affaissèrent, les épaules se voûtèrent, le corps même semblait devenir différent, adipeux, mollasson. Toute la rigueur du premier aspect avait disparu. L'homme grand et fort, le Bostonien puissant et dominateur, le redouté executive manager d'ITT s'était subitement métamorphosé en un petit orphelin fragile et désespéré.

Les bébés pakistanais qui mouraient de malnutrition avaient ce regard-là.

Madona Dowen termina alors son œuvre, du moins pour ce jour-là :

— Filippo est de congé aujourd'hui. Retourne à la cuisine et tâche de réussir tes lasagnes. Tu nous feras une côte de bœuf et tu ouvriras deux bouteilles de Cabernet-Sauvignon, c'est bien assez. Et ne fais pas cette tête, je t'en prie. Tout ce que je te demande, c'est d'être un homme.

Le Pakistanais bostonien au tablier rose, petit jouet électrique qu'on vient d'alimenter, tourna le dos et sortit de la pièce, d'un pas saccadé.

C'en était trop pour Samuel. Il vénérait les femmes mais appartenait néanmoins à un club très particulier, celui des hommes. Et dans ce club aux membres innombrables, la première loi était : *solidarité masculine.*

Dégoûté, Samuel et sa djellaba disparurent à travers le mur.

Marchant d'un pas vif, changeant de vitesse parfois, et se servant même de la lévitation automatique qu'on avait eu du mal à lui enseigner, Samuel se retrouva bientôt vers Central Park.

Il voulait revoir sa fille mais ne se souvenait plus de son adresse. Le souvenir de Rifka, sa femme, ne lui procurait plus ni émotion ni plaisir, elle était décidément trop bête, trop inculte, trop gentille. Elle était trop. Elle émettait si peu de vibrations qu'il n'avait jamais pu retrouver sa trace. En revanche, John et Josepha étaient de véritables batteries. Les vibrations de John disaient : « Vous pouvez tous crever, n'essayez pas de monter sur mon radeau, car je vous fends la tête d'un coup de pagaie. »

— O.K., O.K. ! répondit Samuel. Je ne viens pas.

En revanche les messages de Josepha étaient plus chaleureux : « Je suis une pauvre cloche et une bonne pomme. John, mon frère, je t'adore, je t'admire, je t'attends. Rifka ma mère, pourquoi sommes-nous si loin l'une de l'autre, des milliers de miles, je t'aime, j'ai besoin de toi, et toi Samuel, cher petit Papi. »

— Mais j'ai horreur qu'on m'appelle comme ça, dit Samuel.

— Cher petit Papi, reprit le message, toi si grand, si noble, si beau, ô toi mort trop tôt, mais ma parole, je te vois marchant dans Central Park avec une djellaba un peu trouée, mais oui, c'est bien toi ! Monte tout de suite te réchauffer dans les bras de ta Josepha qui t'aime. Mais tu es pieds nus !

— L'adresse, l'adresse, pauvre idiote, demanda Samuel.

— 40 Central Park South, 36e et dernier étage, appartement 9.

Samuel se hâta. A part l'appellation « Papi », il était très ému et devait s'avouer qu'il avait un peu froid aux pieds.

Le gardien ne le vit évidemment pas passer et c'est le cœur battant qu'il ordonna aux portes de l'ascenseur de se fermer, sans rien obtenir. Une jeune obèse, tenant dans ses bras un cornet géant de pop-corn, entra et appuya sur le bon bouton, 36e étage, et Samuel pensa :

— Je fais ce que je veux avec les gens.

A peine l'ascenseur fut-il en marche que la jeune obèse souleva prestement son corsage et découvrit deux seins énormes, marmoréens, superbes. Entre ses deux magnifiques pyramides se trouvaient une petite boîte d'ébène noire et une petite cuillère en or, attachées à l'extrémité d'une lanière de cuir noire qu'elle s'était mise autour du cou.

Elle ouvrit soigneusement le couvercle de la boîte, détacha la minuscule cuillère de métal doré à l'aide de laquelle elle puisa un peu de poudre blanche. Elle enfourna cette cuillerée dans une de ses narines, en obstruant l'autre, et aspira un bon coup. Puis ce fut le tour de l'autre narine.

La cuillère raccrochée, la boîte refermée, le corsage retombé, elle prit à nouveau la boîte géante de pop-corn, qu'elle avait posée, et avec des mines de petite fille gourmande, choisissant chaque grain délicatement comme s'il s'agissait d'objet précieux, picora, telle une énorme poule. Puis le mouvement s'accéléra et sans plus de retenue elle se mit à engouffrer le pop-corn par poignées entières.

Samuel rigolait dans son coin. Il n'avait jamais vu ça. Un court instant il s'était imaginé s'accouplant à cette jeune et solide beauté, mais devant les multiples appétits dont elle avait fait preuve le temps d'un voyage d'ascenseur, il conclut sagement qu'il ne pourrait pas assurer. Peut-être même m'aurait-elle mangé à la fin de l'accouplement sans y prendre garde...

La porte s'ouvrit et, suivie de Samuel, la jeune obèse se dirigea droit vers la porte de Josepha où était posée depuis peu une plaque de cuivre. On lisait en anglaises élégantes : Josepha Meisner.

Elle renifla un bon coup, se recoiffa, se poudra, mit sans façon son cornet géant de pop-corn encore à moitié plein par terre près de la porte, ayant l'air de lui dire : « Sois bien sage. Je reviens tout de suite. »

Puis elle sonna. La porte s'ouvrit, elle entra et

clac, Samuel se retrouva nez à nez avec la plaque de cuivre.

Le graveur avait bien fait les choses. Il y a longtemps que les gens n'écrivaient plus avec des pleins et des déliés.

Samuel ressentait à présent une véritable émotion. Les dernières informations qu'il possédait sur Josepha étaient anciennes.

Bébé banal, elle avait pissé au lit jusqu'à l'âge de douze ans mais elle n'était pas la seule.

Fille aimante, respectueuse, toujours de bonne humeur, puis boutonneuse, complexée, se tenant voûtée pour cacher sa poitrine naissante pourtant ravissante.

Rudement bien foutue tout de même ! Une très jolie peau. En devenant, vers la vingtaine, un véritable bonnet de nuit, ennuyeuse au possible.

« Mais je ne suis pas juste, pensa Samuel. Cela fait dix ans que je traîne dans le royaume des ombres où j'ai rencontré des dizaines de types tout à fait remarquables, la crème de l'univers. Bien sûr mon échelle de valeurs en est bouleversée. J'ai croisé l'autre soir Katherine Mansfield devant la Russian Tea Room et on a bavardé un peu, un ou deux jours je crois. Déjà de son vivant Katherine Mansfield avait beaucoup de talent, elle aurait même écrit un chef-d'œuvre à vingt ans, alors que ma Josepha, à cet âge, avait des problèmes pour réussir une escalope panée. Bien sûr les dés sont pipés. Nous c'est la formation permanente, un vivier inépuisable. Après avoir appris la lévitation automatique et avoir développé ma sensibilité de prospection (certains morts perdent jusqu'au souvenir même de leur identité, surtout quand de leur vivant c'était pas terrible), j'ai rendu deux ou trois visites à Josepha. Une première fois dans son bureau à ITT.

Je me suis même assis sur sa machine à écrire et cette idiote a continué à taper. Elle était sérieuse, appliquée, ses longs doigts s'activaient agilement sur les petites touches toutes rondes. La musique était jolie, mais un peu monotone. Elle était une dactylo parmi d'autres, que ses copines avaient l'air de bien aimer. J'aurais pu l'aider, mais comment communiquer avec elle ? Puis, il y a un an, j'ai senti qu'elle m'appelait littéralement et je l'ai rejointe dans une cafétéria. Sans un mot je me suis assis sur une chaise de formica jaune, et elle a semblé me voir. Elle a esquissé un geste puis son regard s'est un peu perdu surtout avec son œil gauche qui se barre de temps en temps. J'ai tendu les bras vers elle et j'ai dit :

« — Josepha, mon enfant.

« Sa bouche s'est ouverte pour me répondre, mais l'idiote regardait un peu à côté et c'est la serveuse qui est venue. Maintenant, elle m'appelle bien plus fort. Il a dû se produire quelque chose. »

Claquement de porte. L'obèse sortait de chez Josepha, se dirigeant droit sur son cornet de pop-corn qu'elle observa avec une suspicieuse attention.

— Il n'en manque pas un, s'entendit dire Samuel. J'ai fait bonne garde.

11

Jonathan Korn reprit d'une voix d'adulte qui parle à un enfant :

— Je te l'ai dit trois fois, Margot, six et un c'est la meilleure porte avec le trois et un. Il n'y a pas à hésiter. Tu descends un six et tu couvres avec un un. Voilà, c'est le premier verrou. Il est aussi important qu'une bonne porte à l'intérieur de ton board[1].

La chambre à coucher de Jonathan était plongée dans une quasi-obscurité. Entre les deux larges portes-fenêtres, avec leur terrasse dominant le Park, se trouvait un bureau Boulle à huit pieds, généreusement chargé d'incrustations d'ivoire, de cuivre et d'ébène.

Sur les flancs et sur le plateau étaient gravés des loups, des gorgones, des dragons, des licornes et autres animaux fabuleux. Le noir, le rouge et l'or entremêlaient adroitement leur étrange alchimie pour faire de ce bureau un pur chef-d'œuvre.

Ce meuble Boulle était surchargé de livres de toutes sortes, reliures précieuses, anciennes, jaquettes modernes aux couleurs résolument agressives, livres de poche, livres d'école fatigués d'avoir été manipulés par mille doigts, revues d'art et de sciences. Et sous le bureau, de chaque côté, encore des livres.

Un peu plus haut, se trouvait accroché au mur un portrait de Jonathan Korn, dans le style des peintres hyper-réalistes américains.

Contre le mur du fond, face aux fenêtres, se trouvait un lit carré géant généralement recouvert d'une luxueuse fourrure de Guanaco. Avec sa couverture répandue sur le sol, ses draps chiffonnés, ses oreillers aux quatre coins de la pièce, il évoquait en cet instant un champ de bataille tendrement dévasté par des soldats nommés Amour.

Dans un autre coin, posé à même la moquette beige, reposait, muette, une batterie de téléviseurs, de magnétoscopes, de platines stéréo, de haut-

1. « Verrou, porte, board », expressions de backgammon.

parleurs et de téléphones dont les fils s'entremêlaient anarchiquement.

Jonathan essayait d'inculquer à Margot les rudiments du backgammon.

La jeune fille portait une chemise de Jonathan dont elle avait relevé les manches et qu'elle n'avait pas boutonnée.

Dans la fièvre du jeu, l'on voyait parfois jaillir un sein blanc, doux et rond.

— Pourquoi ce backgammon est-il en matière synthétique et non pas en cuir, puisque tu es si riche ?

Jonathan sourit à la jeune fille et dit :

— C'est une bonne question, Margot. Ce backgammon, je l'ai acheté chez Smithson à Old Bond Street à Londres. Il a été inventé par Philip Martin, un des meilleurs joueurs du monde. On l'emmène sur les plages ou sur les bateaux. Sa grande taille, sa légèreté, le diamètre et l'épaisseur des pions le rendent agréable à la manipulation. Bref, je possède le meilleur backgammon possible, comme je vais essayer de séduire la meilleure Margot possible.

— Comment, me séduire ? Mais je suis séduite !

— Qui est séduite en toi ? Le jeune mannequin photo de chez Eileen Ford, la jeune étudiante d'UCLA, la noceuse consommatrice d'alcool, de drogues douces et de sexes masculins performants ? Dis-moi quelle Margot est séduite. Dis-moi à qui j'ai affaire

La jeune fille, décontenancée, garda le silence un long moment, puis balbutia :

— Jonathan... je... je ne comprends rien à ce que tu viens de me dire. Tu m'as séduite moi tout entière. Je t'aime. C'est tout.

Jonathan se taisait. Margot reprit :

— Je t'aime, Jonathan. Je te trouve plus désirable que le chocolat Lindt amer...

Jonathan interrompit la jeune fille :

— Veux-tu que j'essaie d'écarter les rideaux compliqués de la réalité ? Bien, je vais être le professeur et tu seras ma seule élève.

Jonathan composa une lumière qui l'éclairait jusqu'au buste seulement et s'assit derrière son bureau.

Margot se mit sous le bureau. Tandis que Jonathan parlait, elle commença à lui lécher les doigts de chaque pied, très lentement, l'un après l'autre. Jonathan, impassible, faisait le professeur :

— Comment est la vie ? La vie est simple. Comment est la vie ? La vie est compliquée.

« Alors comment est la vie ? La vie est simple et compliquée.

« La vie est-elle simple et compliquée à parts égales ? La vie est simple et compliquée à parts égales, mais inégales.

« Je te livre le fond de ma pensée : la vie est très compliquée. Rien n'est simple. Le moindre événement, anodin en apparence, s'avance masqué. Il a une apparence qu'il te faudra bien déchiffrer et c'est à toi de te débrouiller. Cette jeune vierge, à la petite culotte blanche tricotée main, aux yeux timidement baissés et à la pudeur facilement outragée, est-elle vraiment ce qu'elle paraît être, ce portrait idéal et simple dont nos sens nous rapportent une fidèle image ? Ou bien n'avions-nous pas, à travers nos sens abusés, les moyens d'investigation nécessaires à la découverte de la Véritable Vérité Vraie ?

« Nous aurions pu alors, je veux dire *tu* aurais pu alors ne pas être dupe, même une seconde. Hélas, la créature qui apparaissait à tes yeux, nimbée de candeur virginale, n'est autre qu'un travesti brésilien de cinquante-neuf ans, accablé d'une blennoragie rebelle. Ces cheveux abondants et soyeux, ces dents éblouissantes, ce beau visage aux pommettes hautes prolongé par un cou sans défaut, cette poitrine arrogante, ce ventre délicieusement bombé, ces cuisses tendres et fermes à la fois, tout n'est qu'illusion : artifice, make-up, chirurgie, prothèse. »

Margot lui mordillait maintenant un mollet. Le professeur Jonathan s'interrompit :

— Aïe, tu me mords ! Tu t'emmerdes !

— Mmmm, fut la seule réponse de Margot.

— Prenons un exemple, continua Jonathan : Rebecca m'aime. Elle me le dit. Elle le croit. Elle m'envoie une lettre, je l'ouvre, je lis ces mots : *Je t'aime. Rebecca.* »

Margot l'interrompit :

— Cette Rebecca, je vais lui faire une grosse tête.

Jonathan enchaînait en riant :

— Elle part à Florence, en voyage d'affaires pour un mois. Tous les jours, elle me téléphone et elle me dit : *Je t'aime.*

« Mais n'as-tu pas d'autres aventures ? Ou une aventure ? Tu es si loin, Rebecca, et les Florentins sont si séduisants !

« Rebecca me répond :

« — Comment pourrais-je me laisser séduire par un Florentin alors que tu es pour moi tous les Italiens, les Français, les Africains, les Indiens, les Arabes, bref tous les hommes, tous les amants possibles, alors un petit Florentin, tout seulet, tu penses !

« Puis elle rentre, nous nous voyons, émus, heureux. De son sac dépasse un grand cahier sur lequel est écrite une courte lettre, dix fois refaite, dix fois raturée, et dont l'original est sûrement entre les mains du destinataire. Je lis : *Cario mio, où as-tu disparu, si rapidement. Dommage, je quitte Florence sans te revoir. Je t'aime beaucoup, beaucoup. Rebecca.* »

— Moi aussi je t'aime beaucoup, beaucoup, dit Margot.

Puis sa langue reprit sa recherche aventureuse.

— Que penser ? Est-ce une manœuvre de la diabolique Rebecca pour me faire croire qu'elle a eu un amant et me rendre ainsi jaloux ? Est-ce un cher ami ? (Il n'y a pas que la sexualité dans la vie. Comment, il n'y a pas que la sexualité dans la vie ! ?) Ou bien alors Rebecca est véritablement une salope...

— C'est une salope ! cria Margot.

— Dernière hypothèse : me sachant incapable de résister à l'appel de la bête, elle se dit : pourquoi n'aurais-je pas droit à un petit Florentin une fois ou deux alors que lui ne se gêne pas, mais vraiment pas, et toute l'année, que je sois à Paris ou à Florence d'ailleurs.

« Alors vérité ou mensonge ?

« Vérité et mensonge.

« La vie est compliquée.

« Tu sais ce qui m'a rendu le plus furieux dans cette histoire ? Ce n'est pas d'avoir imaginé Rebecca dans les postures les plus lubriques offrant son corps de satin à la furia transalpine, dont je sais bien qu'elle est une légende. Non, ce qui m'a rendu furieux, ce qui m'a fait beaucoup de peine, c'est que le Florentin ne savait pas qu'il tenait entre ses bras, pour un instant fugitif comme une caresse, comme la vie d'un papillon, un être d'une immense valeur, et qui paie ses rencontres les plus modestes avec de la vraie monnaie.

« Je l'imagine, ce trouduc, allant raconter sa bonne aventure à ses copains : "Tu sais, la grande Parisienne qui faisait des manières, je l'ai baisée dès le premier soir. Elle était comme une folle. Quel coup ! Une vraie malade du sexe ! Elle m'a écrit. Voici la lettre... Je lui donnerai rendez-vous et c'est toi qui iras. Tu diras : Julio a eu un empêchement, je m'appelle Giovanni".

— Quel salaud, ce Julio !

Puis sans plus attendre Margot commença à mordiller le sexe tendu de Jonathan.

PREMIERS CRIMES

1

John Meisner avait fait de sa table de cuisine un établi rudimentaire sur lequel se trouvaient pinces, tournevis, perceuse électrique, bref, tout le petit matériel destiné à aider l'honorable profession de voleur-receleur-maquilleur.

« Non seulement je les ai volés, mais en plus ils ne marchent pas », dit John en frappant violemment l'un contre l'autre les deux talkies-walkies extrêmement perfectionnés.

Quand il eut changé les piles et réglé la fréquence, il put obtenir une émission et une réception satisfaisantes. La sonnerie du téléphone l'interrompit, c'était Maurice Faynbaum. Il voulait passer.

— Impossible, dit John. Je suis en plein travail dans ma caverne d'Ali Baba. J'efface les numéros de série, j'imprime de fausses factures, la routine quoi. Bien sûr, si tu avais un mandat de perquisition, ce serait différent.

— Arrête tes conneries. Rendez-vous en bas dans dix minutes.

Maurice l'attendait en bas dans sa voiture et dès que John se fut assis, ils démarrèrent en trombe, actionnant la sirène et le gyrophare.

— Gaël Loeb, la voyante, a été assassinée. Tu la connaissais. Tu pourras m'aider.

— Qu'est-ce que ça me rapporte d'aller avec toi ? demanda John en souriant.

Maurice le regarda si durement que John arrêta immédiatement de sourire.

Ils furent rapidement à Madison Avenue, devant l'hôtel particulier. Les camionnettes de CBS, ABC et NBC, les trois principales chaînes de télévision américaines, étaient là, ainsi qu'une ambulance, une voiture de police et les journalistes les plus importants de la ville, pas du menu fretin genre chiens écrasés, mais les ténors. Les badauds s'agglutinaient comme des morbacs et seul un important dispositif de police permettait de distinguer le bon grain de l'ivraie et de laisser passer au compte-gouttes les spécialistes du crime.

Maurice prit son ami sous son aile tutélaire. Après un petit coup d'ascenseur, ils se retrouvèrent dans la fameuse entrée que John avait baptisée l'antichambre de la mort.

Le vieux médecin légiste, usé par les années et par le contact quotidien de l'horreur, les emmena sans mot dire jusqu'à la chambre de Gaël Loeb.

Tout était rose, la moquette, la soie de la tenture murale, les rideaux et même les draps de satin de l'énorme lit rond.

Une ombre chétive, prostrée, s'agrippait à un montant du lit. La créature tourna son visage défait vers les nouveaux arrivants et à genoux devant eux reprit, râles et sanglots mêlés, sa litanie de désespoir.

John reconnut Birgitta Bucholtz, la psychanalyste, propriétaire des lieux.

En plein centre du lit, disposée par un macabre

metteur en scène se trouvait Gaël, ou plutôt ce qui avait été Gaël.

Elle était entièrement nue, sur le dos, jambes et bras écartés, les yeux ouverts, fixes et brillants.

Le ou les tueurs l'avaient purement et simplement découpée en morceaux, très soigneusement et entièrement vidée de son sang. Pas une goutte sur les draps.

La tête, découpée comme si l'on avait suivi un pointillé à la hauteur de la glotte, avait été replacée à la base du cou, très précisément.

La poitrine avait été découpée sous les seins, en deux parties d'une égale longueur. Chaque bras et chaque jambe avait été sectionné et replacé à l'endroit exact qu'il occupait de son vivant. Cette mort, incongrue, si simple, si perfectionnée, si « technique », était-elle l'œuvre d'un fou ?

Maurice et John se regardaient, muets de stupeur : ils avaient remarqué en même temps le détail qui aurait terrifié n'importe qui : on avait enfoncé dans la bouche de Gaël une pierre brune dont une partie seulement dépassait. Elle y avait sûrement été introduite après la mort, et de force, peut-être à coups de marteau ou de maillet. Elle avait brisé la plus grande partie des dents, et la mâchoire de la morte, après ce viol ultime, s'était refermée sur cette pierre.

Tous les flics de la brigade criminelle connaissaient la signification de ce message : c'était la punition que la Mafia réservait à ceux, mafiosi ou non, qui avaient trahi la loi de l'Omerta, c'est-à-dire la loi du silence.

Birgitta Bucholtz se souvint enfin de sa rencontre avec John. Elle se releva, se jeta dans ses bras en se collant frénétiquement contre lui et en hurlant :

— Ils ont tout pris, ils ont pris les documents. J'ai peur. Ce sera bientôt mon tour.

Maurice Faynbaum libéra doucement John de l'étreinte de la jeune femme et lui demanda si elle avait assez de force pour répondre à ses questions.

Elle hésita, puis acquiesça. Maurice demanda à tous de le laisser seul avec elle. Elle supplia :

— John peut-il rester avec nous ?

A contrecœur, Maurice accepta de faire pénétrer John dans le secret d'une enquête policière.

Birgitta Bucholtz répétait :

— Ils lui ont pris tous ses dossiers. Toutes ses notes. Son agenda aussi a disparu. Cela devait être un intime ou un client car il est allé droit aux papiers. Rien n'a été forcé. Gaël elle-même a dû lui ouvrir puisque nous n'avions qu'un jeu de clefs chacune.

En effet, la chambre était parfaitement en ordre et seul un tiroir de la table de nuit béait. Ils y trouvèrent des chéquiers, des billets de banque en dollars, francs suisses, francs français, un passeport et un permis de conduire international. Sous ce tiroir ouvert, un tiroir plus profond contenait la boîte à bijoux. Elle n'était pas fermée à clef. Maurice l'ouvrit devant Birgitta : pas un bijou ne manquait.

Sur un valet de nuit, près de la coiffeuse, était accroché un tailleur Chanel, lui aussi dans les tons roses, que Gaël portait ce jour-là. Tout à côté, sur une chaise, étaient soigneusement disposés une combinaison, une petite culotte, un soutien-gorge, des bas et un porte-jarretelles. Les chaussures étaient sous la chaise, côte à côte, avec à l'intérieur leur forme en bois. Rien ne traînait. Pas le moindre désordre. Pas la moindre poussière. John ne put s'empêcher de penser : « Elle devait se faire baiser sans froisser les draps. »

Maurice, lui, ne se marrait pas du tout. Il respira profondément et, d'une voix qu'il parvint enfin à rendre presque normale, il demanda à Birgitta :

— Connaissiez-vous le contenu de ces documents ?

Birgitta répondit :

— Même si la voyance n'est pas comme la psychanalyse une science à la technique codifiée, Gaël d'une certaine manière était amenée à se comporter comme l'eût fait un psychothérapeute ou même un psychanalyste. Elle travaillait très sérieusement, prenait des notes et constituait des dossiers sur chacun de ses visiteurs. Il était intéressant pour elle comme pour le client de confronter les prédictions avec ce qui s'était réellement passé. Gaël pouvait ainsi faire des progrès dans la manière d'exprimer un événement en lui donnant son importance exacte au moment de l'acte de précognition.

Birgitta semblait étonnée d'entendre le son de sa propre voix, si nette, si calme, même, alors que l'on venait à peine d'assassiner son amie. Maurice l'encourageait du regard.

Elle reprit :

— Il est difficile de vous donner des noms. A part quelques personnes vraiment célèbres et dont certaines sont également mes patientes. Nous avions fait en sorte d'avoir une vie professionnelle très compartimentée. Gaël m'envoyait très peu de clients. Elle était généreuse mais prétendait, et parfois nous nous disputions, que je vendais du vent. Il a vraiment fallu que j'obtienne des améliorations spectaculaires chez deux de ses clients pour qu'elle prenne la psychanalyse au sérieux et qu'elle me porte une estime professionnelle.

A ces derniers mots, Birgitta se mit à pleurer en silence, comme pour elle-même.

Maurice proposa alors de quitter la pièce. Après un dernier regard pathétique à la morte, Birgitta conduisit les deux hommes dans le cabinet de voyance.

C'était un carré parfait, entièrement tendu de noir, plafond compris. Au sol, une moquette noire. Pas de bureau. Des spots enchâssés dans le plafond et les murs donnaient une lumière douce qui découpait la pièce en volumes étranges. Au centre une lourde table ronde, basse, en bois noir. Sur son plateau, un simple cendrier en opaline rosée. Puis se faisant face, deux fauteuils imposants, au dossier large, aux accoudoirs et pieds courts en ivoire sculpté. Les motifs sculptés représentaient des boucs noirs aux yeux blancs menaçants.

Sur un des murs, face aux fenêtres occultées par de lourds rideaux de velours noir, étaient accrochées, alignées dans un ordre parfait, neuf gravures encadrées d'acier.

Maurice et John s'approchèrent et les dévorèrent des yeux. Birgitta les informa :

— Ce sont des gravures anciennes. Elles représentent les formes les plus puissantes des Forces Obscures.

Et, tel un guide dans un musée, elle les nomma :

— A l'extrême gauche est représenté Lucifer, Empereur des Ténèbres. Près de lui, Belzébuth, Prince des Ténèbres. Puis Astarot, Grand-Duc, Lucifugé, Premier Ministre, Satanachia, Grand Général. A sa droite, Agaliarept, Général en second, Fleureuty, Lieutenant Général suivi de Sargatanas, Brigadier. Enfin Nebiros, Maréchal de camp.

John et Maurice se regardèrent en silence, impressionnés. Maurice les abandonna un instant et retourna dans la chambre de la morte.

Il revint bientôt avec un cadre identique à ceux

qui étaient accrochés au mur. Il avait dû contenir une photographie. On voyait très nettement que le papier de protection avait été arraché, au dos du cadre, et la photo dérobée. Maurice demanda :

— Connaissez-vous la personne dont la photographie se trouvait dans ce cadre ?

Birgitta réfléchit et sembla se souvenir :

— Mais oui, je l'ai vu deux fois ici. Une trentaine d'années, plutôt grand, en bonne forme physique, les yeux noirs, très beau sourire, respirant la joie de vivre. Elle m'a simplement dit : « Je te présente un ami. »

— Y avait-il une inscription sur la photo ?

Birgitta n'hésita pas et répondit :

— Il y avait effectivement une inscription, je m'en souviens car elle était mystérieuse et d'une écriture maladroite, j'ai même pensé : il est illettré celui-là.

— Et qu'est-ce qu'elle disait ? reprit Maurice.

— Elle disait : « A celle qui sait tout, celui qui vise juste, avec amour. » La signature était illisible, ajouta Birgitta.

Ils se taisaient tous maintenant comme si de ce silence pouvait jaillir une piste.

Dans le bureau de l'analyste où ils se rendirent, aucun dégât, aucune trace de déprédation. Là aussi les visiteurs avaient dérobé les agendas, les éphémérides, les dossiers clients et leur bande magnétique. Sur le plan professionnel, Birgitta Bucholtz était nue comme un ver. Maurice prit la jeune femme par les épaules, la regarda dans les yeux et lui dit avec une grande gentillesse :

— Je ne connaissais pas Gaël Loeb. Mais je peux imaginer à quel point vous avez mal.

Maurice était sincère. Il était vraiment ému. Peut-être pensait-il à la mort récente de son père, peut-être était-il un bon acteur, mais le message passait. Maurice continua :

— Birgitta, c'est le moment de nous aider. Concentrez-vous sur un détail qui pourrait nous faire avancer. Vous étiez intimes, tout de même.

Le visage de Birgitta s'empourpra. Elle se jeta à l'eau et répondit, émue :

— Oui, nous étions intimes. Nous nous aimions. Nous faisions l'amour toutes les deux. Oh, cela ne nous empêchait pas d'avoir des aventures masculines, mais elle, je l'aimais vraiment. Nous avons fait des choses... terribles ensemble.

— Par exemple ? demanda John.

— Eh bien... parfois nous évoquions ensemble... les Forces Obscures.

— Qu'entendez-vous par là ? demanda le policier.

— Nous étions toutes les deux revêtues de cagoules et de surplis noirs. Pas un grain de notre peau ne devait apparaître à la lumière. Nous placions une alèse de caoutchouc noir sur la table. Gaël se procurait une brebis noire. La dernière fois, nous le fîmes en avril, car il fallait que ça se passe sous le signe du Bélier. Il y avait un mortier pour recueillir le sang de la brebis et ses organes génitaux. Puis de divers coffrets et de fioles, Gaël tirait des poudres, des liquides dont j'ignorais la composition. Elle se livrait alors à la confection de la "Thériaque", médication magique contre le mauvais sort, la morsure d'animaux venimeux ou enragés.

« Après que les ingrédients eurent été soigneusement pilés ensemble dans le mortier, Gaël versait le mélange dans un vase sacré, le "Matras". Puis nous nous mettions nues. Gaël me mettait un bandeau, car je n'étais pas une initiée. Et je n'aurais pas survécu à mes visions. Nous nous agenouillions et dans une langue que je ne connaissais pas mais que j'imagine d'origine runique, Gaël demandait au Malin de venir la Magnifier de sa Force...

La jeune femme s'arrêta, profondément troublée. Maurice se taisait, attentif à ne pas rompre l'atmosphère insolite que la jeune femme avait créée par son récit. John l'incrédule semblait impressionné et lui demanda de poursuivre, à voix presque basse.

La jeune femme s'assit sur son fauteuil de consultation, pressa son front de ses doigts maigres et poursuivit :

— Elle se balançait d'avant en arrière et sa voix peu à peu se modifiait : des sons stridents, gutturaux dont certains devenaient sûrement des ultra-sons que l'oreille humaine ne pouvait percevoir, des couinements, des grouillements puis une note aiguë, déchirante, qui me terrifiait. J'entendais alors un grondement sourd. Il faisait de plus en plus chaud dans la pièce. Des senteurs violentes nous arrivaient, poivre, soufre, odeurs marines, liniments, pourriture, mais aussi farine, levure, cannelle. J'entendais des mugissements, des sifflements, des bruits de vent et de cyclone mais en même temps je me sentais bien, je n'avais pas peur car je savais qu'Il allait me Prendre et que je connaîtrais une fois de plus la Jouissance Interdite.

Soudain le ciel s'obscurcit et un véritable ouragan déferla sur New York. Toutes les fenêtres s'ouvrirent en même temps et un formidable éclair zébra le ciel. La tête de Birgitta tomba sur le bureau comme un robot déconnecté.

Maurice bondit vers la jeune femme, la souleva de son siège, l'étreignit, la secoua frénétiquement mais en vain : elle était morte.

— Et de deux, lança John à voix haute. J'ai une proposition à te faire, dit-il à Maurice, si on partait d'ici ?

2

Josepha Meisner ouvrit une boîte de fer-blanc dont la peinture était usée par les années. On lisait sur une des faces en caractères gothiques le mot SUCRE. Elle y glissa les 15 dollars en petites coupures que lui avait remis la jeune obèse et referma le couvercle. Elle se ravisa, ouvrit la boîte et en renversa le contenu sur son lit. Elle éparpilla les billets et, comme une petite fille qui joue à la marchande, elle se mit à compter sa modeste fortune.

Elle aurait bien voulu prédire à sa cliente un amaigrissement harmonieux et rapide, un mari de taille suffisante et la signature d'un contrat d'actrice avec la Paramount, mais elle n'avait rien vu de tout cela.

Elle ne savait pas mentir ni modifier la vérité de manière que, même douloureuse, elle devienne supportable.

Elle avait vu une maladie grave qui empirait pour se terminer en une mort rapide. Elle était troublée et balbutiait de vagues : « Les choses vont s'arranger », auxquels la jeune obèse répondait : « Mais rien ne va mal. Juste Alain Schwartzenberg qui ne veut plus me voir. Il dit : "Tu es une fille merveilleuse. Tu es trop bien pour moi. Que suis-je d'autre qu'un petit dealer, ce qu'il y a de mieux en moi c'est la qualité de ma coke." »

Elle renifla, essuya deux ou trois larmes et proposa une « ligne » à Josepha qui refusa. L'obèse lui balança une bourrade amicale qui la fit presque tomber de son siège et l'incita à accepter. Une seconde bourrade aurait constitué un début d'homicide.

On aurait souri, attendri, si on avait pu voir Josepha et sa cliente, la narine prolongée par un billet d'un dollar roulé en cylindre, aspirant leur « ligne ».

Josepha prit la parole et livra sa vision :

— Chère Levure (c'était le prénom de l'obèse), armez vous dc courage car je vois de grands ennuis de santé, qui pourraient mal se terminer, mais alors très mal.

— Que dois-je faire ?

— Je vous ai livré ma vision, maintenant si vous voulez un conseil, ce sera très personnel et je ne suis pas sûre d'avoir raison.

— Allez-y, dit Levure. J'ai confiance en vous. Il faut bien mourir un jour, n'est-ce pas ?

Josepha la regarda avec une réelle bonté, se pencha vers elle et lui dit :

— Si vous pouvez jouir de la vie, et de toutes les manières, je dis bien de toutes les manières, n'hésitez pas. Faites-le. Prenez des amants, voyagez, marrez-vous, défoncez-vous, balancez votre argent, ne gardez rien.

Il émanait de Josepha une assurance tranquille. Elle sentait qu'elle parlait juste. Elle comprenait que l'expression de la vision ne suffisait pas. Elle devait l'accompagner d'un mode d'emploi, voire d'un mode de vie.

Elle éprouvait pour la première fois un sentiment nouveau, elle se sentait importante, utile. Ame généreuse et simple, elle découvrait, à travers Levure et sa misérable destinée, qu'elle possédait sur les autres un véritable pouvoir.

Levure avait compris le message. Elle se leva,

ouvrit son sac, et en sortit 15 dollars chiffonnés et les tendit à Josepha.

— Pourquoi 15 dollars ? J'en prends 5, vous le savez.

Levure se moucha, s'éclaircit la voix et répondit :

— 5 dollars c'est pour la voyance. 10 dollars c'est pour le conseil.

Sa cliente partie, l'argent étalé sur le lit en petites liasses bien ordonnées, Josepha se sentait vacante, désœuvrée, son esprit vagabondait. Elle prit la vieille boîte à sucre et en fit jouer le couvercle. C'est tout ce qu'elle avait emporté de la maison, cette vieille boîte où elle mettait ses trésors de petite fille. Elle pensa à Rifka, sa mère, seule dans la maisonnette de bois. Elle eut envie de lui parler et se dirigeait vers le téléphone lorsqu'elle reçut une décharge émotionnelle d'une force inouïe. Elle « voyait » derrière la porte son propre père, Samuel, mort depuis plus de dix ans. Et quelle voix sinon la sienne, mais mue par une volonté étrangère, prononça les mots suivants :

— Mais entre, Papi, tu vas attraper froid avec tes pieds nus.

Et Samuel entra tranquillement, et par la porte, c'est-à-dire à travers la porte.

— Bon, je suis une pauvre folle, dit Josepha à voix haute, ou à une autre elle-même.

Et Josepha, ou une autre elle-même, entendit Samuel, mort depuis dix ans, inchangé, plutôt en bonne forme, répondre :

— Arrête de m'appeler Papi, je déteste ça.

3

Le petit vaporetto arriva à quai.

Martha Walker prit son filet à provisions lourdement garni et tendit l'autre main au vieux Sonnie, capitaine et marin à la fois, afin qu'il la hissât jusqu'au quai.

Chaque fois qu'elle quittait la vénérable embarcation qui l'emmenait de Bay Shore jusqu'à Fire Island, étroite bande de terre sur l'océan d'où les voitures étaient bannies, elle ressentait la même émotion.

Souvenirs, souvenirs.

Brian, alors cadet à West Point, l'emmenait dans la maison de bois que lui avaient laissée ses parents. Une grande pièce avec une vaste cheminée et deux chambres à coucher avec une salle d'eau rudimentaire.

Martha avait consacré la plus grande partie de ses économies à faire, de la cuisine, un véritable petit laboratoire : four à micro-ondes, cuisinière à infrarouges, diversité surprenante de robots domestiques.

Elle se demandait tout en marchant d'un pas ferme vers la maisonnette si, dans vingt ans, à condition bien entendu qu'elle soit encore vivante, elle pourrait téléphoner de son appartement de Madison Avenue à ses robots ménagers de Fire Island et leur commander un savoureux repas.

Elle arrivait.

Elle poussa l'épaisse porte de chêne et entra dans la pièce principale faisant office de living-room et de salle à manger. Elle constata avec plaisir que les deux canapés et les trois larges fauteuils de cuir fauve avaient été livrés.

Brian serait content.

Elle alla dans la cuisine, son royaume, et commença à préparer un véritable festin : trente ans de mariage, ça se fête. Le Général arriverait de la Maison Blanche vers 7 heures en hélicoptère. Il entrerait chez lui, verrait la table dressée, le caviar puis les homards.

Il déboucherait une bouteille de champagne « Dom Pérignon » et dirait de sa voix curieuse qui se brisait dans les aigus :

— Pardon, Martha, j'ai oublié que c'était aujourd'hui.

Il avait toujours oublié. Elle répondrait en lui donnant un tendre baiser :

— Ça ne fait rien, Brian. Je m'occupe des choses importantes, c'est-à-dire le dîner et je te laisse les petites choses : la sauvegarde de l'Occident.

Il rirait, lui rendrait son baiser et elle serait heureuse.

Souvenirs, souvenirs.

Elle alla vers l'armoire en pin centenaire où était rangé en ordre parfait tout le linge de la maison et chercha sous une pile une paire de draps qu'elle trouva bientôt. Elle les pressa contre son visage, aspirant profondément l'odeur ancienne de lessive et de tilleul. C'est dans ces draps qu'elle avait passé sa première nuit d'amour avec l'homme de sa vie.

Martha était superstitieuse et avait décidé que son bonheur serait sans faille tant que les draps seraient en bon état. Quelle bêtise ! Elle sourit à son image dans le miroir de la penderie : petite brune, boulotte, cheveux courts et frisés, superbes yeux noirs, longs cils, bouche étroite et charnue. Pas vraiment grosse, rondelette.

Un bruit de fin du monde la fit sursauter. L'hélicoptère se posait tout près de la maison. Décidément elle ne s'habituerait jamais à ce vacarme.

Brian entra et s'arrêta stupéfait en voyant la table dressée pour une fête, les bougies des flambeaux déjà allumées et un bon gros feu de cheminée ronronnant, chaleureux.

— Pardon, Martha, commença-t-il.

— J'avais oublié que c'était aujourd'hui, enchaîna Martha.

Il la prit dans ses bras, l'embrassa sur la bouche et, barbouillés de rouge à lèvres, ils éclatèrent de rire.

— Allez, champagne pour tout le monde !

Le couple n'avait pas d'enfant. Les examens médicaux avaient révélé que la semence de Brian, quoique d'une très bonne qualité et d'une abondance suffisante, ne comportait pas le principe vital qui féconde l'ovule. Cette carence n'enlevait rien à sa vigueur ni à ses appétits sexuels, mais procréer lui était impossible.

Ils avaient longtemps hésité à adopter un bébé. Les années avaient passé et ils y avaient renoncé.

Le couple avait assez de facultés intellectuelles, lui, officier de l'armée des États-Unis, et elle, éditorialiste d'un important journal féminin, pour se suffire à lui-même.

Après la passion des premières années s'était établi un amour profond composé de tendresse, d'estime, de complicité, d'habitudes, conforté par la réelle réussite professionnelle de chacun.

Attentifs l'un à l'autre, préférant un égoïsme à deux aux mondanités et aux vanités que leur statut social pouvait leur apporter, ils étaient chaque fois réellement heureux de se retrouver seuls.

A la seconde bouteille de champagne, certaines

craintes diffuses de Martha devinrent une évidence : Brian n'allait pas bien.

Ce stratège brillant, ce politique diabolique, cette intelligence redoutable qui l'avait porté au sommet de la hiérarchie, qu'en restait-il maintenant ? Martha voyait un homme inquiet, usé, troublé et, plus grave encore, cherchant à échapper à quelque chose. A quoi ? Mais comment pouvait-elle formuler la moindre question ? Il lui fallait attendre, savoir et alors seulement l'aider, si toutefois elle le pouvait.

Cette fois-ci Brian était vraiment ivre. Il se tassait sur sa chaise, épaules basses, ventre proéminent, pantalon dégrafé. Les paupières de ses yeux injectés de sang papillonnaient et d'une voix d'abord pâteuse puis plus affermie, il parla :

— Martha, ma vie, pour toi je me bats et pour toi je dois gagner, mais, Martha, j'ai peur...

Martha se taisait, médusée, fixant intensément son héros, son Brian, son petit Brian. Il n'était pas question qu'on abîme son grand homme, son petit miel, son quasi-président des États-Unis, son petit ouistiti. Elle tirerait la première, quel que soit l'ennemi.

Brian continuait :

— Comment l'érosion de ma volonté a-t-elle commencé ? Quand ai-je commencé à douter, à ne plus éprouver cette hautaine certitude de celui qui sait à chaque seconde la décision à prendre pour le bien du peuple américain et pour les siens ? Martha, je suis cassé. J'ai attrapé la lèpre et je ne connais pas le remède. Est-ce tout simplement l'usure du temps ? Se pourrait-il que les êtres les plus forts soient atteints, avec l'âge, de faiblesse, de langueur, d'incertitude ? Pourtant les exemples ne manquent pas, dans l'Histoire, de glorieux vieillards qui, d'une poigne de fer, ont mené leur pays à la victoire, puissants jusqu'à leur dernier souffle.

Martha s'agenouilla devant l'homme qu'elle vénérait, lui prit tendrement les mains, s'en cacha le visage et fermant les yeux dit d'un ton qu'elle voulait évident mais qui sonna comme une prière :

— Tu es de ceux-là, Brian !

La sonnerie aigrelette du téléphone retentit.

Seul le Président connaissait ce numéro.

Brian écarta tendrement Martha, se leva et, le regard clair, le visage résolu, s'approcha de l'appareil et décrocha.

4

Quand il me prend dans ses bras,
J'entends son cœur qui bat
Je vois la vie en rose...

Laura Kebicherian était décidément insatiable. Quand elle s'était dévêtue, John avait eu une bonne surprise. Le corps était trapu, compact. Ses seins, deux obus bruns couronnés par une tache sombre, surplombaient un ventre dur et bombé. Avec son nez fort et droit qui prolongeait en une ligne parfaite le front, sa grosse bouche, son cou puissant, elle ressemblait à un bas-relief assyrien.

Avant qu'elle ne débarque, John lui avait téléphoné et lui avait suggéré de se savonner et de se parfumer au santal, car son parfum de Dior lui donnait des nausées. Puis, pour aller plus loin dans l'insolence, il lui avait demandé de ne pas oublier son chéquier. Il avait ajouté :

— J'accepte les traveller's chèques mais je refuse les cartes de crédit.

La jeune femme lui avait répondu :

— Je paie mes investissements cash.

Il me dit des mots d'amour
Des mots de tous les jours
Et ça m'fait quelque chose...

« Et voilà, pensait John allongé sur le dos, chevauché par cette furieuse walkyrie, écume aux lèvres, à la recherche du plaisir. Je suis devenu un prostitué. » Il ferma les yeux et imagina que c'était un film : *Network*, qu'il était William Holden et que Faye Dunawaye lui faisait subir ce délicieux outrage.

Édith Piaf continuait :

Il est entré dans mon cœur
Une ère de bonheur
Dont je connais la cause...

Cette chanteuse française, avec son vibrato désespéré, remuait en lui ce que chez tout autre être humain on aurait appelé une âme.

Il faisait nuit. Dans la chambre, quelques néons rose pâle, basse tension, dispensaient une lumière douce et rendaient les corps nacrés.

Laura gémissait, assouvie pour un temps. Il refusa son baiser (comme les putes, pensa-t-il). Elle lui murmura :

— Tu ne m'as rien donné, tu as gardé ta semence, comment peux-tu ? Tu ne ressens ni ne partages donc jamais la moindre émotion ?

Et toi pour moi
Moi pour toi
Pour la vie
Il me l'a dit
L'a juré
Pour la vie...

Laura s'était allongée sur le dos contre lui ct écouta avec John la pathétique rengaine. Puis elle se mit à pleurer en silence.

John actionna un potentiomètre. La lumière se fit un peu plus forte. Il tendit un peignoir de bain à la jeune femme qui s'en revêtit frileusement, sans cesser de pleurer.

— Chère Laura, essaie d'avoir une démarche cohérente. Tu voulais faire l'amour avec moi. Tu n'as pas cru une seconde à ce fonds d'investissement et pourtant il existe. Tu recevras tes actions dans la semaine. Les géologues sont très optimistes. Les plates-formes *offshore* sont à pied d'œuvre et nous forons dès janvier.

— Arrête tes conneries ! Je m'en fous de tes plates-formes. Tu n'es donc pas un être humain ? La dernière des pipeuses à 2 dollars a plus de cœur que toi. Tendresse, tu connais ce mot ? TENDRESSE, je vais te l'épeler, te le tatouer sur tes pauvres couilles avares.

Tout en assenant ces paroles bien senties, Laura parvenait à conserver le contrôle de ses émotions. Elle conclut dignement :

— Au fond, 10 000 dollars je les perds avec un banco au baccara, sans plaisir et en une seconde. Si je t'en donne 20 000, aurai-je droit à un baiser sur la bouche avec introduction de la langue ? Pour 30 000 dollars peut-être me donneras-tu un peu de ta précieuse semence et si je fais un effort, disons 50 000, pourrai-je bénéficier d'un « je t'aime » ?

John était ravi :

— Ah ! Voilà la Laura qui me plaît. Je retrouve la guerrière qui a eu assez de force, de mérite pour recevoir sans broncher les coups les plus redoutables de la fortune : hériter en moins d'un an de sa grand-mère, de ses parents, retrouver deux Matisse, un Picasso dans un misérable château de famille. Tripler sa fortune en quelques jours en sachant, par son cousin, que la ville d'Atlantic City allait avoir à nouveau l'autorisation de faire fonctionner les casinos. Cela ne fait-il pas montre d'un beau courage ?

— Mais tu es jaloux !

— Eh oui, ma chère Laura, c'est la lutte des classes. Tu devrais penser à ce truc-là de temps en temps.

Laura, sincèrement étonnée, regardait le duplex confortable, raffiné, avec ses étagères bourrées de gadgets.

— Mais tu es riche, toi aussi !

— Oh non, lui répondit John. Je suis loin d'être riche. Mais, crois-moi, je vais le devenir. Je fais tout pour ça.

Et il s'approcha d'elle, lui sourit, la serra contre lui, déposa un gentil baiser sur son nez et dit :

— Absolument tout.

5

Carolyn Way est situé sur les hauteurs de Coldwater Canyon à Beverly Hills, qui est avec Bel Air le quartier le plus huppé de Los Angeles.

Au point culminant de Carolyn Way s'élevait une immense propriété entourée de murs infranchissables prolongés de barbelés peints en noir. On accédait à la propriété par une épaisse porte de fer à double battant également peinte en noir, surmontée de pics d'acier acérés.

Au milieu de chacune des deux portes était sculpté, noir sur noir, un œil gigantesque placé au centre d'une étoile à cinq branches. A l'extrémité de chacune des branches étaient gravés des caractères hébraïques presque effacés par le temps. Les portes de métal semblaient anciennes alors que les pics qui les surmontaient et les murs étaient récents.

Une vaste demeure en pierre de taille, rare dans cette région où l'on construit en matériaux légers de crainte des tremblements de terre, se trouvait au centre de 5 hectares de jardins impeccablement entretenus.

Il y avait une piscine face à laquelle se trouvaient le dais élégant d'un petit club-house, deux courts de tennis en terre battue, un grand potager et des bancs, des statues d'un goût remarquable dans l'esprit du XVIIIe siècle français.

Au bord de la piscine, protégé du soleil par un parasol, était assis sur un confortable fauteuil un homme d'une cinquantaine d'années : Ange Damon. Il parlait au téléphone, et dans son costume de lin blanc, ne semblait nullement incommodé par la chaleur californienne.

— Sont-elles mortes selon le rituel ? demanda-t-il.

Il écouta attentivement la réponse qui ne sembla pas le satisfaire. Il était calme. Ses paupières ne cillaient pratiquement jamais. Ses pupilles noires, opaques, ne bougeaient pas dans leur orbite.

A ses pieds reposait un Doberman noir, superbe,

un des plus gros qui existent, un monstre. Il avait perdu un œil au service de son maître. Comme pour un être humain, Ange Damon lui avait fait confectionner une œillère de cuir.

La conversation téléphonique se terminait. Ange resta immobile, songeur, presque endormi. Puis il fut debout en un instant, suivi du Doberman comme d'un autre lui-même. Il émanait de cet homme une sensation de forte concentration, de danger, jusqu'au malaise.

A deux pas, était garée une petite voiture électrique recouverte d'un parasol rectangulaire de couleur vive. Ange et son Doberman s'y installèrent et sans un bruit, délicate coccinelle sur le gazon uniformément vert, la voiture se mit en marche.

Ils traversèrent d'abord le potager, où une diversité d'arbres africains entremêlaient librement leurs excroissances exubérantes puis les jardins à la française où, par le talent d'invisibles jardiniers, cohabitaient les espèces les plus diverses. Ordre, élégance, rigueur. Ensuite le gravier, crissant sous les roues minuscules. Ils étaient arrivés. A l'aide d'une clef plate, Ange ouvrit une petite porte en bois sombre bardée d'une vigoureuse ferronnerie.

Le Doberman maintenant le précédait. Au bout d'un sinueux couloir grossièrement creusé dans des roches granitiques, ils arrivèrent devant une porte semblable à la première.

Le chien haletait. Il semblait, par des jappements rauques, appeler quelqu'un de l'autre côté.

Une autre clef, et la porte s'ouvrit sur une immense salle parfaitement carrée, creusée également dans le roc, au sol soigneusement recouvert d'une épaisse moquette bordeaux cardinal. Aucune autre issue. Aucune fenêtre.

Du plafond pendaient six points de lumière harmonieusement disposés, composés d'une demi-sphère de métal sombre faisant office d'abat-jour, protégeant des ampoules blanches de faible puissance.

Ange fit un signe amical à des jumeaux qui, en silence, feuilletaient des journaux illustrés en compagnie d'un jeune métis d'une dizaine d'années, assis sur un canapé de métal blanc. Un sourire de satisfaction éclaira son visage marmoréen pendant que ses yeux faisaient l'inventaire de cette salle de cérémonies secrètes.

Ange retrouvait avec satisfaction le lit en fer-blanc, aux quatre coins duquel étaient fixées quatre poulies dentées en fer, destinées à écarteler les membres un par un ou simultanément. Tout près, un bloc opératoire ultra-moderne et parallèlement un grand plateau d'acier où était disposé, sortant à peine de leur autoclave, un assortiment complet d'instruments chirurgicaux dont le métal scintillait sous la douce lumière des ampoules.

Au centre de la pièce on avait creusé un bassin circulaire de cinq mètres de diamètre. Les parois en étaient translucides. Un liquide vert plomb, dense, opaque, semblait bouillir, sa surface agitée par un paisible floconnement.

Près du canapé occupé par les jumeaux et l'enfant, il y avait une sorte de sarcophage de métal sculpté. Il représentait un personnage malin, jambes légèrement pliées, buste penché, plutôt cassé en avant. A l'endroit du postérieur, une découpe de métal constituait le seul accès visible à l'intérieur du sarcophage.

Ange s'approcha du canapé et dévisagea le jeune métis avec tendresse :

— Comment t'appelles-tu ?

— Julio.

— Comme tu es beau !

Et Ange lui caressa les cheveux, puis la joue, puis le cou.

— Tu parles l'anglais ?

— Un poquito.

Le magicien sourit. Il s'adressa aux jumeaux :

— Mais il est un ange comme moi.

Les deux jumeaux s'étaient levés et souriaient à Ange comme d'une plaisanterie très intime, très amusante, qui confirmait leur complicité.

Avec une rapidité inouïe, le Doberman avait pris son élan et se jetait, gueule ouverte, sur le jeune enfant. Plus vite encore, sans se concerter, les jumeaux s'étaient transformés en bouclier et ils tombèrent tous les trois, hommes et chien mêlés. L'enfant n'avait pas bougé et regardait gravement le magicien de ses beaux yeux noirs pleins de questions.

— Il s'appelle Azraël, dit Damon. Il ne savait pas que nous étions amis.

Julio eut un petit sourire, peu rassuré.

— Pardon, Julio, tu as eu peur. Mais bois ceci. Après tu seras bien.

Vlad tendait à l'enfant un verre de cristal tandis que Nicolas le remplissait d'une liqueur rouge translucide qu'on eût pu prendre pour de la grenadine.

Julio hésita, regarda chacun des trois hommes, puis le chien, renifla le verre et finit par le porter à ses lèvres. Il but lentement la drogue tout en regardant Ange qui ne cessait de lui sourire.

— C'était bon, dit l'enfant.

— Tu en auras encore tout à l'heure.

Une légère transformation apparaissait chez Julio. Ses yeux brillaient, il riait franchement. Il demanda de la musique. Il avait fait un séjour en Espagne et savait danser la sardane. Puis il eut très chaud. Il enleva ses vêtements et les éparpilla.

Vlad, Nicolas et Ange s'étaient mis nus et encourageaient, en frappant dans leurs mains, Julio qui dansait la sardane. Azraël, le Doberman, grondait et se rapprochait dangereusement de l'enfant. Ange, sans cesser de taper dans ses mains, lui jeta un regard et le chien recula.

Julio s'épuisait. Il s'arrêta, frissonnant, en sueur.

— Je suis beau, n'est-ce pas ?

Et il défilait comme un matador, cambrant ses petites fesses brunes, essayant de mettre en évidence la modeste virgule de son sexe.

Il reprit :

— Je veux jouer encore ! Jouons !

Ange s'assit sur le canapé, prit Julio sur ses genoux et l'embrassa d'abord sur les joues puis sur la bouche. Il suça soigneusement chacun de ses mamelons puis mit l'enfant debout, s'agenouilla devant lui, et lentement, délicatement, prit dans sa bouche le sexe du garçon.

Julio avait maintenant l'écume aux lèvres. Ses yeux voletaient. Il tremblait de tous ses membres.

— Je veux jouer encore. Je suis bien.

Ange, d'un geste, intima aux jumeaux l'ordre d'ouvrir le sarcophage. Il était creux. La partie intérieure était garnie de longues pointes de métal, Azraël grondait doucement.

Les jumeaux placèrent l'enfant à l'intérieur du sarcophage, plié en avant, ses fesses se présentant dans la découpe. Julio était ravi. Il chantait. Le magicien plaça son sexe tout contre les petites fesses brunes et cria :

— Maintenant !

Tandis qu'il empalait brutalement l'enfant, Vlad et Nicolas refermaient le sarcophage, poussant simultanément sur chacun des côtés, sans quitter Ange Damon des yeux. Transpercé de cent pointes, Julio poussa un cri inhumain. Puis il se tut, mort sur le coup, tandis qu'Ange, étreignant le sarcophage, vidait sa semence dans le petit corps désormais sans vie.

Du sang giclait par les nombreux trous aménagés à cet effet dans la mortelle prison de fer.

Ange en avait terminé. Il se lava, se rhabilla et dit aux jumeaux :

— Allez-y !

Vlad et Nicolas ouvrirent le sarcophage et délivrèrent le corps.

Le cadavre roula à terre exsudant des jets de sang. Dès que les jumeaux se furent écartés, Azraël, le Doberman, se jeta sur le corps et commença à le dévorer. Les trois hommes sortirent de la pièce et laissèrent le chien terminer sa besogne.

Les deux portes franchies, ce fut à nouveau le soleil californien. Les trois hommes s'installèrent dans la petite voiture électrique qui démarra.

Ange demanda :

— Comment l'avez-vous eu ?

— Nous l'avons acheté à ses parents. 400 dollars.

6

La jeep noire franchit le portail qui se referma sans bruit. Ange conduisait lentement et respirait à pleins poumons l'air des hauteurs.

Quand il atteindrait Goldwater Canyon, les choses se gâteraient. Dès que l'on quittait les collines résidentielles, l'air, à chaque inspiration, piquait les yeux, provoquait la toux et devait vraisemblablement raccourcir l'espérance de vie de quelques secondes.

La jeep passa devant le Beverly Hills Hotel où se donnait constamment, mené par les voituriers vêtus de vert olive, un ballet de Rolls blanches.

On prenait Santa Monica à gauche, on tournait à droite puis à gauche dans Melrose Avenue.

Ange Damon arrêta la jeep sur le terre-plein privé du restaurant « Ma Maison ». Le jeune voiturier lui fit son sourire spécial VIP à grand renfort de dents blanches.

En quelques années, « Ma Maison » était devenu une institution à Hollywood. Un Français, Patrick Térail, neveu du Térail de « La Tour d'Argent » à Paris, avait réussi son coup.

Fleur à la boutonnière, costumé et cravaté de près quelle que soit la saison, il passait aux yeux de ses clients pour un véritable dandy. Patrick Térail, lui, s'en moquait bien. Il avait la « gagne » : un million de dollars par an environ, ça n'est pas mal pour un restaurant composé d'une trentaine de tables de bistrot, entouré de canisses et recouvert d'une bâche de toile de l'armée.

Il se précipita vers Ange comme s'il se fut agi du pape. Le magicien se dégagea sans politesse de l'étreinte et se dirigea, suivi des jumeaux, vers la table qu'on lui attribuait, la meilleure, celle du coin à gauche en entrant, l'AS.

A « Ma Maison », comme chez « Lipp » à Paris, ou au « Harry's Bar » de Venise ou de Florence, la situation géographique d'une table était le baromètre de la notoriété.

Un président de Major Company pouvait passer, s'il était tombé en disgrâce, du tableau d'honneur

portant les numéros de 1 à 5 à l'abîme des tables 25 à 30.

Pis encore, la partie déshéritée du restaurant était surnommée « la vallée », du nom d'une des banlieues pauvres d'Hollywood où résidait une bonne partie de l'intendance de l'industrie cinématographique.

Mais pour les 200 « Beautiful People » qui à Hollywood décidaient des films : financiers, superstars, producteurs, présidents de Compagnies, agents de premier plan, il existait un second degré très raffiné : demander à être placé aux tables de « la vallée ». Ils démontraient ainsi que l'endroit le plus élégant au monde était les quelques centimètres carrés de siège sur lesquels ils posaient leur cul.

Mais dans cette foire aux vanités, il y avait encore mieux : occuper une des cinq tables se trouvant à l'intérieur, à égale distance des trois centres d'intérêt du restaurant : le bar, la cuisine, les toilettes. Les adeptes du troisième degré, en se « cachant », montraient qu'ils étaient bien trop célèbres pour être vus et que le moindre son émis par leur auguste bouche était un secret d'État.

Ange et les jumeaux étaient assis et bavardaient gaiement, commentant les charmes des jeunes comédiennes, saluant de la main les nouveaux arrivants.

Ange siégeait sur sa chaise de bistrot comme sur un trône occupé par son souverain.

Les nouveaux arrivants célèbres ou inconnus, dès qu'ils l'apercevaient, allaient à lui et semblaient lui rendre hommage. Son visage restait empreint de bienveillance.

Peu à peu le ballet mondain s'atténuait. Les gens retournaient à leurs tâches ou à leurs plaisirs. Il était 3 heures. Les trois hommes se retrouvèrent bientôt seuls dans le restaurant. La voix de Patrick Térail, avec son fort accent français, retentit à l'entrée de Joseph Wayenberg :

— Bonjour, Joseph. Madame Biegelman s'est plainte. Tu as encore augmenté le tarif de tes circoncisions !

L'on entendit la voix fluette du rabbin répondre :

— Tu sais combien il faut de circoncisions pour payer chaque mois les traites de ma Cadillac Séville ?

— Mais pourquoi le téléphone dans ta voiture ?

— Pour être sur les coups avant les autres.

Puis le rabbin vit Ange et se tut. Le magicien l'interpella amicalement :

— Et la foi dans tout ça ?

Nicolas ajouta, regardant son chronomètre d'acier :

— Nous avons failli attendre.

Joseph Wayenberg, avec ses Santiags en croco, son jean impeccable, sa chemise de soie blanche et son blouson en daim à franges, aurait vraiment étonné les communautés juives orthodoxes d'Europe. Seule, une discrète calotte de soie noire fournissait une indication sur ses activités.

On le confondait souvent avec l'acteur Gene Wilder dont il avait les cheveux frisés blond roux et les yeux bleus candides.

Il occupa la quatrième chaise.

Après qu'on eut apporté les plats, Ange demanda que le personnel s'éloigne et qu'on les laisse seuls.

A l'aide d'un minuscule détecteur, Vlad et Nicolas firent une rapide inspection sous les tables et derrière les colonnes afin de s'assurer qu'aucune écoute électronique ne s'y trouvait.

Enfin Ange put commencer :

— Cher rabbi, savez-vous ce que je fais ?

Joseph hésita et fit non de la tête. Le magicien reprit :

— J'aide les gens qui ont un problème.

— De quelle façon ?

— En faisant appel à la foi.

Perplexe, Joseph Wayenberg répondit :

— Ce n'est pas exactement ce que j'ai entendu dire.

Ange reprit :

— Il n'y a pas de fumée sans feu. Il arrive parfois que les demandes courtoises, les prières et même les interventions divines ne suffisent pas pour rendre compréhensif un homme de mauvaise foi. Nous sommes donc contraints, à notre grand regret, d'user de procédés différents. Ces individus peu coopératifs, peu sensibles aux choses sacrées, sont, par voie de conséquence, sous l'influence de forces malignes. Il convient d'user à leur encontre de manifestations malignes, voire magiques, voire sataniques...

Ange Damon s'interrompit en riant franchement de voir le visage décomposé de Joseph Wayenberg.

Vlad avait porté ses deux index à son front, comme deux petites cornes, et faisait :

— Hou ! hou ! je suis le vilain petit diable !...

Nicolas donna trois coups sous le plateau de la table et s'écria :

— Hou ! hou ! je suis l'esprit frappeur !

Joseph parvint à sourire :

— Ah, vous plaisantiez. Vous m'avez fait peur.

Ange reprit son visage impassible, fixa son regard féroce dans les yeux tendres du rabbin, lui prit un poignet et commença à le lui tordre :

— Je ne plaisante jamais. A New York, South 40 Central Park, habite Jonathan Korn, président de « Korn Chanel ». Un de mes bons amis a besoin de cette chaîne de télé. Korn ne veut pas la vendre. Il est courageux. Il résiste à toutes pressions. Je veux qu'il soit envoûté, à notre merci.

Joseph Wayenberg claquait des dents. Il essayait de se dégager de la douloureuse étreinte. Il se souleva à moitié et dut se rasseoir en grimaçant. D'une voix haletante, il demanda :

— Et qu'est-ce que j'y gagne ?

Aussitôt Ange relâcha son étreinte, reprit un visage avenant et lui annonça :

— 100 000 dollars, en échange d'un bon envoûtement.

Joseph s'inquiéta :

— Conditions de paiement ?

— 50 000 dollars cash que les jumeaux vous porteront tout à l'heure à votre bureau et 50 000 dollars quand Jonathan Korn aura craqué. C'est d'accord ?

— Oui, c'est d'accord.

— Vous voulez un dessert ?

Joseph déglutit, essuya avec sa serviette son front trempé de sueur et répondit :

— Je n'ai plus faim, merci.

7

Lorsque Joseph Wayenberg quitta le parking du restaurant au volant de sa Cadillac Séville gris métallisé, il tourna à droite dans Melrose et appuya sur l'accélérateur sans même s'en rendre compte.

Ses mains s'accrochaient au volant pour ne pas trembler. Il remercia le Seigneur que tous les feux soient verts et que l'urbaniste ait fait de Melrose une avenue rectiligne. Peu à peu il ralentit, essaya de respirer à fond comme le lui avait appris son moniteur de culture physique et régla le son quadriphonique de son appareil radio à cassettes. Ça le calma un peu.

L'aiguille du compteur de vitesse indiquait encore 90 miles quand il entendit le bruit de la sirène. Il freina brutalement. Un flic noir sur une moto blanche s'arrêta alors derrière son véhicule, descendit de sa moto et s'avança vers Joseph d'une démarche tranquille de cow-boy.

— Ah, c'est vous, rabbi !

Joseph soupira de soulagement à la vue de Jo qu'il connaissait bien. Jo était trop chrétien pour mettre une contravention à un rabbin.

— Vous avez une urgence ? Je vous ouvre le chemin ?

— Merci, Jo. Ça va aller.

Le flic le salua et disparut de son champ de vision.

Joseph se calmait. Il demanda un numéro de téléphone à l'opératrice et bientôt eut en ligne son frère Simon.

— Tu m'appelles de ta voiture ?

— Oui. J'ai besoin de te voir. Vite.

— Un problème ?

— Un gros problème.

— Chez toi dans une heure.

Joseph retrouva le sourire. Simon allait venir et arranger le coup, comme toujours.

Personne ne savait que les Wayenberg étaient de parfaits jumeaux, incapables eux-mêmes de se reconnaître sur une photo où ils figuraient ensemble. L'on aurait difficilement compris, dans la communauté juive de Hollywood, que Joseph soit le rabbin des riches et que Simon, son frère, dans sa synagogue délabrée de Wats, consacre son temps et sa foi aux communautés les plus déshéritées, partageant leur misère matérielle.

Joseph roulait lentement cette fois et se retrouva devant chez lui à Beverly Boulevard. A un bloc de là, se dressait fièrement le building d'ICM, *International Creative Management*, la plus grande agence artistique du monde, qui représentait les acteurs, les écrivains, les metteurs en scène et les producteurs les plus fameux de Hollywood. Certains d'entre eux étaient juifs et faisaient appel à Joseph qu'ils aimaient bien.

Joseph se retrouva dans son petit salon-bureau. Il se servit un verre de whisky qu'il avala d'un trait, desserra la ceinture de son pantalon et s'installa avec plaisir dans son vieux fauteuil de velours côtelé marron aux accoudoirs tachetés de brûlures de cigarettes. Il jeta avec satisfaction un regard sur les nombreux volumes reliés de cuir qui ornaient sa bibliothèque d'acier et de verre fumé.

Plus que 6 traites pour la bibliothèque.

Plus que 3 traites pour les encyclopédies.

En revanche le Talmud, la Kabbale et toute la collection de livres de piété et d'ésotérisme, plus les œuvres complètes de Hemingway, Scholem, Lawrence et Shakespeare étaient entièrement payés.

Tout en haut, sur la dernière étagère, se trouvaient les objets légitimes de sa fierté, la preuve de sa réussite professionnelle, ses Oscars à lui : 7 prépuces, mais attention, pas n'importe lesquels ! Chaque prépuce avait été naturalisé puis enfermé dans un cube de plastique transparent de 3 centimètres de côté, dans du formol, parfaitement étanche. Chaque cube était posé sur un minuscule coussinet de velours rose pâle, lui-même posé sur un socle plus large d'acajou vernis. Au milieu du côté visible de chaque socle était gravé, sur un petit rectangle de laiton, le nom de l'illustre ex-propriétaire de chaque prépuce.

Joseph se souvenait des somptueuses cérémonies au cours desquelles il avait, d'un geste sacré, définitif, fait entrer un petit être innocent dans l'armée glorieuse du peuple élu. Une sonnerie l'imterrompit dans ses souvenirs, au moment où le scalpel allait entrer en contact avec le sexe délicat d'un futur leader.

Le garde de sécurité le prévint par l'interphone :

— Monsieur Wayenberg? Il y a là un M. Wayenberg qui vous demande. J'ai cru que c'était vous !

— Qu'il monte.

Comment informer Simon, son frère, du piège doré tendu par le magicien ?

La bande, bien sûr.

Il retira de son blouson un minuscule magnétophone et le mit en marche. On entendit s'élever, chuintante, métallique, la voix péremptoire d'Ange Damon.

Pas un mot ne manquait.

Joseph termina son whisky cul sec et trouva soudain son avenir moins sombre. Ni Damon, tout magicien qu'il était, ni les jumeaux, avec leur quincaillerie sophistiquée, n'avaient détecté son petit magnétophone.

Ils allaient voir de quel bois sacré se chauffait Joseph Wayenberg.

On sonna à la porte d'entrée.

8

Bien sûr, le jean se fermait mais de petits bourrelets de chair apparaissaient de chaque côté. Josepha Meisner fit jouer la pression, le zip, se contorsionna et, non sans peine, se libéra du « Levi's » taille 36.

« Cette salope de vendeuse m'a juré que ça taillait grand ! »

Elle riait de sa mauvaise foi, sachant parfaitement qu'elle faisait un bon 38/40.

« Je le donnerai à mon frère. Il le mettra devant moi et me dira : "Trop grand, merci." »

Elle sourit tendrement à cette évocation et souhaita devenir riche pour le gâter davantage.

Puis de sa penderie, elle sortit son ensemble « spécial Chanel ». Rien ne manquait : le corsage de soie avec le célèbre col se nouant sur le devant comme un lacet anémique, le petit tailleur bord à bord de tweed roux, gansé de soie fauve avec, sur le poignet mousquetaire de chaque manche, une batterie de quatre boutons, la jupe droite toute simple à mi-genoux, enfin les escarpins bicolores beiges terminés par un arrondi noir.

A l'aide de quelques épingles, elle conforta son chignon et se mira longuement avec une certaine complaisance.

Quel changement depuis ITT !

Personne ne l'aurait crue si elle avait annoncé : « Mon conseiller en élégance ? Celui à qui je dois tout ? Bah, voilà, c'est un fantôme de 1,62 m, tout frisé, le regard grave et rieur, pieds nus et vêtu d'une djellaba pas très nette. »

La radio diffusait une valse de Strauss. Josepha se mit à tourner avec grâce sur le rythme à trois temps un peu désuet. Elle dansait vraiment bien.

Elle se cogna contre un fauteuil. Se souvenant qu'elle était presque aveugle, elle mit ses lunettes à la jolie monture d'écaille (1 000 dollars sans les verres) et continua de virevolter.

Samuel, son non vivant de père, savait tant de

choses maintenant et il aimait les lui apprendre. Au cours de sa dernière visite, ils avaient parlé pendant plus de dix heures. En fait, elle n'avait pas dit trois mots, mais maintenant, elle n'ignorait plus rien du vrai père de Jésus-Christ, de l'âme des plantes carnivores, du temps exact de cuisson de la « pastilla » marocaine, de l'espérance de vie d'un cheveu brun ou du sexe des œufs de saumon.

Mais surtout, pénétrant sans problème dans les demeures de ces fameux *gens importants*, il lui avait, à sa demande, enseigné la manière exacte dont s'habillent les grandes bourgeoises françaises, réputées être les plus élégantes.

Elle s'arrêta de valser et sourit à son portrait : « Quelle belle femme ! s'écria-t-elle, et élégante, distinguée, je dirais même. »

On frappa.

Elle éteignit la radio, remit en place une mèche rebelle et alla ouvrir.

Une petite femme sèche, vêtue de noir, une toque de vison plantée sur la tête, lui faisait face. Josepha eut l'impression que les mots « GENS IMPORTANTS » clignotaient sur le bonnet de fourrure.

Elle n'eut pas le temps de l'inviter à entrer. C'était fait. Josepha se retourna pour rejoindre sa visiteuse qui, déjà installée dans le meilleur fauteuil, lui lança :

— Ainsi vous êtes l'ancienne secrétaire de Humphrey, mon mari ! Mais vous n'êtes pas mal du tout. Il m'avait parlé d'une gourde. Approchez !

Josepha obéit. La visiteuse palpa le tailleur d'une main experte :

— Bravo, belle imitation. Vous aurez bientôt les moyens de vous en offrir un vrai, avec vos séances à 50 dollars.

Josepha n'avait pas ouvert la bouche.

Madona Dowen avait fait illusion quelques secondes. Les choses rentraient dans l'ordre. En évoquant le prix de la consultation, elle rejoignait le nombre de plus en plus grand d'une nouvelle race d'êtres humains : les Clients. Josepha le savait désormais : aucune confrontation n'est innocente. Il faut occuper, dès que possible, le territoire en vainqueur.

Josepha atténua les lumières de la pièce. Dans une demi-pénombre, Madona Dowen aurait moins de mal à formuler ses questions et, éventuellement, à se confesser.

Elle tenta :

— Vous étiez sa maîtresse ?

Josepha s'assit face à elle, la regarda sans sourire et lui dit d'une voix aimable :

— Parlons plutôt de vous.

Josepha perçut bientôt chez la visiteuse une notable transformation. Madona Dowen se sépara de son précieux couvre-chef, s'adossa confortablement dans le fauteuil profond et plaça ses avant-bras sur les accoudoirs.

Après un court silence, elle se décida :

— J'ai soixante ans et je les parais. J'ai eu votre adresse en fouillant dans les poches de Humphrey. J'ai vu un papier rose, c'était votre lettre de démission. Ça m'a émue ce papier à lettres rose et votre nom gravé en noir, en lettres majuscules. J'ai du papier à lettres, donc j'existe !

Josepha sourit :

— Maintenant il est blanc. Mon nom y est toujours gravé, mais en anglaises, comme sur la plaque de la porte d'entrée.

— Laissons cela, reprit Madona. L'élégance et le « bon genre » sont les fientes de la culture. Humphrey vous a vue vivre cinq ans. Il vous regrette. Il vous estimait. Il vous trouvait « épatante ». Ça lui aurait arraché la gueule de vous le dire avec des mots.

— Il me l'a fait comprendre, répondit Josepha sans être tout à fait sûre que ce soit vrai.

— J'aurais préféré qu'il ait une aventure avec vous. Vous êtes bien faite. Peut-être aurions-nous réappris à nous aimer.

Josepha s'exclama :

— Mais vous l'aimez !

— Oui, railla Madona, moi je l'aime mais il m'échappe. Je deviens odieuse. Il y a dans son emploi du temps des trous inexplicables qu'il est incapable de justifier.

— Parce qu'il a à se justifier ?

Madame Dowen se tut, demeura songeuse. Puis elle prit son sac et en retira un assortiment de photographies la représentant avec Humphrey Dowen. Il y avait là toute une vie : Madona jeune et rondelette, avec ses amis le jour de la graduation à Vassar. Puis Humphrey portant le costume de l'équipe de base-ball d'Eton, Madona sur son dos brandissant la batte, la photo de fiançailles dans la demeure fitzgeraldienne des Dowen à Boston, safari en Afrique, avec Nixon et le président d'ITT, à la clinique tenant dans ses bras leur fille unique Pandora, sous le regard attendri de Humphrey, géant débonnaire. Ensuite les voyages à l'étranger, les promotions, les fêtes. Et dans le regard de Humphrey moins de tendresse. Les années passaient, le visage se creusait de rides misanthropes. Madona maigrissait, devenait amère, se desséchait.

Josepha fit un réel effort pour ne pas se sentir concernée, mais elle n'y arrivait pas tout à fait.

Ainsi Humphrey Dowen, président d'ITT, ne l'avait

pas considérée pendant cinq années comme un modeste rouage, mais comme un être humain.

Allait-elle être moins bonne voyante, étant impliquée ? Un instant, elle le crut. Puis les images se formèrent, avec une totale netteté :

— Humphrey tient à vous, très fort. Appelez cela comme vous voulez. Je le vois marchant dans les rues, seul, des heures entières, allant boire un méchant café dans un bar, allant au cinéma pour passer un moment, traînant dans les rues, sans aucun but. Il retarde tant qu'il le peut le moment de se retrouver avec vous.

Madona Dowen sembla chercher un objet à détruire mais le regard vert tendre de Josepha la happa. Elle regarda ce visage amical et, doucement, gardant son buste bien droit, avec dignité, se mit à pleurer.

Josepha ne détourna pas son regard. Elle avait pitié de cette femme et ferait tout pour l'aider.

— Je continue ?

Madona acquiesça de la tête.

— Vous êtes effroyablement seule. Je le vois. Humphrey va courir de graves dangers, non pas dans ses affaires mais dans sa santé. Je vois un grand risque de maladie mentale. Toutefois, il y a une chance de guérison mais, pour le moment, ce n'est pas évident.

— Que puis-je faire ?

Josepha soupira. Une fois de plus, on passait de la voyance aux conseils. C'était inévitable.

— Réapprenez à parler ensemble comme lorsque vous étiez fiancés.

Elle choisit une photographie où le couple dansait yeux dans les yeux, avec une légende tracée à la main : « Pour toujours... »

Elle tendit la photo à Madona qui s'essuya les

yeux et trouva au fond de son sac de vieilles lunettes de métal pour déchiffrer l'inscription.

— C'est mon écriture... Pour toujours.

— Si vous l'aimez, donnez-lui envie de rentrer dans son foyer. Étonnez-le, surprenez-le. Écoutez-le se plaindre. Votre mère vous a sûrement appris que les hommes restent de grands enfants et que ce n'est pas les trahir que de les flatter ou de feindre de les admirer quand on les aime. Sans vous, il est perdu. Vous lui êtes indispensable. Ne le jugez plus. Vivez aimablement, désirez son bien avant tout.

Elle rangea les photos et les tendit à Madona Dowen. Elles se levèrent et Madona se jeta spontanément dans les bras de Josepha. Elle avait gardé ses lunettes de métal et ressemblait à une petite fille désemparée. Elle serrait nerveusement les mains de Josepha et répétait :

— Merci. Merci. Humphrey a raison. Vous êtes épatante. Venez dîner mercredi. Je pense que Humphrey sera d'accord pour vous mettre sur notre liste personnelle.

— Cela changera ma vie ?

— Quatre fois par an, nous fêtons le changement des saisons dans notre maison de Long Island. Sur notre liste se trouve ce qu'il y a de plus talentueux au monde, dans tous les domaines.

Inconsciemment, Madona avait repris son ton de commandement. Voyant Josepha hocher la tête avec un sourire indulgent, elle se tut, écolière prise en faute, puis partit contente. Josepha viendrait.

Josepha se rassit face au fauteuil vide et sans le vouloir, « récupéra » Madona. Il faisait sombre à l'intérieur de l'immense Mercedes 600 aux vitres fumées. Prostrée sur le large siège de cuir, Madona sanglotait sans retenue. Le rimmel avait coulé en deux traînées incertaines, lui composant un masque fellinien.

Deux larmes perlèrent aux yeux de Josepha : « Pleure, vieille petite fille. Tes yeux étaient secs depuis si longtemps. Si je pouvais refaire battre ton cœur, comme je t'aimerais. »

Endosser la vie des autres, leur peine, leur malheur, ou même leur joie était épuisant. Il lui fallait séparer les choses. Elle allait y travailler...

Elle se leva, s'habilla chaudement et décida de faire un tour dans Central Park, même dans le noir.

Après tout, elle était voyante.

Quand il la vit sortir, le gardien l'appela. Elle pénétra dans la loge spacieuse et faillit se cogner à un homme qu'elle avait croisé à plusieurs reprises dans l'immeuble. Elle reconnut le front dégarni, les yeux multicolores. Une profonde émotion s'empara d'elle. Il lui sembla qu'elle ne voyait ni n'entendait plus rien. Elle se retrouva assise sans savoir comment cela était arrivé. Jonathan Korn lui tapotait doucement la joue et lui tendait un verre d'eau.

— Remettez-vous, mademoiselle Meisner. Je viens de faire 10 miles dans le parc, c'est moi qui devrais m'évanouir.

Elle prit le verre qu'il lui tendait et but quelques gorgées. Puis elle le regarda :

— Merci. Je vais mieux.

Jonathan Korn la détaillait avec curiosité :

— J'ai appris par le gardien vos succès de voyante. M'accorderiez-vous une consultation ?

Josepha entendit une voix, la sienne, lui répondre :

— Et vous, monsieur Korn, m'accorderiez-vous une consultation ?

Ils étaient maintenant debout dans la loge, tout près l'un de l'autre, se regardant tels des explorateurs qui cherchent, après un long voyage, à déchiffrer une énigme.

Le gardien se grattait la tête et rompit le charme :

— Il y a un paquet pour vous. On dirait un cadeau.

— Je le prendrai au retour, je vais me promener dans Central Park.

Jonathan lui proposa de l'accompagner :

— Il fait noir. Vous êtes seule. C'est dangereux.

Josepha lui tendit la main, Jonathan la prit et ce contact l'électrisa.

Josepha planta sur son chignon son chapeau de fourrure à la Davy Crockett et prit congé des deux hommes :

— Je ne risque rien. Mon heure n'est pas encore arrivée.

L'air glacé lui rendit tout à fait ses esprits. Elle entra dans Central Park maintenant désert. De grandes zones d'obscurité étaient balisées de loin en loin par la lumière forte d'un réverbère.

Elle approchait de la patinoire, brillamment éclairée, quand elle sentit deux mains enserrer son cou et la tirer violemment en arrière vers un buisson. Curieusement, elle n'éprouvait aucune crainte. D'un même mouvement, elle se retourna et écarta avec force les mains qui l'enserraient.

Elle entendit le déclic d'un couteau à cran d'arrêt et entrevit la lame. Son agresseur lui faisait face. Il avait dix-huit ans peut-être. Il portait une canadienne de cuir qui avait dû lui coûter cher. Ses yeux noirs la fixaient et sa large bouche tentait de prendre une expression farouche.

Puis le couteau tomba. Le jeune homme s'adossa à un arbre et commença à gémir lentement. Josepha s'approcha de lui, l'enlaça et lui dit :

— Venez. Je vais vous aider.

9

Ainsi Josepha se retrouva chez elle, porte fermée à double tour, stores et rideaux baissés, avec un teenager qui l'avait menacée quelques minutes auparavant.

Il s'était laissé emmener sans résistance de Central Park à la chambre. Elle le tenait par la taille, fort, et il s'accrochait à son cou. Un couple parmi d'autres. Le concierge ne les avait pas vus passer. Ils n'avaient rencontré personne.

Maintenant il était assis sur le fauteuil des visiteurs, les coudes sur les genoux, la tête basse, ou plutôt qui tombait.

Il semblait dans un état d'extrême épuisement. Il tenta de se lever pour retirer sa canadienne, mais ses jambes se dérobèrent sous lui et, lentement, presque sans bruit, il s'affaissa.

Elle entreprit de le déshabiller, sans aucun mal tant il était léger. Elle lui laissa son caleçon et le porta sur le lit. Elle éteignit toutes les lampes à l'exception de sa lampe de chevet.

Dans la faible lumière, sur le sombre dessin indien du dessus-de-lit se découpait le corps blanc et maigre du jeune homme. Il avait les yeux clos. Quelques gouttes de sueur perlaient à son front. Il se tenait l'estomac à deux mains et se mordait la lèvre inférieure.

Josepha s'agenouilla près du lit. Elle vit les taches bleuâtres causées par les piqûres à la saignée du bras, puis à l'intérieur des cuisses et sur le cou-de-pied. « Mon Dieu, que faire ? Appeler John, bien sûr. »

Elle se ravisa. Elle était une grande fille maintenant. Et la pitié que lui inspirait le jeune drogué ne devait pas l'amener à un état d'irrésolution, mais au contraire la rendre forte et la pousser à agir positivement.

— Comment t'appelles-tu ?

D'abord il ne répondit pas. Il comprimait toujours son ventre de ses mains et semblait souffrir. Il fit pourtant l'effort d'ouvrir les yeux, de la regarder et de répondre :

— Harry...

— Moi, c'est Josepha. Tu as mal au ventre ?

— Je n'ai pas eu mon « fix » depuis hier.

— Je n'ai rien ici qui ressemble à de l'héroïne. Je vais te donner des calmants et te faire un bon bouillon.

Il réussit à sourire puis grimaça :

— Tu es de l'Armée du Salut ou un truc comme ça ?

— Un truc comme ça. Une espèce de bonne sœur.

Josepha savait qu'il était difficile de désintoxiquer un très jeune homme qui en était arrivé aux piqûres. Il aurait fallu qu'il en eut envie ou qu'un événement important, un choc, une surprise, un bonheur le poussât à vouloir changer le cours quasi irréversible de sa dégradation.

Il fallait essayer. Tout d'abord elle localisa rapidement l'immeuble où Harry était né et où il revenait parfois après quelque fugue.

Elle « vit » dans une banlieue ouvrière des environs de New York une petite maison entourée d'un modeste jardin. A l'intérieur, une femme en noir, dans un état de grossesse avancé, nettoyait une vaisselle abondante. Tout près, regardant la télévision tout en cochant un journal hippique, était assis, débraillé, hirsute, le père de Harry. Ses yeux étaient injectés de sang. Il était ivre. Son énorme main droite appuya peut-être un peu fort sur le journal qui se déchira. De rage, il tordit son stylo de métal, comme s'il se fut agi d'une paille et se leva en hurlant :

— Arrête de faire du bruit avec tes assiettes.

Il attrapa sa femme par les cheveux et lui donna une gifle d'une telle force qu'elle tomba brutalement sur un lit-cage où dormaient tête-bêche, deux jeunes enfants.

Une fillette de dix ans environ, qui dormait au fond de l'unique pièce, se réveilla en sursaut et se précipita sur son père, martelant la brute de ses petits poings dérisoires. La femme alors attrapa un couteau et voulut en frapper son mari qui prit la lame à pleine main, se coupa et commença à saigner abondamment. La vue de son propre sang sembla le dégriser. Il s'assit en pleurant, gardant le couteau entre ses mains, fasciné par la lame rougie. Il sanglotait comme un enfant : « Chouchou, tu m'as tué. Tu as tué ton petit poupinet ! »

La femme alors s'agenouilla, désinfecta et pansa les plaies de son poupinet. Bientôt ils s'embrassaient sur la bouche et, comme deux noyés, échouèrent sur la table. Là, parmi les restes du repas, ils firent l'amour, rapidement, brutalement, hurlant, soufflant, se griffant, échangeant des mots d'une obscénité inouïe. Horrifiés, les trois enfants regardaient s'agiter, comme deux chiens dans la rue, ceux qui les avaient mis au monde.

Josepha quitta cet univers affreux, respira profondément pour retrouver son calme et caressa lentement les cheveux frisés de Harry. Harry, plus abandonné qu'un orphelin.

Il se tourna vers elle, sur le côté, et se recroquevilla en gémissant. D'une voix douce, Josepha lui raconta sa vision sans oublier le moindre détail.

D'abord il écouta à peine.

A la fin du récit il se redressa d'un bond et se mit à arpenter fiévreusement la pièce, toute douleur oubliée.

Il s'approcha de Josepha qui s'était relevée, la prit par les épaules et la secoua :

— C'est pas vrai, c'est pas vrai. Mon père est professeur. Ma mère ne travaille pas. Elle s'occupe de mes frères et sœurs.

Puis sa voix se brisa :

— Vous êtes... une sorcière !

Elle l'enlaça et sentit ses larmes couler le long de son cou.

A cet instant précis, Josepha avait la certitude d'être à sa place exacte sur cette terre. Elle était tout amour et c'était ça sa marchandise, son négoce.

L'Amour.

10

La Jeep noire ondoyait souplement sur La Cienaga, une des interminables avenues conduisant à la mer, puis elle s'engagea sur Washington Avenue et, un peu avant Venice aux maisons bariolées d'*acting painting*, elle arriva devant les grilles majestueuses des « Célestes Élus », un des cimetières de luxe d'Hollywood.

La grille franchie, la Jeep roula à travers le parc verdoyant jusqu'à un immense bâtiment sombre flanqué de tourelles à l'architecture extravagante.

En quelques miles, c'était la Transylvanie revue par Hollywood.

Trois hommes, Ange Damon accompagné de Vlad et Nicolas Nikolaiev, descendirent et entrèrent dans le hall de marbre gris. Sur la droite, derrière un imposant comptoir de cèdre massif, des jeunes filles, en tenue blanche, mi-hôtesses, mi-infirmières, bavardaient gaiement. Sur leur blouse était piqué un large badge où l'on pouvait lire « Hôtesses Funéraires ».

Une douce musique sourdait des murs et du plafond, diffusée par d'invisibles haut-parleurs. Une vieille mélodie de Cole Porter fut remplacée bientôt par *L'Hymne à la Joie*. Vlad commenta :

— Tiens, ils ont changé de *disc-jockey* !

Les trois hommes, sans qu'une hôtesse ne les regarde ni ne les interpelle, parvinrent au fond du hall où ils écartèrent un lourd rideau de velours pourpre.

Dans une salle d'exposition, des cercueils de toutes formes, de toutes matières étaient disposés le long des murs. Entre chacun d'eux, dans de majestueuses vasques de fonte, s'épanouissaient d'opulents bouquets de fleurs artificielles.

Ils ne s'arrêtèrent pas, empruntant une petite porte en chêne patiné sur laquelle on pouvait lire « Entrée Interdite ». Ils se trouvaient maintenant dans l'immense salle d'embaumement, au carrelage de porcelaine, aux tables d'acier chromé, avec leurs robinets, leurs tuyaux, leurs pompes à haute pression, leurs canaux d'évacuation et, partout, l'odeur caractéristique du formol. Deux embaumeurs travaillaient sur un cadavre et même le bruit des pas sur le sol ne les fit pas se retourner.

Enfin ils se trouvèrent dans une espèce de loge de théâtre spacieuse qui sentait le fard, le savon, l'acétone et l'eau de Cologne. La haute silhouette de Deutch Farnard, l'embaumeur vedette, s'inclina vers eux et les jumeaux purent entrer dans le vif du sujet :

— Que s'est-il passé chez Gaël Loeb ?

Deutch regarda les jumeaux, puis Ange à qui il s'adressa avec respect :

— Avec mon passe, je suis entré sans bruit. J'étais avec Georgio qui portait les scies, les pompes et les maillets. Seul, je n'aurais pas pu. Birgitta Bucholtz était absente. Nous allions partir sans tuer Gaël, puisqu'il fallait tuer les deux ou personne, mais trop tard, Gaël se tenait devant nous. Georgio l'a cognée avant que je ne puisse même ouvrir la bouche. Cet idiot était son amant et lui avait même laissé une photo dédicacée.

— Il faut le faire, dit Nicolas.

— Alors, reprit Deutch Farnard, j'étais obligé d'aller jusqu'au bout.

Il se tut, sourit à Ange et dit :

— Mais tu as vu le travail, Maître, c'était vraiment bien, n'est-ce pas ?

— Oui, Deutch.

— Mais pourquoi Georgio a-t-il tout abîmé en lui enfonçant cette pierre dans la bouche à coups de maillet ?

Les yeux du magicien se figèrent et d'une voix glacée, il articula :

— Tout change, Deutch. Maintenant, le rite aussi a changé.

— Si je comprends bien, dit Deutch, je tue Birgitta cette nuit, je la découpe, la vide de son sang et je lui fais un maquillage, disons... comme... Vivien Leigh dans *Autant en emporte le vent* ?

— Pas la peine, répondit Nicolas. Le Grand

Maquilleur est déjà passé. Et, crois-moi, ce make-up ne va pas tourner !

Deutch Farnard blêmit. Il se sentait outragé.

— Quelqu'un a donc fait ce travail mieux que moi ?

L'embaumeur vedette des Célestes Élus était au bord des larmes.

Il avait travaillé comme chef maquilleur pour les plus grands studios d'Hollywood. Il préférait les stars qui passaient entre ses mains expertes d'embaumeur et de maquilleur de génie plutôt que les créatures jacassantes, paranoïaques, capricieuses telles qu'elles étaient de leur vivant.

Vlad le rassura :

— Elle est morte toute seule, comme une grande. De chagrin peut-être. Elle aimait passionnément Gaël. Nous avons eu la copie du rapport du médecin légiste. Absolument incroyable ! Personne n'y comprend rien. Quand ils ont ouvert le corps, les médecins ont constaté que les organes génitaux, digestifs, respiratoires semblaient avoir été broyés simultanément par une main invisible. Du jamais vu ! Mais quelle Église peut se prévaloir de ce genre de miracle ?

Une lueur malicieuse s'inscrivit dans les yeux minéraux du magicien. Il dévisagea un à un les membres de sa redoutable brigade. L'incrédulité la plus grande apparut sur son visage et il déclara, faussement effaré :

— Mais c'est de la Magie !

11

Simon Wayenberg se trompa évidemment de parking, et fit à pied le kilomètre qui le séparait de l'aire de départ de la Panam. Il avait pour tout bagage un minuscule porte-documents de plastique jaune vif dans lequel se trouvaient son passeport, la bande magnétique remise par son frère Joseph et un extrait de l'Ancien Testament, annoté de sa main, qui aurait constitué le scénario d'un film interdit aux moins de quarante ans : c'était la séquence où la reine Bethsabée, après avoir dit oui aux avances incestueuses de son fils, était défenestrée et traitée comme un hamburger géant par des chiens féroces.

Au comptoir de la Panam, le préposé lui sourit et lui dit :

— Achetez votre billet dans huit minutes. On clôt la liste des passagers confirmés et vous paierez le prix du stand-by : quarante pour cent d'économie sur Los Angeles-New York.

— Mais si l'avion est plein ?

— Il reste une centaine de places.

Simon leva les yeux au ciel, c'est-à-dire au plafond en béton et pensa : « Certaines créatures sont donc faites à Ton Image ! »

Le chariot métallique d'un voyageur distrait et pressé percuta violemment, à ce moment précis, le tibia de Simon qui hurla de douleur.

L'équilibre était ainsi rétabli.

12

— Mange ! cria Josepha à Harry qui, vêtu d'un peignoir blanc immaculé, fixait d'un œil morne l'énorme steak qui lui faisait face.

Josepha Meisner, elle, dévorait son steak dans un concerto de bruits de couverts entrechoqués, de porcelaine et de mastication. Près de trente ans de vie sans histoires et en quelques mois, de quoi faire un roman !

Elle essaya de prendre une mine sévère, éleva la voix :

— Harry, tu vas manger ce bon steak poêlé avec soin par Josepha. Allez, je suis ta grande sœur et tu m'obéis.

Harry la regardait pensivement puis contempla son steak encore fumant. Il se décida. Avec application, il découpa la viande en petits carrés minuscules et, un à un, les introduisit dans la bouche et les avala. Sûrement personne dans cet immeuble, et même dans le quartier, n'avait mis autant de temps à manger 300 grammes de bœuf.

Puis Harry vida deux verres d'un très bon vin rouge américain de Napa Valley qu'un riche client avait offert à Josepha.

Le téléphone sonna.

Josepha restait assise sans en tenir compte, regardant Harry saucer son assiette et mâcher le pain imbibé lentement, gravement, comme si c'était l'événement le plus important de l'ère quaternaire.

Le téléphonait sonnait toujours.

— Tu ne réponds pas ?

— Je sais qui m'appelle. C'est toi qui as besoin de moi, pas la personne qui est au bout du fil.

Soudain, Harry fut debout, il renversa la table en

direction de Josepha. Les assiettes valsèrent ainsi que le vin, les condiments et la corbeille de fruits. Il se précipita sur Josepha, essaya de la frapper au visage.

Elle était debout, le regardant dans les yeux, évitant à peine ses attaques frénétiques, désordonnées. Puis il la prit par la gorge et serra. Josepha ne se défendait pas. Elle se laissa glisser à terre et il fut sur elle, les yeux fous, serrant toujours sa gorge. Puis il relâcha son étreinte. Elle l'enlaça et leurs bouches s'unirent en un baiser violent. Leurs dents s'entrechoquèrent.

Josepha ferma les yeux, elle essaya de « voir » ce qui allait arriver, mais aucune image ne lui parvenait. Elle sentait la bouche de Harry becqueter son visage, les oreilles, le front, les yeux, les joues, la base du cou, puis revenir à la bouche, oiseau tendre et affairé. Ce baiser-là fut interminable. Harry poussait des petits cris, pleurait, riait, l'embrassait à nouveau, longtemps, longtemps et lentement. Puis il la déshabilla et se mit nu lui aussi. Il voulut la soulever, la porter jusqu'au lit. Comme il n'y arrivait pas, ce fut elle qui le prit dans ses bras et le porta jusqu'à sa couche où ils s'abattirent ensemble, riant de leur force et de leur faiblesse.

Il était agenouillé auprès de Josepha qui ne bougeait pas et attendait.

— Ce que tu es belle ! Je n'ai jamais vu un corps aussi beau que le tien.

Josepha sentit son corps maigre et brûlant qui s'allongeait sur elle, qui l'enlaçait et la serrait fort. Et il fut en elle lentement, avec recueillement. Ils bougeaient à peine, comprenant à quel point cet acte imprévisible était important et combien, à cet instant, l'un avait besoin de l'autre. Ils vécurent ensemble une extase à la limite du supportable.

Pendant une seconde, une seconde d'éternité, ils furent harmonie.

13

De Kennedy Airport, Simon Wayenberg se fit conduire directement chez Jonathan Korn, 40 Central Park South. Il avait pris le soin de changer le billet tout neuf de 1 000 dollars que lui avait remis Joseph, son frère jumeau, afin de ne pas se trouver en conflit avec un chauffeur de taxi new-yorkais. A manipuler comme une grenade : on s'y frotte, ils explosent.

Déjà, Simon était content d'être vivant après un gymkhana hallucinant.

L'accueil du gardien était aimable mais, mauvais début pour sa mission, Jonathan Korn était absent pour trois jours. Il continuerait donc à être aussi naïf, peu prévoyant. Pourquoi n'avoir pas pris tout simplement rendez-vous ? Joseph n'avait pas voulu laisser la moindre trace de cette démarche, même téléphonique. Il préférait que son nom ne figurât pas sur quelque liste que ce soit, inscrit par quelque secrétaire à la rubrique « messages reçus en votre absence ». Seulement, maintenant, Jonathan Korn était absent pour de bon.

— Où pourrais-je trouver une chambre d'hôtel dans le coin ? demanda Simon au gardien.

— Il y a le Pierre ou le Plaza, là, à quelques blocs sur le même trottoir.

Il s'interrompit, jeta un coup d'œil blasé sur la calotte de Simon, son jean misérable, son porte-documents en plastique jaune et reprit :

— Mais ces hôtels coûtent au moins 400 dollars par jour.

— Où puis-je aller, alors ?

Avec un regard de solidarité, le gardien lui indiqua :

— Encore plus près, à l'hôtel Navajo où vous pouvez avoir une chambre à l'étage le plus élevé avec vue sur le Park pour moins de 100 dollars.

Simon le remercia puis commença à flâner dans les rues à la recherche d'un grand magasin afin de s'acheter une chemise de rechange et des rasoirs jetables.

Bousculé de toutes parts par la foule aveugle sortant des bureaux, il retrouva néanmoins son chemin et regagna la chambre d'hôtel qu'il avait louée.

Depuis l'aéroport, il avait été suivi par un homme en trench-coat au col relevé, au visage pratiquement dissimulé par un chapeau de feutre, un pro. Mais l'eût-il su, son angoisse n'eût pas été augmentée tant elle était grande à la pensée de la mission qu'il avait à remplir.

Simon voulut réécouter la bande mais il n'avait pas de magnétophone. Alors il regarda par la fenêtre. Il vit au loin des patineurs vêtus de couleurs vives évoluer au son d'une musique qu'il imaginait. Il eut envie de se joindre à eux, de faire fonctionner ce corps encore jeune et que souvent il oubliait.

Puis il ressentit les effets du décalage horaire et décida de s'allonger. Les draps ne semblaient pas de première fraîcheur. Mais peut-être y succédait-il à des gens tout à fait charmants, alors quelle importance ? De la salle de bains, dont la porte était restée entrouverte, il vit arriver deux, puis trois cancrelats. Il sourit. Les gens de l'hôtel faisaient bien les choses. Pour 80 dollars seulement, il avait même de la compagnie.

14

Son sac à provisions à la main, Josepha Meisner, le cœur battant, courait rejoindre Harry. Déjà deux heures qu'elle l'avait laissé. Vite elle prit l'ascenseur et chercha sa clef. Elle entra enfin chez elle, referma la porte et s'arrêta, interdite : elle trouva Harry dans la salle de bains, rasoir à la main. Il s'apprêtait à s'entailler les veines. En un instant, elle fut sur lui, le désarma et de toutes ses forces, lui envoya son poing dans la figure. A moitié assommé, il s'agenouilla. De l'écume se formait autour de ses lèvres. Il haletait et émettait de sourds grondements.

Ah ! Il avait bien fait les choses pendant son absence. Les fauteuils étaient éventrés, les rideaux lacérés et souillés. Ses vêtements découpés gisaient sur le lit, morne assemblage de fourrures et d'étoffes. Dans la cuisine, le massacre avait été total : assiettes, verres, bouteilles de vin, en miettes, jonchant le carrelage. Tous les aliments contenus dans le réfrigérateur avaient été mélangés, piétinés en un ensemble gluant et liquide.

Elle posa ses provisions, enleva son manteau et retourna dans la salle de bains. Elle releva Harry, dégagea le lit de ses pitoyables nippes et l'y allongea.

Il se laissait faire, prostré, indifférent.

Elle voulut lui donner un calmant. D'une manchette, il envoya promener le verre, l'eau et les cachets.

— Mais qu'est-ce que tu as ?

Il essaya de se relever, n'y arriva pas et à voix basse articula :

— Lâche-moi un peu, pouffiasse. Trouve de l'héro ! Au moins un fixe. Ton cul, ta bouffe, tu peux te les garder. J'en ai rien à cirer ! Si t'es vraiment une sainte, trouve-m'en, c'est tout. De toute façon, plus vite je crèverai, mieux ce sera.

Josepha ne répondit pas un seul mot.

Avec tendresse mais fermeté, elle força sa bouche, y glissa un somnifère puissant et le lui fit avaler avec deux gorgées d'eau. Puis elle se déshabilla, éteignit toutes les lumières, s'allongea près de Harry et se serra contre lui.

C'était leur deuxième nuit.

Le téléphone sonna longtemps puis se tut et reprit. Longtemps. Elle avait annulé tous ses rendez-vous. Elle ne répondrait à aucun appel.

Il fallait sauver Harry. Il devait y avoir un moyen.

Josepha venait d'acquérir une certitude : *il n'y a pas de fatalité.*

15

... Cinq... Six... Sept sonneries. John Meisner raccrocha. Même pendant une consultation, sa sœur aurait répondu. Elle était donc absente.

— Il va falloir que je lui parle, à ma bécasse.

John ne put s'empêcher de noter que la réussite naissante de Josepha changeait, même dans ses réflexions personnelles, la terminologie qu'il employait à son égard.

De « pauvre conne », « misérable tas », elle devenait « sa bécasse », et à partir de 80 dollars par consultation, « son adorable bécasse » ; puis il se dit : quelqu'un comme moi, qui adore l'argent, ne peut pas être tout à fait mauvais.

Sur les immenses étagères qui couraient le long des murs de son penthouse, il y avait maintenant des romans policiers et des livres de poche par centaines.

Le produit de ses vols avait été rangé avec soin dans deux énormes valises qu'il s'apprêtait à emmener à Los Angeles. Une de ses relations, longtemps voyou notable à New York, avait dû précipitamment se rendre en Californie pour échapper à une incarcération certaine.

Le voyou exerçait maintenant le beau métier de receleur du côté de Santa Monica, hâlé par le soleil californien et les pieds dans l'eau.

Tout de même, où était donc Josepha à 7 heures du soir ? Chaque heure d'absence, c'était 50 dollars de perdus. Il allait falloir s'occuper d'elle maintenant. Dix consultations à 50 dollars faisaient bien 500 dollars. S'il devenait son agent, à 10 %, cela ferait 50 dollars par jour. Mais s'il devenait son manager personnel, il prendrait le tiers de ses revenus, soit à peu près 170 dollars. Il la protégerait, ferait monter le prix de ses consultations et surtout il saurait dans le détail qui venait la voir et ce qu'il y aurait à en tirer.

Il commençait à s'ennuyer dans l'hypermarché au rayon Hi-Fi, même comme chef de service. Voler un walkman ne l'amusait plus. A tout hasard, il avait photocopié, une nuit qu'il était de garde, tout le fichier clients et, en particulier, la liste de ceux qui avaient la « Carte d'Or ». Il y avait vraiment du beau linge. Des noms qui revenaient souvent dans *People* mais aussi dans *Fortune*.

Enfin, Maurice Faynbaum commençant à trouver

louche de ne jamais pouvoir monter chez lui, il n'était pas fâché d'arrêter ses bricolages compromettants. A son tour maintenant de fomenter de remarquables malversations en soignant de toutes les manières son image de bon citoyen.

Le téléphone sonna.

Josepha, à voix basse, lui dit :

— Je ne réponds pas au téléphone depuis vingt-quatre heures. Ne t'inquiète pas. Je termine une chose importante. Pendant deux jours encore nous ne pourrons pas nous voir. J'ai besoin de te parler avant ton départ pour la Californie.

— Tu n'as pas de problème ?

— Ça va. Je peux m'en tirer.

Et elle raccrocha.

John s'étonna du changement intervenu chez Josepha en si peu de temps, jusque dans sa manière de s'exprimer. Il fallait qu'il se dépêche de la contrôler avant qu'elle ne lui échappe.

Le téléphone sonna à nouveau. C'était Laura Kebicherian. Elle voulait le voir de toute urgence. John demanda :

— Le traitement spécial à 50 000 dollars ? On a fait de petites économies ?

— Tu es vraiment une ordure ! J'arrive.

16

Le Président des États-Unis aimait se retrouver seul dans le grand bureau ovale de la Maison Blanche.

Comme tout bon acteur, il bénéficiait d'une schizophrénie parfaitement maîtrisée. A vingt ans déjà, il avait déterminé la plupart de ses objectifs. Dès qu'il eut obtenu ses premiers contrats d'acteur, ses premières interviews dans la presse, ses premières critiques, bonnes ou mauvaises, il avait fait le point. Quoi de plus difficile, de plus incertain que de faire partie des acteurs les plus fameux de sa génération ? Quoi de plus volatil, d'éphémère que le succès dans ce métier ?

Il manquait peut-être, au début de sa carrière, de cette souplesse, de cette duplicité même, que possèdent les comédiens, les courtisans et les hommes politiques.

Réussir à Hollywood n'était pas chose aisée en ce temps-là. Un bataillon entier de jeunes gens aux dents longues, prêts à tout, lui disputaient âprement les premières marches de l'escalier qui menait à la gloire.

Ils avaient d'ailleurs fait leur chemin, ces Clark Gable, James Stewart, Gary Cooper, Cary Grant, John Wayne et bien d'autres encore, vivants ou disparus.

Et qu'allait-il rester de leur gloire, dans quelques années, dans quelques siècles ? Une empreinte sur le Hollywood Boulevard, un nom donné à une avenue dans ce Hollywood versatile, quelques lignes dans une encyclopédie. Ça n'était pas assez pour le Président.

Il ne devint cependant jamais une vedette de tout premier plan. Les magouilles byzantines qui présidaient au choix d'un acteur le dégoûtaient à un tel point qu'il fut amené à essayer de moraliser les rapports des acteurs avec les diverses instances de la profession. Il entra au syndicat des acteurs, en gravit allégrement tous les échelons et en fut bientôt le président.

A ce souvenir, un sourire de fierté éclaira son

visage soucieux. Le sourire qu'il avait à dix ans sur ses photos d'écolier.

Puis ce fut l'épreuve de force. Unis pour la première fois derrière un seul homme, les acteurs de tous rangs, de la superstar au menu fretin, bientôt suivis par les metteurs en scène et les scénaristes, firent front contre les Studios en exigeant de meilleurs salaires.

Mais c'était surtout de dignité humaine qu'il s'agissait. Les Majors apprirent à traiter les artistes en êtres humains. Et le Président goûta, là, pour la première fois, au fruit délicieusement empoisonné du pouvoir.

Ce soir, deux hommes, vieillis, fatigués, se contemplaient l'un l'autre : l'acteur indomptable regardait, tendrement attristé, son double, le Président de la Première Puissance du Monde qui devait, quant à lui, composer et parfois même se soumettre.

On frappa discrètement à la porte. C'était le général Walker, avec lequel il partageait le Pouvoir suprême.

— Entrez, Brian. Asseyez-vous.

Quinze ans déjà. Inextricablement tressé, le fil capricieux de leur destin semblait impossible à démêler. Non seulement ils ne se serraient plus la main mais ils ne se disaient plus ni bonjour ni au revoir. C'eût été perdre du temps. Ils avaient l'impression de vivre ensemble et de ne jamais cesser la conversation à bâtons rompus qui les faisait parcourir, dès qu'ils la reprenaient, tous les problèmes de la planète.

— Qu'est-ce qu'on fait avec les Russes ?

Brian avait envie, pour une fois, de lui dire la vérité, à savoir :

« Je n'en sais rien » et d'ajouter : « Le petit Bernard, mon arrière-neveu, six ans et toutes ses dents, en sait tout autant que moi. Tout est écrit dans le *Washington Post*, les questions et les réponses. »

Toutefois Brian toussota et se livra à une analyse longue et compliquée qui serait corroborée par les voyous de la CIA et du Pentagone.

— Bon, conclut le Président, passons à l'essentiel.

Les deux hommes se sourirent avec une véritable tendresse et choisirent un « Punch Double Corona ». Ils se soumirent au rite séculaire de l'ouverture du cigare, à l'aide d'un minuscule couteau à la lame effilée. Ils passèrent l'allumette géante en cèdre le long du cigare, puis ils le firent lentement tourner sur lui-même en le massant doucement pour le faire craquer. Enfin la savante mise à feu.

Ils fumaient en silence. Quand ils auraient terminé, le Président demanderait des nouvelles de Martha. Cela signifierait que l'entrevue atteindrait son terme. Mais elle reprendrait au hasard de leur journée, au téléphone, dans une voiture, au cours d'une réception ou d'un dîner.

Le général se leva et avant de quitter la pièce, mit un index sur sa bouche, comme pour intimer le silence. Le Président fit le même signe et tous deux sourirent. C'était devenu un jeu, une seconde nature. Ils imaginaient l'air dépité des responsables des services secrets et des services spéciaux de l'armée : tout le monde écoutait tout le monde, et rien d'essentiel n'avait jamais été dit dans le bureau du Président.

Le Président seul dans son bureau était soucieux. Bien sûr le pouvoir est solitaire mais justement qui détenait le pouvoir ? Lui-même ou Walker ? Étaient-ils l'un ou l'autre le meilleur décideur pour ce pays ?

Il appuya sur la commande à distance du magnétoscope à écran géant et l'image surexposée, violente apparut. On voyait Walker enlever sa perruque blonde de femme fatale, sa robe et ses talons aiguilles et, nu, pathétique, lancer à la glace l'expression de son désespoir. « Je n'ai même pas le courage de me faire enculer, comme j'en rêve depuis ma naissance, ce qui résoudrait au moins un de mes problèmes !... Je vais prendre un bon dollar d'argent, le lancer très haut et s'il retombe du côté de l'aigle, ce sera la guerre. Voilà ce que je vais faire... »

Le Président interrompit le déroulement de la cassette, commanda son éjection et la mit sur son bureau. Puis il se leva et se mit à marcher, en proie à un désarroi profond.

Walker était le seul être humain en qui il avait confiance. Mais ce document existait, accablant. Un montage, une machination ? Impossible. Pouvait-il se passer de Walker, apprécié et craint unanimement dans le monde entier ? C'était tout aussi impossible.

Malgré son puritanisme exacerbé, le Président avait une grande expérience de la nature humaine et savait que, pour échapper à la pression du pouvoir, il était salubre de cultiver un jardin secret.

Mais le jardin secret de Walker ne sentait-il pas un peu trop le soufre ?

Le Président médita, puis saisit la cassette comme s'il se fut agi d'un serpent et l'introduisit dans le broyeur. Dans un bourdonnement irréversible, les mâchoires d'acier se mirent en marche. Ce jour-là, le chef des services de sécurité de la Maison Blanche démissionna spontanément, à la demande pressante du Président.

17

Josepha Meisner se réveilla en sursaut. Elle alluma la faible ampoule de la lampe de chevet. Quel cauchemar ! Rifka, sa mère, Samuel, son père et John, son frère, les trois êtres qu'elle chérissait, étaient assis dans la pièce, dans d'imposants fauteuils, sur une haute estrade. Ils semblaient avoir vu tout ce qui s'était passé avec Harry le jeune drogué et jetaient sur elle un sombre regard de réprobation.

Elle chassa cette vision. Pas de culpabilité ! Demander des conseils, de l'aide, ça, oui, mais plus de comptes à rendre, et à qui que ce soit !

Près d'elle, Harry dormait paisiblement, bouche ouverte, bras écartés, à la fois Christ et angelot des faubourgs. Elle déposa un tendre baiser à la saignée du bras et lécha, comme pour l'effacer, la tache bleuie des piqûres. Il souriait et ne semblait plus souffrir. Elle se leva sans bruit et évita l'amoncellement des vêtements, des linges et des rideaux massacrés.

Elle prépara un café serré, mit le lait à bouillir et réchauffa quatre croissants français surgelés dans le four à micro-ondes.

Quant au jus de pamplemousse, il avait séché sur le carrelage, formant une croûte jaunâtre parmi les débris de verre et de faïence.

Harry l'accueillit en souriant. L'odeur du café l'avait tout à fait réveillé. Quand Josepha amena le plateau, il le lui prit des mains et le posa à terre, écartant d'un pied dédaigneux quelque reste de fourrure. Puis fermement il attira Josepha à lui et murmura :

— Quatre jours déjà ! Tu n'as pas arrêté une seconde. A moi maintenant.

Il entreprit de la masser très lentement. Ses doigts agiles cherchèrent les zones sensibles, s'y attardant savamment, suscitant chez Josepha des sensations surprenantes. D'une simple pression de main, il manipulait son corps, lui faisant prendre des postures inconnues d'elle, qui lui eussent semblé grotesques ou obscènes si le moment n'avait été follement troublant, exceptionnel.

De temps en temps, la sonnerie du téléphone ponctuait leurs caresses. Harry était ressuscité. Ce fut, tout au long de la journée, une tendre guerre. Les deux combattants, enfin épuisés, conclurent par un dernier baiser une paix provisoire.

Quand vint la nuit, Josepha décida d'aller acheter de quoi dîner et éventuellement quelques assiettes, pas une n'ayant échappé à l'orage. Elle fit promettre à Harry, détendu, souriant, de rester bien sage, le borda, lui donna des revues, du café froid et sortit.

Elle se rendit au supermarché A & P entre Broadway et la 67e Rue. Il était près de 11 heures du soir et ce palais de la consommation bon marché était désert. Son chariot rempli jusqu'à ras bord d'aliments riches en vitamines, elle se dirigea vers la seule caisse qui fonctionnait à cette heure tardive.

Elle chantonnait ce vers d'un poète français dont elle ne se rappelait pas le nom : « Comme on aime bien quand on a dix-sept ans. »

Un taxi jaune, flambant neuf, la prit en charge. Sur le tableau de bord, bien visible, se trouvait l'identification du chauffeur. Elle lut : Athanase Papaandréopoulos, né le 1er janvier 1901 à Lemnos, Grèce.

Ainsi Athanase était né en même temps que le siècle. Cela lui faisait tout de même plus de quatre-vingts ans. Il mit un autre siècle à arriver à Central Park et refusa catégoriquement tout pourboire :

— Pas d'une femme comme vous.

Ce qui la rendit perplexe.

Quand elle rentra, la porte était entrouverte. Néanmoins, Josepha frappa et appela : « Harry ! Harry ! » Elle n'obtint pas de réponse.

Le ménage avait été fait. Enfin à peu près. Les vêtements lacérés accrochés sur des cintres. La cuisine lavée à grande eau, impeccable. Sur le lit, fait avec soin, la vieille boîte de sucre était ouverte et les dollars s'y trouvaient encore. A côté, un mot, d'une écriture énergique, lisible et claire. Elle lut :

« Te dire merci serait trop peu. Ce que tu es me fait essayer de ne pas retomber. J'ai pris 100 dollars. Je te les rendrai. On a usé les mots les plus beaux en les employant sans les ressentir. Pour toi je voudrais pouvoir restituer sa virginité au mot qui te convient. »

Suivaient dix lignes sur lesquelles était marqué dix fois, et de différentes manières : « Tu es merveilleuse, tu es merveilleuse, tu es merveilleuse... Ne m'oublie pas. Harry. »

Josepha s'était assise dans son fauteuil de consultation, avait mis ses lunettes et relisait, cent fois, la première lettre d'amour qu'elle ait reçue en vingt-sept ans. Elle ne manqua pas, à cette occasion, de s'apitoyer un peu sur son sort passé. Elle pourrait dire à son tour, comme en histoire ancienne pour tout événement important, avant ou après J.-C. : c'était avant ou après La Lettre.

« Comment suis-je ? Voyons, je suis merveilleuse ! C'est comme ça. Je suis merveilleuse. D'ailleurs, voyez vous-même, c'est écrit là noir sur blanc. »

Harry lui manquait déjà. Quatre jours et quatre nuits pour s'apercevoir que l'on peut aider un être humain, apprendre que le plaisir existe, que son corps est beau, qu'on peut être désirée, en un mot pour être Josepha Meisner, celle qui est merveilleuse.

Elle décrocha le téléphone et dit : « Bonjour, John » avant que la moindre sonnerie n'ait retenti. Depuis quelque temps elle s'amusait à des jeux futiles. Cela la libérait du stress que lui causait le récit des multiples malheurs de ses clients.

— Cher John, en quatre jours j'ai désintoxiqué un jeune drogué et n'ai pas cessé de faire l'amour. D'ailleurs, je suis merveilleuse.

— Ouf ! J'arrive à temps, l'interrompit son frère. Demain, je te présente à un homme, un vrai. Il s'appelle Maurice Faynbaum, il est sergent de police, juif et, comme si ça ne suffisait pas comme handicaps, parfaitement honnête. Nous allons voir tous les quatre « Chorus Line », un show à Broadway.

— Qui est la quatrième personne ?

— Qui ça peut bien être ? Un sergent de police juif de trente ans emmène toujours sa mère venue de Floride pour voir « Chorus Line » à Broadway, c'est évident. Tu pourrais me prêter 300 dollars, c'est pour les places.

— Parce que c'est 75 dollars la place ?

— C'est toujours complet. Le bakchich seul est de 100 dollars. Qu'est-ce que c'est que ce nouveau genre ? On marchande maintenant ? N'oublie pas que je suis ton frère. Qui est-ce qui commande ici ?

PREMIERS ENVOÛTEMENTS

1

— Il y a un rabbin qui vous attend depuis trois jours au Navajo. Il a l'air tellement pauvre qu'une quatrième nuit vous sera sûrement comptée en PCV.

— Appelons-le, répondit Jonathan Korn en posant son attaché-case et son élégante valise pliable Hermès.

Simon Wayenberg était à son hôtel, près du téléphone. Oui, il serait là dans une heure.

Chez lui, Jonathan se demanda ce que pouvait bien lui vouloir ce rabbin californien. Il pensa soudain à Josepha. Avec plaisir. Pourquoi n'assisterait-elle pas à l'entretien ? Il lui téléphona. Elle était libre, et contente de le revoir, lui sembla-t-il. Elle serait à l'heure.

Jonathan se rendit dans un des lieux qu'il aimait entre tous : sa penderie. Il en ouvrit les larges portes. Un éclairage savamment élaboré donnait à ses costumes (plus de cinquante) une mystérieuse coloration. La flanelle prenait des allures d'acier. Le tweed feuille morte, un air de sous-bois automnal. Puis son regard s'attarda sur les chaussures. Il les considérait comme des petits chefs-d'œuvre d'architecture. L'arc délicat d'un arrondi, le bon volume, la longueur exacte de pompons sur un mocassin étaient aussi exaltants pour lui que l'harmonie d'un bronze de Brâncusi ou d'une fresque de Michel-Ange.

« Chaque rencontre est une mission, pensa Jonathan. Et chaque mission mérite un déguisement différent, selon l'image à donner à l'autre et la mission à remplir. Que désire ce rabbin ? Sûrement de l'argent ou quelque chose d'approchant. »

Jonathan choisit une veste en cachemire pied-de-poule. Accompagnée d'un pantalon de flanelle gris moyen, de mocassins en daim marron, de chaussettes à dominante anthracite, cela conviendrait parfaitement à une demande d'argent dans un appartement élégant de Central Park à 8 heures du soir. Un polo de coton blanc largement ouvert et une pochette aux motifs indiens de chez « Hilditch & Key » mirent un point final à cette cérémonie.

Violetta l'avertit de l'arrivée de ses visiteurs.

Bientôt Jonathan Korn, Josepha Meisner et Simon Wayenberg furent assis dans le grand salon donnant sur le Park, un verre de champagne à la main.

— Pourquoi ce long voyage ? Quoique né juif, je suis mécréant, dit Jonathan à Simon.

— Ce que j'ai à vous dire est confidentiel, répondit le rabbin en jetant un regard furtif sur Josepha.

Elle interrogea Jonathan du regard. Il répondit :

— Josepha Meisner est mon conseiller privé. Elle sait tout de moi : passé, présent, futur. N'hésitez donc pas. Allez-y.

Simon toussota :

— A Los Angeles vit mon parfait jumeau, Joseph Wayenberg. Bien plus brillant que moi, il a choisi d'apporter son aide spirituelle à la colonie fortunée de Hollywood. Le paraître y compte énormément. Il vit au-dessus de ses moyens et s'est gravement endetté. Un homme redoutable lui a donné de l'argent et a fait pression sur lui pour qu'il entreprenne contre vous de terribles manœuvres, je dirai même, ajouta Simon en proie à une vive émotion, des manœuvres sataniques.

A ces mots, un sentiment de malaise envahit Josepha.

Jonathan souriait, étonné, curieux :

— Mais pour quoi faire ?

— Pour prendre le contrôle de votre chaîne de télévision.

— A part le procédé employé, cela me semble sérieux en effet. Mais pourquoi me prévenir ?

Simon se leva, introduisit la bande dans un lecteur de cassettes et le mit en marche. Ils écoutèrent tous les trois l'entretien au cours duquel Ange Damon avait exposé à Joseph Wayenberg les raisons de sa démarche et le montant de la récompense.

Josepha nota les changements qui se produisaient sur le visage de Jonathan pendant l'écoute de la bande. Ses yeux semblaient briller de mille lueurs, sa mâchoire reflétait une concentration, une détermination absolues. Il y eut un crissement et la bande s'arrêta. Un silence s'établit. Seuls le discret ronronnement du climatiseur et quelques rumeurs venant du Park le ponctuèrent. Silence. Longtemps. Puis Jonathan demanda :

— Pourquoi tout me dire ?

Simon prit un air gêné :

— Parce que Joseph, mon jumeau, est obligé d'accepter l'offre d'Ange Damon. Il est criblé de dettes et ne peut plus faire face à ses échéances. Mais il est hors de question qu'il entreprenne ou fasse entreprendre contre vous la moindre tentative d'envoûtement.

A ces mots, prononcés d'une voix altérée par l'horreur que provoquaient en lui ses propres propos, Simon Wayenberg se leva et continua :

— Je ne connais rien aux affaires. Mais je connais le prix de la paix et de la santé morale.

— Alors que dois-je faire ?

— Cédez à la violence et bientôt au crime. Vendez Korn Chanel.

Jonathan Korn se leva à son tour et Josepha se demanda s'il ne fallait pas qu'elle se lève également.

— Monsieur Simon Wayenberg, je mourrai debout. Je n'ai ni Dieu, ni Maître. Je ne crains personne. Chaque être humain a un prix et je connais toutes les monnaies. J'ai bâti mon empire, durement, mais loyalement et mon ascension est loin d'être terminée. Après ma chaîne de Pay TV, qui sera la première dans moins d'un an, je disposerai d'un satellite dont j'occuperai tous les canaux. Et une partie des messages audiovisuels destinés au monde occidental devra passer par moi. Et c'est moi qui sais quels sont les bons messages pour le monde occidental. Je ne laisserai pas quelques pâles voyous à la tête d'une mafia déguisée en multinationale me dicter ma loi ou intervenir dans les médias. Rabbin, la réponse est non. Que l'on m'envoûte !

Simon restait debout, confondu par l'expression tranquille de cette volonté de puissance. Josepha, bouleversée, avait peur pour cet homme.

Jonathan s'était rassis, imité par Simon.

— Et comment peut-on envoûter un mécréant ?

— Eh bien, certains ex-rabbins, anges déchus ayant perdu la foi, seraient capables de susciter une créature mythique qui aurait été évoquée au XIIe siècle par la secte juive des hasidim dans le ghetto en Pologne. La communauté juive était à ce point réduite au désespoir par les pogroms et les humiliations qu'elle créa une monstrueuse créature d'argile. Le jour, on la dissimulait à tous les regards. La nuit, le sage inscrivait sur son front le mot EMETH qui signifie Vérité, Justice.

« Le monstre alors s'animait et allait exterminer les ennemis d'Israël. Aujourd'hui, il n'est pas impossible qu'un esprit particulièrement diabolique puisse susciter cette créature et la contrôler au point d'en faire un meurtrier idéal.

Josepha déglutit péniblement et porta la main à sa gorge. Dans une chambre à coucher qu'elle ne connaissait pas et qui ne pouvait être que celle de Jonathan, elle « voyait » apparaître une créature informe, colossale, de couleur brune, aux yeux morts, ressemblant grossièrement à un être humain. Cette créature s'approchait du lit, attrapait le cou de Jonathan de ses doigts terrifiants et serrait, serrait. Puis la vision s'évanouit, et Jonathan seul se trouvait dans son lit, se débattant, essayant de ses propres mains d'écarter une étreinte qui avait cessé de s'exercer. La vision avait duré une seconde. Elle ne comprenait pas, ne pouvait même pas l'interpréter. La créature avait bien été là et en même temps elle n'y était pas.

— C'est votre dernier mot ? dit Simon.

Jonathan s'approcha de Simon, lui donna l'accolade et lui dit :

— Vous êtes un brave homme, Simon. Je ne céderai à aucune pression, jamais. Vous recevrez 25 000 dollars pour votre synagogue. C'est bien le moins. Je vous protégerai, si vous avez des problèmes. Voici mes lignes directes. Que Dieu vous garde, s'il existe.

Simon sortit de sa poche un petit paquet plat qu'il ouvrit. Il en sortit un cylindre de bois blanc d'une dizaine de centimètres. A chacune de ses extrémités se trouvait un petit trou. Il tendit l'objet à Jonathan :

— C'est une « Mezuzah ». A l'intérieur sont reproduits des versets sacrés. A l'extérieur est inscrit le nom divin « Schaddaï ».

A l'énoncé de ce mot, Simon ne put s'empêcher de se courber en avant. Il se redressa et reprit :

— Fixez-la à la porte de votre maison. Elle vous protégera. Peut-être.

Dès que Simon eut quitté la pièce, Josepha demanda à Jonathan :

— Puis-je voir votre chambre à coucher ?

— Si vite ! répliqua Jonathan en riant.

Josepha rougit :

— Ce n'est pas ce que vous croyez. Allons-y, je vous en prie.

Arrivée dans la vaste pièce, Josepha resta interdite : c'était bien la chambre à coucher de sa vision...

Avant de quitter la chambre, Josepha fit un essai de vision dans le passé. Et là aussi, elle fut incapable de se livrer à la synthèse ou la moindre interprétation de ses visions, tant elles étaient hors du commun : elle voyait distinctement Jonathan Korn travailler à son bureau, téléphoner, lire. Dans toutes ces activités, Jonathan était seul et la vision était parfaite. En revanche, quand il conversait dans sa chambre avec des associés ou des employés, lui seul apparaissait clairement. Le contour des autres personnes était flou, incertain. Pour les femmes, le phénomène se reproduisait. Elle visualisait Jonathan faisant l'amour avec des dizaines de corps, de visages dont les traits restaient imprécis. Seul Jonathan était déterminé, comme s'il se fut suffi à lui-même et que partenaires, familiers, employés ou maîtresses eussent été pour lui un reflet de sa propre image.

Josepha éprouva un sentiment de fatigue, d'impuissance. Jonathan était un monstre de séduction, mais un monstre. Logique, contrôle de soi, égoïsme, ambition personnelle, tout était balayé. Josepha se sentait prête à rendre les armes, avant même de combattre.

« Mon frère a raison de me traiter de bonniche, de serpillière. Je n'ai donc fait aucun progrès ? Trouver la force en moi pour résister, absolument. Devenir forte, la plus forte. Pour être reconnu par lui, mais aussi pour l'aider. Comme c'est parti, il va en avoir vraiment besoin. »

Une vision toutefois traînait dans sa mémoire : Jonathan transpirant, nu, s'agitant comme un chien sur une superbe créature blonde, affligée d'un strabisme divergent. Les traits de cette beauté se précisaient. L'amour fou qu'elle portait à Jonathan la faisait exister. Josepha lui souhaitait purement et simplement « d'exploser comme une lampe », traduction littérale d'un juron yiddish dont elle se souvenait. En un mot, elle était jalouse.

— Que pensez-vous de tout ça, chère voyante ?

— Je vois un soleil éblouissant, mais à travers des nuages. Je vois une réussite absolue mais dans l'horreur et les maléfices. Je vous vois malade, presque mort et pourtant bien vivant.

Elle se mit à rire.

— Ne suis-je pas une bonne voyante, doublée d'un adroit politique ? Je vous prédis un fait et son contraire. Et pourtant le blanc et le noir, je les vois.

Elle le regardait sérieusement.

— Et vous, connaissez-vous les bonnes réponses ?

Jonathan, désarmé, désarmant, lui répondit :

— Josepha, je vais avoir besoin de vous. Beaucoup.

2

Les Autrichiens du groupe « Carolus » avaient beau se débattre comme de beaux diables, louer à prix d'or cent mille hectares en Amérique du Sud, bénéficier des meilleurs chercheurs, proposer aux États et aux industriels de transporter et de mettre en place n'importe quoi dans n'importe quel coin de l'espace, ils ne faisaient pas le poids. La navette américaine et la fusée européenne Ariane se taillaient la plus grande part du marché. « Carolus » avait pourtant un carnet de commandes bien rempli, pratiquant des prix à décourager tout concurrent. Les pays en voie de développement étaient prêts à envoyer des merguez dans l'espace, simplement pour figurer. Participer à ce prodigieux ballet constituait un ticket de survie, et à court terme.

Après avoir parcouru le dossier portant la mention « Très Confidentiel » établi par le service secret d'ITT, l'un des meilleurs du monde, Humphrey Dowen eut un pâle sourire. Derrière l'écran de sociétés financières, de compagnies off-shore, de banques suisses et bahamiennes, il retrouvait les forces du mal : anciens nazis et nouveaux mafiosi s'étaient alliés, même pour la course à l'espace. Et le groupe « Carolus » cherchait à peine à donner le change. Le crime avait maintenant ses hommes de marketing et ses futurologues.

Mais comment avait-on pu savoir que les chercheurs d'ITT avaient mis au point un autre mode de lancement, moins cher, plus sûr et faisant appel aux technologies douces ? Les courbes d'attraction et de répulsion des planètes créaient des champs de force qui menaient le satellite au point désiré.

Sans l'encombrante quincaillerie de la NASA. Simple comme l'œuf de Colomb.

Quand Humphrey Dowen reçut la visite d'un célèbre avocat new-yorkais, mandaté par « Carolus », il fut invité purement et simplement à vendre le secret du nouveau type de propulsion. 20 millions de dollars, qui seraient déposés sur un compte numéroté d'une banque à Zoug, petite ville de Suisse allemande où l'on ne pouvait accéder qu'en parachute ou en traîneau.

Humphrey n'avait pas ri à la fin de l'entretien. Avec 20 millions de dollars il pouvait refaire sa vie sous un autre nom et d'autres cieux. Vraiment tenté, il demanda à réfléchir. Alors Madona, inexplicablement, s'était mise à changer. Elle s'était même ingéniée à trouver la réplique exacte de la paire de vases Ming, récemment pulvérisée par ses soins. S'il rentrait tard, plus une injure, mais un grand sourire, un baiser sur la joue et un bon J & B on the rocks.

Et hier soir, la surprise. Madona s'était glissée dans sa couche, vêtue seulement de candeur virginale et s'était donnée à lui avec une fougue qui le reportait trente ans en arrière.

Le téléphone sonnait à nouveau dans la vaste demeure, comme autrefois. Et comme autrefois, les bons vieux tournois de bridge avaient repris. On jouait de l'argent et les différences atteignaient parfois 5 à 6 dollars, chez ces gens bénis par la fortune. Il avait repris goût à la vie. Quelques leçons de boxe et son corps lui obéissait à nouveau, lui qui avait été un athlète de haut niveau.

Madona s'était mise à inviter des gens surprenants, hors de leur caste. Cela provoquait des mélanges détonnants. Maintenant il avait hâte de quitter le bureau pour retourner à la maison. Il se félicitait de n'avoir pas trompé Madona une seule fois, même pendant les jours les plus sombres. Il était sûr désormais de vieillir avec elle.

L'avocat new-yorkais partit très contrarié lorsque Humphrey lui notifia lors d'une deuxième rencontre son refus de vendre tout secret. L'avocat insista et finit par le supplier de commettre ce méfait :

— Mes clients sont terrifiants, ajouta-t-il. Si vous persistez dans votre refus, ils vous briseront.

Cette fois, Humphrey lui avait ri au nez et l'avait congédié sans ménagements. Pourtant, à la lecture du dossier confidentiel, il fut inquiet. Il pensa même exiler Madona pour un temps.

Le lendemain, il recevait chez lui une enveloppe manuscrite déposée par un coursier. Dedans se trouvait une photo de lui, récente. Elle avait une particularité : sans aucun trucage apparent, Humphrey y apparaissait avec deux têtes. La seconde tête représentait une sorte d'hyène aux yeux injectés de sang. Ce qui était troublant, c'est que l'on distinguait dans cette abominable trogne des composantes essentielles de son visage original.

3

L'Éternel était partout, d'accord, mais Simon Wayenberg, lui, souhaitait que de l'extérieur sa synagogue ne ressemblât pas au plus misérable des bidonvilles.

A sa descente du vol New York-Los Angeles, il avait pris un taxi et s'était fait arrêter à un mile de sa destination. Il aimait marcher et faire une courte halte chez des familiers. Il ne refusait jamais un petit verre de schnaps.

Un remontant, après l'échec total de son voyage.

Il pénétra à l'intérieur de ce qu'il fallait bien appeler un édifice religieux.

Pas totalement négatif, ce voyage : avec une partie des 25 000 dollars de Jonathan Korn, il pourrait effectuer les travaux de première nécessité. Quant au reste, il ne manquait pas de malheureux dont il fallait essayer d'adoucir la peine.

Vlad et Nicolas l'attendaient, assis tranquillement dans la travée réservée aux hommes, tout à côté d'une plaque de métal à la peinture blanche écaillée où était inscrit en lettres sombres : « Défense de cracher. » Simon pensa : « Pardonne-leur, ô Seigneur. » Deux paires d'yeux clairs, sans calotte, dans une synagogue déserte, cela n'était pas bon signe à 10 heures du soir.

— Alors tu es Simon Wayenberg ? lui dit un des pharisiens. Moi, je suis Vlad et voici mon frère Nicolas.

— Que désirez-vous ?

— Te montrer ceci, dit Nicolas en lui mettant un polaroïd sous le nez.

Simon blêmit. Bras et jambes fixés par des menottes, Joseph, son frère chéri, était enchaîné à un fauteuil de métal. Sur son ventre était posé le *Los Angeles Times* daté du jour même.

— Cadeau. Tu peux la garder.

— Qui êtes-vous ? Que voulez-vous ? demanda Simon, faisant face avec un courage qu'il ne se connaissait pas.

— Nous sommes les 50 000 dollars qu'il a reçus. On ne savait même pas que tu existais. Des parfaits jumeaux, comme nous. La tête du patron, quand il a appris qu'on avait vu Joseph Wayenberg rentrer chez Jonathan Korn à New York alors que dans le même temps, il faisait sa culture physique au Health's

Club ! On a fait une enquête. On a décidé de garder Joseph jusqu'à ce que tu envoûtes Jonathan Korn à sa place. Tu le feras mieux que lui. Tu as la foi, toi. Son Dieu à lui est un rectangle de papier vert.

Simon tremblait de tous ses membres :

— Mais c'est impossible ! Je n'y arriverai jamais.

Nicolas l'attrapa par les épaules, le secoua.

— Calme-toi. Il est marqué dans l'Ancien Testament que les douze tribus de Judée étaient composées de terribles guerriers, des tueurs...

Vlad enchaîna :

— ... C'était bien avant le Dieu unique. On adorait les fleurs, le soleil, des divinités animales. C'est Moïse, puis Jéhovah qui ont foutu la merde.

— Vous blasphémez ! s'écria Simon. Le Seigneur ne laissera pas s'accomplir votre forfait !

Nicolas sourit :

— Tu reverras ton frère vivant quand Jonathan Korn cédera. Pas avant. Et vous recevrez les 50 000 dollars. Nous n'avons qu'une parole.

Ils firent mine de partir, puis se ravisèrent :

— Au fait, rends-nous la bande.

Déjà Vlad fouillait dans le porte-documents en plastique jaune. Il trouva la bande, l'essaya sur un petit appareil portable et la mit dans sa poche.

— Tu as un mois pour réussir, dit Nicolas. Après on amputera Joseph d'un doigt par jour, les mains puis les pieds. Quand il n'aura plus de doigts, couic : castration, suivie de mise à mort.

Simon s'était assis, prostré, incapable de répondre. Quand il se retourna, les jumeaux avaient disparu, sans bruit.

Il ramassa le polaroïd et fixa intensément le visage de Joseph. Il priait de toutes ses forces, de toute sa foi.

Peu à peu le visage de son frère commença à

s'effacer. Puis tout disparut, la tête, le corps, le journal, la chaise.

Simon priait désormais devant un carré parfaitement blanc.

4

John frappait à la porte de Josepha :

— Qui est là ?

— Devinez, dit John travestissant sa voix.

— Entre, dugland !

John fit un pas, s'arrêta et contempla sa sœur avec l'expression d'un gourmet se trouvant soudain en présence d'une charlotte au chocolat. Il l'apostropha :

— Où est passée l'idiote à qui je piquais 10 dollars dans son sac sans qu'elle s'en aperçoive ?

— Cette Josepha-là a disparu. La preuve, c'est que tu m'en demandes 200.

— Tu te méfies maintenant ? Tu verras, je ne gagne rien là-dessus. Je paierai devant toi au contrôle. Mais parlons d'autre chose. Je veux quitter mon emploi. Je m'emmerde, c'est toujours pareil. Je n'ai pas besoin de te faire l'article : tu sais à quel point je peux être dur en affaires. Alors voilà, je te propose d'être ton manager, c'est-à-dire bien plus qu'un agent. Tu déménages. Nous louons un endroit somptueux, bluffant, et nous l'aménageons. Nous organisons des parties afin de prospecter la meilleure clientèle possible et avec nos économies, nous nous offrons le meilleur attaché de presse de New York.

— Tu veux dire avec mes économies.

— Ton argent, mon argent, peu importe. Frère et sœur, c'est comme mari et femme.

— Tu ne m'aurais jamais proposé ça quand je prenais 5 dollars par consultation.

— Non, bien sûr. J'ai attendu que tu sois à 50 dollars. Je modère ma part au tiers de tes gains mais je fais monter les prix. J'écarte les importuns. Je crée une clientèle à laquelle tu aurais eu accès un jour ou l'autre mais je te fais gagner du temps. Sans rien changer à l'exactitude de tes prédictions, nous parlons ensemble de chaque client et je te suggère, dans ton interprétation, une série de schémas que nous fignolons ensemble afin que tu deviennes pour eux une véritable drogue, un besoin impérieux. Pour finir, tu auras l'immense privilège de vivre pratiquement avec moi. Un amant, sans les aléas de l'amour. Pas mal, non ?

Josepha, amusée, regardait son frère chéri. Une multitude d'images lui venaient à l'esprit. Un cran de sûreté à solliciter et elle saurait tout sur lui. Mais il ne fallait pas.

Bien formulée, la proposition de John la rendait heureuse. Souffre-douleur pendant vingt-sept ans, et voici qu'elle était en position de force. La vie est merveilleuse.

Par jeu, elle fit semblant de réfléchir et déclara d'une voix sans réplique :

— J'accepte. Tu es entièrement à mon service. Jour et nuit. Ta part sera de vingt pour cent. C'est à prendre ou à laisser.

— Je prends.

5

La scène du Schubert Theater était dans le noir absolu, quand un pinceau de lumière éclaira le visage d'une jeune danseuse. Dans l'ombre, le maître de ballet qui faisait passer les auditions lui demanda :

— Et vous ? Pourquoi voulez-vous être danseuse ? Qu'est-ce qui vous fait croire que le corps de ballet a besoin de vous plutôt que d'une autre ?

C'était le thème du show « Chorus Line ». Et la danseuse donnait ses raisons : sa solitude, ses problèmes avec ses parents et la société tout entière, l'amour fou qu'elle portait à la danse, apostolat, salut, foi, religion.

Ça c'était l'examen oral. Suivaient les travaux pratiques. La danseuse improvisait, nimbée de lumière. Elle s'arrêtait enfin, interrogeant d'un regard le maître de ballet, divinité cachée dont dépendait son destin.

Josepha avait les larmes aux yeux. « Pourvu qu'il la prenne ! » A ses côtés, la mère de Maurice Faynbaum sanglotait carrément. Josepha lui passa des kleenex et ne put s'empêcher d'être attendrie par cette femme de soixante ans, qui eût pu être sa mère : « Sarah Faynbaum de Floride, Rifka Meisner de Californie, mères juives exemplaires, différentes et interchangeables, je vous aime. »

Puis ce fut le dernier acte. Au grand soulagement de Josepha, la jeune danseuse fut engagée. Sarah Faynbaum applaudit, son sac s'ouvrit et se répandit par terre tandis que le rideau se baissait et que la lumière revenait.

Elles se retrouvèrent à quatre pattes, ramenant une boucle d'oreille dépareillée, un paquet de bonbons multicolores, un porte-monnaie usé jusqu'à la couenne, un mouchoir mouillé de larmes et bariolé de rouge à lèvres. Puis Josepha mit la main sur un paquet de lettres dont elle sut qu'elles étaient du père de Maurice et qu'elles contenaient des trésors d'imagination, de poésie et d'amour.

Maurice Faynbaum l'aida à se relever. Elle se trouva soudain contre lui, son beau regard la dévisageant, cherchant des réponses, mais à quelles questions ? Elle sentit son odeur d'homme, sa volonté, sa force. Elle recula d'un pas, marcha sur le pied de John, s'excusa et tous les quatre éclatèrent de rire.

Ils allèrent souper au « Stage delicatessen », un restaurant célèbre de Broadway, vers la 48ᵉ Rue. Maurice essayait de décrire sa vie de policier new-yorkais.

Cela n'était pas facile car il était partagé entre deux sentiments : se faire passer pour un héros, bravant tous les dangers, tenant la dragée haute au crime, démantelant des réseaux de drogue et de prostitution, chevalier blanc rétablissant l'ordre, protégeant les opprimés. Perspicace, il comprit que ça n'était pas la peine d'essayer de vendre des pianos à une voyante...

Il opta pour la vérité, dans laquelle il se sentait plus à l'aise : enquêtes de routine, paperasseries administratives, relations douteuses avec des informateurs répugnants, planques interminables dans des endroits sordides, efforts incessants pour ne pas céder à la corruption. Mais également, la certitude d'avoir choisi une vie utile, la diversité des rencontres, l'intensité des émotions que suscitait en lui, chaque fois, la rencontre avec le crime. Jamais une relation innocente, jamais.

Josepha déchiffrait un autre discours : je suis solide, sérieux, ambitieux. Tu me plais énormément.

Je pourrais très facilement tomber amoureux de toi, si ce n'est déjà fait. Nous aurions de beaux enfants et comme nous sommes intelligents, nous les laisserions libres de se déterminer, même sur le plan de la foi. Allait-elle entendre sous peu sa première demande en mariage ?

Devant ce corps massif, ce visage un peu rude, ces mains courtes et poilues, malgré la bonté et l'intelligence indiscutables qui se dégageaient de lui, elle ne s'imaginait pas se réveillant ou s'endormant à ses côtés. Dans ses nuits troublées de rêves, son corps avait appelé le corps juvénile de Harry. Puis Harry s'était effacé, remplacé par Jonathan qui occupait tout l'espace. Eh bien, elle dirait non à Maurice et oui à Jonathan. Question à 2 dollars : Est-ce qu'elle se trouverait dans la situation de dire oui à Jonathan ?

Pendant ce temps-là, Maurice concluait, sous le regard admiratif de sa mère et malgré l'air narquois de John :

— ... Et je peux être lieutenant dans moins de cinq ans.

John l'interrompit :

— Dans cinq ans Josepha gagnera 1 million de dollars par an.

Maurice, décontenancé, protesta faiblement :

— Il n'y a pas que l'argent dans la vie.

Amicalement, Josepha le soutint :

— Il n'y a pas que l'argent dans la vie, il y a l'amour.

6

— Vous transportez des armes ou quoi ? dit la jeune employée d'American Airlines à un homme vêtu de noir, coiffé d'un feutre un peu large qui lui mangeait la partie supérieure du visage.

John Meisner regarda le visage crayeux de Cindy Watson (son nom était marqué sur son badge) où le fard maladroit tentait de dissimuler une solide acné.

— Pourquoi me dites-vous ça ?

— Parce que ça fait 20 kilos d'excédent de bagages. En deux valises, il faut le faire.

John souleva son feutre, fit bouffer ses cheveux d'un geste féminin et lui répondit, yeux dans les yeux :

— Comment une aussi jolie créature, avec une aussi jolie bouche, peut-elle prononcer ce mot abominable : excédent ?

Cindy se marra un bon coup et dévisagea longuement John avant de lui répondre gravement :

— O.K., O.K., je ferme les yeux. Mais vous charriez.

— Comment ça ?

— Parce qu'avec un sourire et une phrase bidon, je craque. Et contrairement à vos valises, je ne fais pas le poids. Vous obtenez toujours ce que vous voulez ?

— Toujours, répondit John.

Et en prenant la carte d'embarquement qu'elle lui tendait, il lui saisit la main et la garda un instant entre les siennes.

— Je sais, je sais. Je suis un brave « type », conclut Cindy Watson.

John avait choisi de voyager dans la partie non-fumeurs de l'appareil. A peine le décollage effectué et le signal « Attachez vos ceintures » éteint, il se leva de son siège et entreprit de faire, lentement, le tour de l'avion en balançant le backgammon de cuir rouge vif qu'il tenait à la main.

Dans le backgammon se trouvaient deux jeux de 52 cartes pour le gin-rummy, un jeu de 32 pour un poker en tête-à-tête ou une belote, un jeu de tarots et tous les jeux de dés possibles. Toutes les cartes étaient marquées et les dés pipés. Malgré son air avenant de bonimenteur s'efforçant d'attirer la clientèle, aucune dupe ne tomba dans ses filets : « J'aurais dû voyager en première. » Mais son penchant pour l'avarice l'emportait toujours sur ses goûts de luxe.

Puis il repensa à Maurice Faynbaum. Il l'aurait bien aimé comme beau-frère, mais il eût fallu qu'il soit au moins chef de la police de New York. Il y aurait eu des compensations.

Josepha s'était conduite bizarrement ce soir-là. Autrefois elle l'aurait consulté du regard avant de répondre à la moindre question. C'était bien fini. Elle rayonnait à présent d'une tranquille autorité. Tant mieux après tout. Ce serait plus amusant.

Après le restaurant, il avait emmené Josepha chez lui, fait rarissime, afin qu'elle se trouve sur son territoire à lui pour poursuivre les négociations sur leur future collaboration. Tendrement mais fermement, elle était restée sur ses positions. Au titre de manager, éminence grise, secrétaire, garde du corps et encaisseur, il n'aurait que vingt pour cent, pas un point de plus.

En revanche, elle avait accepté de rendre compte de ses entrevues en nommant ses clients et en résumant très clairement l'interprétation de ses visions. Avant, elle lui avait fait jurer sur les parents et elle-même qu'il ne se servirait de ces informations qu'à seule fin d'accélérer sa réussite à elle et loyalement. Il avait, bien entendu, juré sans hésiter. Alors, souriante, elle l'avait embrassé, lui avait laissé feuilleter son carnet en toute liberté et le lui avait repris. Confiance, confiance, jusqu'à un certain point ! Elle avait vraiment changé.

La liste comportait une dizaine de noms qui enflammaient son imagination. Dans les prédictions de Josepha rien de compromettant ou d'inquiétant qui puisse apparemment lui servir pour le moment. Mais après avoir parlé de ses clients, avec précaution, rigueur et générosité, Josepha lui avait raconté sa rencontre avec le fameux Jonathan Korn qui se trouvait occuper l'étage noble du 40 Central Park South. Pendant ce récit, la voix de Josepha se brisa à plusieurs reprises. John en conclut que sa sœur était amoureuse de Jonathan, ou qu'elle lui cachait quelque chose à son propos, ou bien les deux.

Puis ce furent les péripéties tragi-comiques de son aventure avec Harry, couronnées par une désintoxication qu'elle espérait définitive. Eh bien, quelle circulation dans cette vie jusqu'alors si terne ! John pensa à l'avenir avec confiance. Il sourit à une ravissante hôtesse eurasienne et indiqua de l'œil la coupole supérieure du Boeing 747. Un clin d'œil en retour le rassura. A défaut d'un pigeon, il ne quitterait pas cet avion sans quelques caresses.

A Los Angeles, il confia ses récépissés de bagages à un très vieux porteur noir et sortit retrouver son ami Peter Masson qui devait l'attendre. Celui-ci n'était pas seul : deux parfaits jumeaux d'une grande beauté l'accompagnaient : Vlad et Nicolas Nikolaïev.

Le porteur installa ses deux lourdes valises dans une Range Rover. Les jumeaux se mirent devant, John et Peter derrière. John regarda avec plaisir le visage hâlé, la chemise largement échancrée sur le buste musclé et bronzé de son ami. Puis il lui fit un signe de tête qui signifiait : « Pourquoi eux ? »

Peter répondit à haute voix :

— Vlad et Nicolas sont des spécialistes de l'électronique. Si tu veux te défendre, il faut traiter avec ce qu'il y a de mieux.

Nicolas se retourna et dévisagea longuement John, sensible à sa beauté :

— Si vous réussissez votre examen de passage, vous pourrez vous joindre à notre organisation. Et je peux vous dire juste ça : on est vraiment des bons !

La Range Rover se trouvait maintenant face à l'épaisse porte de fer à double battant. John essayait de déchiffrer les caractères hébraïques à l'intérieur des étoiles à cinq branches.

— Que représentent ces inscriptions ? demanda-t-il.

Peter Masson, impressionné, ne quittait pas les jumeaux des yeux. Lui non plus n'était jamais venu à la demeure de Carolyn Way, à Beverly Hills.

Vlad, d'une voix neutre, répondit à John :

— Ange Damon vous répondra, s'il en a envie. Lui sait les choses.

Nicolas actionna un bouton caché sous le tableau de bord et les portes s'ouvrirent, pivotant sans bruit sur leurs gonds d'acier. Sans bruit, elles se refermèrent.

Ce ronronnement innocent signifiait tout de même que John se trouvait enfermé dans une propriété inconnue avec des gens qu'il n'avait jamais vus, à part Peter Masson. En outre, s'il y avait le moindre problème, il ne pourrait compter que sur lui-même. Il avait confiance en Peter Masson comme en une famille de scorpions.

Mais tout était calme, le soleil brillait. Alors pourquoi ce sentiment diffus de danger ?

Ils traversèrent le parc impeccablement entretenu. Le dais ocre du petit club-house apparut. Ils s'arrêtèrent devant la piscine. Des haut-parleurs invisibles diffusaient *Rock around the clock*. Bill Haley n'était pas si mauvais pour un chanteur blanc. Deux très jeunes garçons en bermuda de couleur vive se chamaillaient, plongeaient et nageaient, en essayant de s'accorder au tempo du rock and roll.

John se détendit. Les jeunes corps bronzés dans l'eau bleutée de la piscine semblaient sortir d'un tableau de David Hockney.

Un homme vêtu de blanc quittait l'ombre fraîche d'un parasol et se dirigeait vers eux :

— Ah, voici donc le petit voleur de New York.

Ange Damon sourit à John et lui tendit la main. Les deux hommes se défiaient du regard, essayant, dès la première seconde, d'assurer leur domination. Alors que Damon était concentré, impassible, John, dont les yeux ne cillaient pas, gardait un sourire enjoué et serrait de toutes ses forces la main qu'on lui avait tendue afin qu'elle ne broyât pas la sienne. Puis l'étreinte se relâcha. John laissa pendre ses bras négligemment. Au moins maintenant Ange Damon savait à quel point il était fort, en tout cas physiquement.

— C'est vrai, je suis un petit voleur. Mais je suis à la recherche d'un maître. Il m'enseignera peut-être à devenir grand. Je veux dire un grand voleur.

— Dis-moi, Peter, non seulement il est beau, grand et fort, mais il a la langue bien pendue !

Peter Masson, voyant qu'il n'y avait pas de véritable affrontement, reprenait du poil de la bête :

— Je vous l'avais dit, monsieur Damon, il est épatant, John. C'est un ami.

— Ne restons pas là, décida le magicien. Toi, Peter, occupe-toi de ces deux délicieux jeunes gens. Il y a des jus de fruits et du Coca dans le bar, du whisky aussi. Mais c'est pour les grands, ajouta-t-il en se tournant vers les deux enfants.

Occupés à s'éclabousser, ils ne l'entendirent même pas.

John, Ange et les jumeaux montèrent dans la voiture électrique. Après le potager et le jardin à la française, ils se retrouvèrent derrière la maison. Ange ouvrit la petite porte en bois sombre bardée de ferronnerie, puis une autre. Il s'effaça pour laisser pénétrer John dans l'immense salle de torture. Vlad et Nicolas le suivirent. Ange Damon referma la porte et remit la clef plate sur son porte-clefs magnétique.

Un énorme Doberman noir bondit alors sur John. En faisant le roulé-boulé sauveur qu'il avait appris chez les Marines, John ne quitta pas le monstre des yeux. Jamais il n'oublierait ce regard fou, les babines retroussées sur des crocs terrifiants et surtout l'œil unique reflétant la férocité à l'état pur, l'autre œil étant caché par un bandeau de cuir.

Il était debout, faisant face, lorsqu'il entendit la voix d'Ange Damon :

— Stop, Azraël. Au pied !

John, sans même se retourner, alla s'asseoir sur un canapé de cuir blanc.

— Maintenant que vous m'avez souhaité la bienvenue, si on parlait ? Vous avez tort de me prendre pour un cave. C'est vrai, jusqu'à présent, j'ai commis de petits larcins mais je suis prêt à bien d'autres choses pour de l'argent.

Ange Damon écoutait attentivement John. Il le regardait, le soupesait :

— Qu'en pensez-vous, les jumeaux ? Peut-on lui faire confiance ?

Nicolas tendit un verre de cristal à John et lui versa une liqueur rouge translucide. Puis il emplit trois autres verres de la même liqueur, en garda un et enfin servit son frère et Ange Damon.

— En tous les cas il est rapide et il n'a pas froid aux yeux, constata Vlad.

John s'accota au dossier du canapé, voulant donner aux trois hommes l'apparence de la décontraction, mais il était en état d'alerte. A toute vitesse son cerveau ingénieux lui soumettait toutes les hypothèses de comportement correspondant à la situation où il se trouvait.

Il avait photographié le chevalet écarteleur de membres aux poulies dentées, le bloc opératoire, les instruments chirurgicaux, l'immense bassin circulaire où le liquide vert plomb bouillonnant ne pouvait être que de l'acide, le curieux sarcophage de cuivre sculpté au buste penché, bref l'antre du Docteur Frankenstein.

Il était seul contre trois malfaiteurs chevronnés, un chien enragé, sans compter les deux épaisses portes de bois armées de fer et la porte d'entrée qui devait être électrisée jusqu'au bout des ongles. Il prit le verre et le porta à ses lèvres. Une odeur douceâtre d'amande et de coriandre s'en dégageait.

Aucun des trois hommes n'avait touché à son verre. Trois paires d'yeux le regardaient. Il se dit : Danger.

Le Doberman grogna et s'élança vers la porte avec une brutalité inouïe. Une seconde. Cela détourna l'attention de ses hôtes. Il répandit son verre derrière le canapé, sur la moquette bordeaux, puis il se retourna et fit mine de l'avoir bu jusqu'à la dernière goutte. Il le reposa. Vide. Il sentit les trois hommes se détendre. La conversation devint enjouée. On mit de la musique. Le chauffage avait été monté.

Ange et les jumeaux, très naturellement, commençaient à se déshabiller.

— Vous n'avez pas chaud ? lui dit Ange.

— Si, répondit John. Je peux enlever mes vêtements ?

— Bien sûr. Nus on se connaîtra mieux, répondit le magicien.

John savait que la moindre imprudence lui serait fatale et il se laissait guider, ne sachant pas exactement ce qu'on attendait de lui. Ils furent bientôt nus tous les quatre.

Les jumeaux, confondants de beauté, et Ange, divinité sombre et poilue, s'approchèrent du sarcophage et l'ouvrirent. John vit distinctement luire, à l'intérieur, les longues pointes d'acier et comprit enfin où ils voulaient en venir. Était-ce seulement une épreuve ou étaient-ils tous les trois des criminels pervers ?

Ange lui parlait maintenant avec une grande douceur :

— Tu es beau, John, et fort. Tu me plais beaucoup.

Il s'approcha de John et caressa tendrement ses boucles blondes.

John se laissa faire, comme s'il y prenait du plaisir.

— Je vais répondre à la question que tu as posée à Nicolas tout à l'heure. Les caractères hébraïques que tu as vus inscrits sur la porte d'entrée sont des invocations. Elles ont toute l'apparence de caractères sacrés mais on a changé l'ordre des lettres et inversé les forces. Le Prince des Ténèbres pourrait être invoqué, si la formule était complète, mais il en manque un morceau.

— Et où se trouve-t-il ? demanda John.

— Là, répondit le magicien en montrant son cerveau.

Les jumeaux se tenaient à présent près du sarcophage et achevaient d'en faire pivoter les deux parties.

D'un pas nonchalant John Meisner marchait dans la pièce comme s'il était tout à fait normal de se trouver là, nu, en compagnie de trois inconnus. Il s'empara d'un scalpel, d'un bond se jeta sur Ange, lui faisant une clef au bras, et lui appuya le scalpel sur la gorge. Une goutte de sang perla.

Le Doberman s'avança lentement en grondant. Les jumeaux commencèrent à encadrer John.

— Paix, Azraël ! Arrêtez, vous autres ! Mais c'est Superman, ma parole ! Lâchez-moi maintenant. J'ai vu, ça va.

Ainsi, même menacé de mort, Ange Damon maîtrisait la situation.

John relâcha son étreinte, laissa choir le scalpel à terre et alla se rasseoir sur le divan :

— Si on parlait sérieusement ?

La conversation fut longue.

John regardait Ange Damon avec admiration. Celui-ci, l'ayant vu se comporter comme un bon béret vert, avait dit oui à son éventuelle participation. Comme chez les scouts, il s'était prêté à un échange de sang après s'être fait avec Ange et les jumeaux une incision sur le bout de l'index gauche.

En se soumettant à ce rite, John ressentait une sorte d'exaltation. Il voulait arriver par n'importe quel moyen, en se servant des forces du Mal s'il le fallait, et voici qu'il rencontrait le Diable lui-même, ses deux lieutenants, et ils échangeaient leur sang.

Ange Damon écouta John Meisner lui parler de Josepha et de ses quelques clients prestigieux, notamment de Jonathan Korn. John lui soumit sa liste de VIP dérobée à l'hypermarché où il travaillait. Ange lui demanda alors s'il était prêt à utiliser sa sœur, à les aider à pratiquer la sorcellerie, la contrainte, le chantage, le crime.

A toutes ces questions, sans hésiter, John répondit oui.

Ils se rhabillèrent, burent, fumèrent et parlèrent, longtemps, longtemps.

Le Doberman s'était assoupi, caressé par les mains fortes du magicien.

Puis les quatre hommes firent le point sur leurs prochaines missions. Il y en avait trois.

Trois envoûtements.

Trois voyages au bout de l'enfer pour ceux qui en seraient les victimes.

Et ces trois infortunés étaient :

Jonathan Korn, président de Korn Chanel,

Humphrey Dowen, executive manager de ITT,

Brian Walker, secrétaire d'État à la Défense.

7

Précédée par deux motards, la limousine noire sortit de l'Élysée. Sur la banquette arrière, le Président des États-Unis et le Général Walker discutaient âprement. Ils auraient bien voulu aller à pied jusqu'à l'Ambassade américaine avenue Gabriel, mais le service de sécurité s'y était formellement opposé. Brian chapitrait son ami. Il avait manqué de fermeté avec le Président français. L'Europe, qui se trouvait après la Seconde Guerre mondiale dans la situation que connaissent aujourd'hui les pays en voie de développement, n'avait pas hésité à accepter le soutien du grand frère américain. Sous toutes ses formes. L'Amérique allait sauver le Monde occidental, dressant un rempart solide et suscitant l'union sacrée contre la barbarie.

Après le printemps de Prague, l'invasion de l'Afghanistan, l'état de siège en Pologne, les signes ne manquaient pas d'une proche apocalypse et l'Occident aurait dû à nouveau serrer les rangs, mais il n'en était rien. L'Angleterre continuait à danser sa valse-hésitation au gré des Premiers Ministres. L'Allemagne baissait les bras sous la pression des pacifistes manipulés. Mais c'est la France qui méritait le pompon de la duplicité. Son gouvernement protestait fermement contre les agissements intolérables des Russes, mais dans le même temps continuait à leur vendre de la technologie de pointe et à leur acheter du gaz naturel, aliénant gravement son indépendance énergétique.

Le Président des États-Unis essayait de justifier sa modération, mais Brian avait raison. Il fallait obliger l'Europe à accepter sur son territoire le déploiement de la nouvelle génération de missiles. C'était le prix de la protection américaine. Il fallait également que l'Europe se joigne à leur blocus économique pour qu'il soit efficace. En tout cas, quelle déception ! Ce n'étaient que manœuvres à la petite semaine et chacun pour soi.

On avait toujours l'impression, dans les pays

d'Europe, de se trouver en période pré-électorale où la surenchère des politiciens en matière de nationalisme et de démagogie était constante. Brian maintenant fulminait :

— Non seulement nous ne nous reproduisons plus, mais nous démissionnons avant même de combattre. Si cela continue, Brejnev gagnera la guerre par téléphone : Allô, dira-t-il, considérez que vous êtes occupés. Je ne vous envoie ni mes chars ni mes bombes, mais je fronce les sourcils très fort, attention !

Le Président regarda Brian avec amitié. Il avait bien fait de détruire la bande vidéo. Cet homme était de tout premier ordre : Lancelot du Lac se battant contre les Russes avec sa lance et son bouclier et portant haut les couleurs de sa dame, rouge et blanc avec un rectangle bleu frappé de 52 étoiles.

Ils étaient arrivés à l'Ambassade. Brian refusa de dîner avec le Président. Il voulait prendre l'air et marcher. En civil, avec son costume de drap gris et sa cravate sombre, il ne risquait rien. Il passerait inaperçu. Le Président, pensif, vit s'éloigner Brian Walker, à pied, se dirigeant vers la place de la Concorde. Il marchait d'un pas vif et bientôt il disparut.

Arrivé place du Théâtre-Français, Brian, de son français chantant, demanda son chemin. Il avait tout son temps maintenant et flânant, s'arrêtant aux vitrines encore éclairées, il arriva rue Sainte-Anne. Il était à peine 9 heures du soir et déjà s'ordonnançait le vénéneux ballet de la prostitution homosexuelle.

Un jeune Français, adjoint du chef du protocole de l'Élysée, lui avait parlé des endroits chauds de la capitale, avec leurs spécialités. Et maintenant Brian les approchait, ces petits démons, ces anges déchus. Il y avait une dizaine de garçons, le pantalon serré pour mettre en valeur leur sexe et leur cambrure. Certains vêtus de cuir, d'autres de jeans avec des boots invraisemblables.

Près de la porte du « Sept », le restaurant-discothèque-homo élégant, le regard chaud de deux yeux noirs fit monter sa tension. Un superbe jeune homme, vêtu d'un blazer, le regardait en souriant. Comme dans un rêve, il entendit :

— Tu viens ? Je serai très gentil.

Le jeune homme sembla se dissoudre dans un halo et Brian vit apparaître le visage de Martha, sa femme. Il porta la main à son cœur pour en comprimer les battements et ressentit dans le même temps une fulgurante douleur à l'estomac. Il serra les dents et se força à marcher.

Après le « Sept », il dépassa le « Colony » où ministres et camionneurs réinventaient la démocratie, puis le « Bronx » où l'on pouvait se faire sodomiser par un zonard en se baissant pour ramasser son mouchoir.

Enfin, il héla un taxi et se laissa tomber, épuisé, sur la banquette de skaï. Il entrevit les deux yeux noirs qui semblaient le regretter, tandis que la douleur s'installait maintenant dans toute sa cage thoracique. Il ferma les yeux et pensa à Martha qui l'attendait à Fire Island. « Qu'ai-je donc fait pour être puni de la sorte ? »

8

Jamais, en hiver, le soleil n'avait à ce point réchauffé Long Island et son excroissance la plus élégante, Fire Island.

Il était midi. Dans son jardin, Martha Walker avait déplié une chaise longue et, chaudement vêtue, s'y était installée, offrant son visage blanc de citadine aux rayons bienfaisants.

Un discret toussotement la fit se retourner. Pardessus la haie, deux visages la regardaient en souriant timidement.

— Excusez-nous de vous déranger, dit l'un d'eux, nous avons loué le petit manoir et nous faisons connaissance avec nos voisins.

Elle se leva, ravie d'avoir de la compagnie dans ce coin perdu dont pas un habitant ne recelait la moindre surprise. A ses pieds, *La Puissance des Ténèbres*, le dernier roman d'Anthony Burgess, la menaçait de ses 713 pages, mais elle préférait bavarder avec deux charmants jeunes gens, plutôt que de se plonger dans cet univers incertain, même si c'était un chef-d'œuvre.

Elle les pria d'entrer et leur servit à chacun une tasse de thé de Chine. Quand elle s'approcha pour leur remettre la tasse, ils se levèrent et s'inclinèrent en la prenant, comme seuls les jeunes gens bien élevés savent le faire. Cette marque de bonne éducation, leur beauté, leur humour firent qu'au bout de quelques minutes, on eût pu les prendre pour un trio d'amis de longue date.

Leur gémellité était troublante. Après dix anecdotes à ce propos, Martha regretta sincèrement de n'avoir point été dotée d'un double parfait. Vlad et Nicolas respiraient la joie de vivre et l'honnêteté.

— Et qu'est-ce que vous faites dans la vie ? demanda Martha au bout de vingt minutes seulement, alors qu'aux États-Unis on commence toujours par cette seule question.

Les yeux baissés, rougissant un peu, Vlad parla le premier :

— Grâce à une bourse du gouvernement, nous avons séjourné deux ans à la Villa Médicis avec des professeurs prestigieux. Nous voulons être peintres.

Nicolas continua :

— Nous avons eu la chance de suivre l'enseignement d'un génie, le peintre Balthus. Après une très forte inclination pour l'hyperréalisme des années 60 et l'influence d'écrivains visionnaires, comme Kerouac et Ken Kesey, Balthus nous a conduits à un style figuratif romantique.

Martha, qui gardait un côté bas-bleu de ses études à Vassar, était enchantée de ses nouveaux voisins.

Vlad reprit :

— Dans certaines tribus africaines, tout nouveau venu se doit de faire un don pour être accepté par la collectivité. Nous voulons nous soumettre à cet usage courtois.

Les yeux de Martha brillaient comme ceux d'une petite fille à qui l'on offre une pochette surprise.

— Vous n'y pensez pas. C'est à moi de vous faire un cadeau, deux beaux jeunes gens comme vous perdant leur temps à bavarder avec une vieille dame.

— Une vieille dame ! s'exclama Nicolas indigné. J'aimerais avoir une fiancée qui vous ressemble !

Sous le regard de Vlad qui semblait lui dire « tu en fais trop », Nicolas rectifia :

— Une fiancée qui aurait votre beauté à votre âge.

Vlad reprit le flambeau :

— Prêtez-nous une photo de vous ou d'un être cher et dans huit jours nous vous donnerons un tableau qui en sera la reproduction picturale.

— Je ne puis accepter, c'est trop ! s'exclama Martha, ravie.

— C'est décidé, dit Nicolas.

Elle leur amena une grande boîte de carton où se trouvait toute sa vie en photographies. Elle leur expliqua sa jeunesse, celle de Brian, leur ascension durement gagnée, largement méritée et, pour Brian Walker, l'accession au poste suprême.

Vlad et Nicolas se livraient à une surenchère d'étonnements, de compliments, d'admirations. Puis Vlad sembla choisir au hasard la photo la plus récente de Brian Walker, la tendit à Nicolas :

— Qu'en penses-tu ?

— Formidable ! répondit Nicolas. Voulez-vous que nous fassions ensemble une surprise à votre mari ?

— Oui, oui, bonne idée, répondit Martha.

— Alors, nous revenons dans huit jours avec un portrait. Et peint à l'huile, conclut Vlad.

Nicolas demanda où se trouvaient les toilettes. Il s'absenta et revint aussitôt. Les jumeaux sollicitèrent alors de Martha Walker la permission de se retirer. Ils lui baisèrent cérémonieusement la main et quittèrent la pièce.

Nicolas dit à Vlad :

— J'ai trouvé une dent de lait.

Ils se dirigèrent vers une bâtisse sombre, décrépite, qui constituait le point culminant de l'île minuscule de Fire Island. Après avoir gravi une centaine de marches de pierre que les herbes sauvages dissimulaient à peine, ils arrivèrent devant la porte monumentale de la sombre bâtisse. A l'aide d'une énorme clef de fer, en partie rouillée, ils actionnèrent la serrure, entrèrent et refermèrent soigneusement à clef.

De sombres rideaux interdisaient la moindre lumière. La maison semblait composée d'une seule pièce, gigantesque et plongée pour l'instant dans la pénombre. Dans un coin, près de la large cheminée, se trouvait un bat-flanc sur lequel un homme était assis, semblant les attendre. Nicolas s'approcha de lui, lui tendit la photographie de Brian Walker et dit :

— C'est lui.

9

De son vivant, Samuel Meisner aurait été bien fatigué. Ces jours-ci, il avait effectué plusieurs fois le tour de la terre. Il avait décidé de suivre son fils John et là, il avait été rudement étonné. Malgré les vibrations négatives émises par celui-ci, il avait été assez facile à Samuel de localiser son penthouse de Broadway. Il arriva au moment où John enlevait les appareils volés des étagères et les rangeait avec méthode dans deux grandes valises.

Il le suivit à l'aéroport où il put constater, dès l'enregistrement des bagages, la séduction que son fils exerçait sur les femmes, puis dans l'avion où, sur un signe de tête de John, la plus belle des hôtesses se livrait à lui entre New York et Los Angeles. Au moment où John, nu comme un ver, déclara à l'hôtesse, jupe retroussée, qu'elle était une brouette dont il était le jardinier, Samuel décida de quitter l'avion. Il connaissait déjà cette posture qui s'appelait, dans le *Kama-Sutra*, « Plongeon dans l'infini ».

Il alla traîner dans les couloirs de la Maison Blanche, surprit le Président des États-Unis et Brian Walker fumant un cigare de bonne qualité. Brian quitta le bureau. Le Président passa alors la fameuse bande vidéo où Brian montrait ses vilains penchants et son incertitude sur la manière de gouverner. Samuel éprouva une énorme sympathie pour Brian Walker et ressentit un vif soulagement quand le Président détruisit la bande.

Spectateur des scènes les plus anodines de la vie quotidienne comme des drames ou des conspirations qui mettaient en jeu la survie de la planète, Samuel, hélas, ne devait rien révéler, même aux êtres les plus chers, qui pût altérer leur libre arbitre ou modifier leurs projets. Il pouvait évoquer les lieux qu'il visitait, les choses et les gens qu'il rencontrait. Encore fallait-il qu'il fût entendu, ce qui était rarissime. S'il désobéissait, il encourrait une formidable punition : l'interdiction de circuler. Il serait alors confiné dans un immense espace où il retrouverait, par milliards, les perdants absolus, les mauvais élèves de l'Éternité.

Alors ça, non !

Samuel quitta la Maison Blanche et s'envola à grande vitesse rejoindre en Arabie Saoudite une petite copine brune, morte des écrouelles au Moyen Age dans un village allemand. L'avion de John n'atterrirait que dans trois heures à l'aéroport de Los Angeles. Il avait largement le temps.

Il parvint un peu essoufflé aux environs de Riyad. Un incendie s'était déclaré dans un des puits de pétrole. La flamme projetait jusqu'au ciel son champignon gigantesque.

Des non-vivants, par milliers, arrivaient de tous

les horizons. Ils prenaient place, se perchant sur les derricks voisins. Il retrouva bientôt sa petite noiraude. Un homme de couleur un peu corpulent, en smoking, lui tenait compagnie. Samuel se présenta :

— Samuel Meisner.

— Louis Armstrong, répondit l'inconnu.

Samuel eut un pincement de cœur. Ainsi, même maintenant, il fallait pédaler pour avoir quelque succès avec les innombrables ravissantes. Avoir été glorieux de son vivant continuait à être un passeport ! C'était trop injuste.

Puis l'avion argent de Red Ader, le roi des pompiers, survola le gigantesque incendie ! En son zénith, il lâcha une sphère de métal remplie d'explosifs qui tomba à l'endroit précis où naissait la flamme. On entendit une formidable déflagration. Et l'incendie fut éteint aussi simplement que l'on souffle une chandelle.

Le gracieux oiseau de métal disparut, mission accomplie, et les milliers de non-vivants applaudirent à tout rompre, sans un bruit.

En plaisantant, s'interpellant, caquetant, ils s'envolèrent dans de multiples directions. Certains se rendaient à Varsovie où Roman Polanski interprétait au théâtre la vie de Mozart, en polonais. D'autres préféraient assister au repêchage de l'épave du *Titanic*. La petite noiraude salua « Satchmo » Armstrong d'un bref signe de tête et s'élança gracieusement dans le sillage de Samuel. Le couple quittait le Moyen-Orient quand ils croisèrent un grand rouquin qui leur cria :

— Baryshnikov danse *Gisèle*, ce soir, avec le New York City Ballet ! Vous venez ?

Noiraude interrogea Samuel qui déclina l'offre et sa compagne emboîta le sillage du grand rouquin.

Samuel passa à la vitesse maximale. Il faisait bien,

car l'avion de John s'était déjà posé. Il eut juste le temps de sauter dans la Range-Rover où se trouvaient, outre son fils, des jumeaux et un homme au physique de maquereau, Peter Masson. Il assista ensuite à la scène de la salle de torture, apprit avec stupéfaction que son fils était devenu un malfaiteur chevronné. Il éprouva tout de même une bouffée de fierté quand John tint tête à Ange Damon et retourna la situation à son avantage, mais il fut consterné à l'idée que son fils, dorénavant, serait le manager de Josepha, qu'il pourrait l'utiliser et la dépouiller. Peut-être aurait-il préféré que John fût tué, là, sur-le-champ.

Un doute puissant le tenailla : « Ainsi, j'ai mis au monde un agneau et un loup. Cela semble tout à fait incroyable. Aurais-je été cocu ? Rifka, lumière de mes yeux, serais-tu une salope ? »

10

Une seule journée s'était écoulée depuis le moment où Josepha Meisner avait assisté à l'incroyable démarche de Simon Wayenberg auprès de Jonathan Korn. Elle n'avait guère dormi cette nuit-là. Une sensation d'oppression lui restait de la soirée passée en compagnie de Maurice Faynbaum, de sa mère et de John. Au « Schubert Theater », cela allait encore grâce à la qualité du spectacle mais au « Stage délicatessen » où ils soupèrent, elle ne s'était jamais sentie tout à fait à l'aise. Elle n'incriminait pas la carpe farcie, ni la côtelette Pojarski, ni les cornichons aigres-doux, ni le schtrouddle, même si la redoutable conjonction de ces aliments constituait un véritable attentat contre l'organisme. Non, chacun a le droit de manger en une heure et de digérer trois jours.

C'était l'existence même de Maurice Faynbaum qui oppressait Josepha. Maurice représentait tout ce à quoi Josepha aurait rêvé si, quelques heures auparavant, elle n'était tombée amoureuse de Jonathan Korn, et pour la vie. C'était trop injuste pour Maurice Faynbaum, qui méritait qu'on l'aime.

Elle avait tout de même un peu mal à l'estomac. Elle sourit en pensant aux merveilleux petits toasts au caviar qu'elle avait grignotés chez Jonathan.

Dorénavant, Maurice serait sa côtelette Pojarski et Jonathan son caviar.

On sonna à la porte : trois douzaines de roses rouges, sans asparagus, le comble de l'élégance, firent leur entrée soutenues par un minuscule livreur. Aucune lettre ne les accompagnait.

On sonna à nouveau : une gigantesque corbeille de fruits arriva. Toujours anonyme.

Troisième coup de sonnette :

— Entrez, les chocolats ! dit Josepha maintenant prévenue.

Obéissant, les chocolats, un mètre cube environ, apparurent, parés d'or et de feuillages.

On sonna encore et 144 bouteilles de « Dom Pérignon », 1973, réduisirent considérablement le volume de l'appartement.

Et quand retentit le cinquième coup de sonnette, Josepha, pouffant, s'écria :

— Non à l'invasion des cigares géants !

C'était un télégraphiste. Sur son petit télégramme, elle lut : « Regardez par la fenêtre, Jonathan. »

Bousculant les chocolats, enjambant le champagne vénérable, Josepha se précipita à la fenêtre.

De l'autre côté de la rue, en stationnement interdit, se trouvait une Golf GTI rouge vif enveloppée d'un bolduc doré, comme un œuf de Pâques, et dont l'antenne radio portait à son extrémité un drapeau noir frappé de deux initiales fluo-violines : « J-M », les propres initiales de Josepha. Ultime détail qu'elle découvrit, armée de ses lunettes : une contravention ornait déjà le pare-brise de sa propre voiture. Elle souriait, heureuse, béate : sa première contravention.

Puis elle chercha à rétablir le calme dans ses sentiments tumultueux. Maurice Faynbaum était tombé dans un gouffre, alors que Jonathan, en s'aidant d'une seule main et en fermant les yeux, escaladait le Kilimandjaro.

LE BAL DES SORCIERS

1

Le vieil homme prit la photo, la regarda longuement et la posa près de lui sur le bat-flanc. Nicolas lui remit alors la dent qu'il avait subtilisée. Le vieil homme hocha la tête et, du doigt, montra la photo. Nicolas posa la dent dessus. Un rayon de soleil se glissa à travers les rideaux mal joints et éclaira soudain le visage du vieil homme jusqu'alors resté dans l'ombre. Les jumeaux purent enfin détailler le sorcier africain qu'Ange Damon leur avait envoyé. Nicolas demanda à Vlad :

— Pourquoi ne pas se trouver un bon prêtre défroqué avec qui il serait facile de communiquer et qui nous livrerait des envoûtements à la carte ? Nos trois missions ont en commun d'investir la victime d'une créature infernale, réelle ou imaginaire, afin qu'elle cède à nos demandes.

Vlad répondit :

— Ange Damon a ses raisons. Un rabbin, un sorcier et un prêtre : qui pourrait trouver le moindre point commun aux trois envoûtements qui ont été décidés ? Ainsi, les pistes sont embrouillées, inextricablement.

Les jumeaux parlaient vite, comprenant le sens

d'une phrase commencée par l'autre dès le premier mot. Ainsi, sans le vouloir, ils inventaient un anglais à eux, concentré.

Le vieux sorcier essaya de comprendre ce qui se disait. N'y arrivant pas, ses mains ridées saisirent un bol d'eau et des galettes de fruits séchés. Mastiquant avec soin, il termina sa frugale collation, sans plus s'occuper des jumeaux qui l'avaient interrompu.

A la dernière bouchée, Nicolas lui demanda d'où il venait et pourquoi il était parti. Dans un américain hésitant, émaillé de tournures africaines, d'anglicismes, le vieil homme raconta son histoire :

— Je suis né il y a cent cinquante ans environ dans une province fertile du Gabon. J'appartiens à la tribu des Mpongwè dont mon père était l'un des chefs. Le jour de ma naissance, mon père a planté un arbre que nul n'avait le droit de toucher car toute atteinte aurait porté préjudice à ma santé, sinon à mon destin. Pendant les vingt premières années de ma vie l'arbre poussa vigoureusement. Et je devins grand et fort. Mon père choisit pour moi la fille du chef d'une tribu voisine. Mon père et le père de ma fiancée étaient d'un naturel plutôt vindicatif mais sage. Cette alliance, ainsi que la nombreuse postérité que la santé de l'arbre nous promettait, cimenterait une paix durable entre les deux tribus. Or le marabout de l'autre tribu, inquiet à l'idée de perdre son influence, jeta un sort à l'arbre. Celui-ci se dessécha et mourut dans l'année. Il m'avait administré un poison afin que je dépérisse en même temps que mon arbre, selon la légende.

« Mais j'avais été destiné à la fonction de “Nganga” par un maître éminent dans l'art de guérir et de comprendre les relations entre les mondes visible et invisible. Je pus donc procéder à ma propre guérison. Les hommes des deux tribus, persuadés que ma mort était inéluctable, crurent qu'un esprit malin m'avait investi. Ils m'emprisonnèrent et me sommèrent de dire mon véritable nom, sinon ils me tueraient.

« Mes maîtres m'avaient enseigné la magie noire en me faisant jurer de ne l'utiliser qu'en cas de force majeure. J'ai par conséquent invoqué le Maître des Nuages et de l'Obscurité. Une nuit sombre s'est abattue sur le village, semant la peur et la désolation parmi les animaux et les hommes. Ainsi j'ai pu quitter ce pays. Mais je devenais pour toujours un faiseur de "Póg'aganga". Après avoir séjourné en Europe, je suis arrivé en Californie. Le sorcier qui a empoisonné l'arbre est mort dans d'atroces souffrances après que je lui eus fait avaler le "Démon aux Mille Aiguilles". Hélas, il n'y a pas de réhabilitation et la malédiction prévoit que je terminerai mes jours dans des pratiques de "Póg'aganga".

« J'étais sur la plage de Malibu lorsqu'un chien enragé essaya de me mordre. Au moment où ses crocs allaient se refermer sur mon cou, je le fixai en psalmodiant l'incantation du cochon. Il retomba à terre, sa queue se tire-bouchonna et il se mit à couiner. Son maître accourut : c'était Ange Damon. Étonné, il me demanda ce que j'avais fait à son chien Azraël. Quand je lui appris la vérité, il m'offrit beaucoup d'argent et la sécurité contre un envoûtement. J'acceptai et je suis là. Que dois-je faire ?

Vlad prit un livre ancien qui se trouvait sur une commode. C'était la traduction en anglais du *Dictionnaire infernal* édité à Paris en 1863. Le jeune homme l'ouvrit à une page marquée d'un signet. Il dit au sorcier :

— Vous avez la photo et une dent de lait de l'homme qui ne veut pas se soumettre à nos demandes. Sa maison est visible d'ici. Dans quelques jours il y rejoindra sa femme. Les choses doivent alors se dérouler très vite. Pouvez-vous faire en sorte qu'il soit possédé par la créature démoniaque choisie par Ange Damon ?

Ce disant il lui montrait la gravure. Elle représentait une véritable monstruosité : une éléphante naine se tenant debout sur ses grotesques pattes de derrière et labourant de ses griffes antérieures un abdomen proéminent. Cette éléphante enceinte était le Démon Béhémoth.

Le sorcier regarda l'ignoble créature et répondit :

— Cela sera.

2

— C'est débile, ton truc.

Et Jonathan Korn rendit le Rubikcub à Margot.

— Tu n'y arrives pas, alors tu boudes. Veux-tu que je te dise, mon vieux, tu te comportes comme un garçon de dix ans.

Elle prit le Rubikcub, vérifia l'heure à la seconde près et ses doigts se mirent en action. Les petits carrés multicolores s'ordonnancèrent et très vite chacune des six faces fut d'une seule couleur.

— Une minute quarante-neuf secondes ! triompha Margot.

Un spot dispensant une faible lumière éclairait le lit immense où Margot et Jonathan s'amusaient, laissant le reste de la chambre dans une totale obscurité.

— Bravo ! Une minute quarante-neuf au Rubikcub, pour une illettrée, c'est pas mal du tout.

— Arrête avec ça. Quand j'aurai ton âge, j'aurai lu des milliers de livres. Serai-je plus heureuse ? M'aimera-t-on davantage ?

Jonathan ne lui répondit pas. A l'aide d'une commande à distance il trouva sur son téléviseur un programme de dessins animés. Tandis qu'il le regardait, il lisait un roman policier et feuilletait la revue de presse que son secrétariat lui préparait quotidiennement.

— Et avec les pieds tu fais quoi ?

Jonathan sourit et entreprit de caresser Margot avec ses pieds, puisque ses yeux et ses mains étaient occupés.

Un assortiment de chocolats Hersheys, de gâteaux Cadbury, d'After Eight et surtout de petites gaufrettes au chocolat « Afrika » de Bahlsen s'entassaient, éparpillés sur la couverture de guanaco.

Pendant ces rares entractes, Jonathan reprenait des forces. L'enfant qu'il était resté y trouvait son compte. En outre son amour propre venait d'en prendre un sacré coup : le groupe financier dont il était le leader s'était battu pour prendre le contrôle de la Columbia, mais il s'était fait devancer par Kerkorian, le Président de la MGM. Ce remarquable homme d'affaires avait su manœuvrer mieux que lui. Cela n'était pas une question d'argent, mais d'orgueil. Humiliant : Korn au piquet et Kerkorian au tableau d'honneur.

Il fallait chasser les effluves négatifs de ce contretemps et rebondir de plus belle et toujours plus haut. Il croqua un « Afrika » et changea de chaîne. Margot posa son Rubikcub, enleva son peignoir de bain et entreprit de caresser Jonathan :

— Tu sais, je ne prends pas la pilule. Si tout va bien, je pourrai avoir un petit Korn.

Jonathan repoussa doucement Margot, coupa le

son de la télévision, ferma son polar, posa son journal, rangea soigneusement les gâteaux et répondit :

— Non.

Margot comprit qu'on ne jouait plus.

— Mais ne t'angoisse pas. Je ne te demande même pas de le reconnaître. J'ai les moyens de l'élever. Quand je voyagerai pour travailler, je le laisserai chez mes parents. J'en ai parlé à ma mère. Elle serait très contente.

— Tu es enceinte ?

— Peut-être, je ne sais pas. Au lieu d'acheter à prix d'or le sperme d'un prix Nobel, je me sers du tien puisque je t'aime et que tu es ce qu'il y a de mieux sur la terre.

— Je n'ai pas envie de rire. Tu es adorable mais ce n'est pas suffisant pour que je te fasse un enfant.

— Je sais que tu n'es pas amoureux de moi mais tu es tout de même assez généreux pour me faire ce cadeau. Même si cela doit être le dernier.

— Il n'est pas question de générosité, tu es vraiment inconsciente. Chacun de mes spermatozoïdes est un autre moi-même. Je ne choisis pas ton ventre pour naître à nouveau. Ni le tien, ni un autre.

— Mais Alexandre ?

— J'avais vingt ans de moins. J'aimais Alexandra, ma femme, d'un amour fou. Elle avait le génie du bonheur, elle m'aimait. Alexandre est un enfant désiré et même avec tout ça, je regrette aujourd'hui de l'avoir mis au monde.

— Tu dis des choses monstrueuses.

— Je dis la vérité. Et puisque nous y sommes, je vais aller jusqu'au bout. Alexandre et toi avez vingt ans. Et vous êtes dans ce monde des milliers de jeunes gens de vingt ans absolument interchangeables. A dix ans, comme Alexandre, tu as sniffé de la colle. Après, le premier joint. Et à quatorze ans, la première ligne d'héro ou de cocaïne. A peine pubère, tu as fait l'amour avec le premier venu puis avec d'autres encore, sans véritable désir. Te souviens-tu au moins de leur nombre et du prénom de chacun ? Et de la raison pour laquelle tu les as choisis ? Nous avons parlé des heures ensemble. Ai-je découvert chez toi, comme chez Alexandre d'ailleurs, la moindre rigueur, la moindre vocation, la moindre ambition ? Dans ce merveilleux pays, l'Américain le plus déshérité par la naissance peut devenir le Président, s'il le décide et s'il en a la capacité. Tu peux me traiter de vieux con. En effet, je prône les valeurs morales, le sens de la famille et la juste récompense du travail, du mérite et du talent. Quel culot, n'est-ce pas ?

« Quand toi ou Alexandre me dites : "Nous n'avons pas demandé à naître. Regardez la société que vous nous avez construite, l'avenir incertain, l'apocalypse nucléaire proche", je me mets en colère. Bien sûr nous allons être détruit, mais pas de votre vivant. Bien sûr il est difficile de faire sa place au soleil, mais la vie est longue. On a largement le temps de se battre et de réussir. Je ne vous méprise pas car cela me ferait horreur. Mais je ne vous estime pas. Et si je devais me décider, ce ne serait pas ton ventre que je choisirais pour me reproduire.

Le sang s'était retiré du visage de Margot. Sans un mot, sans un regard pour Jonathan, elle se leva, s'habilla et poussa la porte de la chambre restée entrouverte.

3

Le vieux maître d'hôtel frappa une seconde fois trois coups discrets à la porte massive de Vittorio Simbalini.

— Entre, Volpone.

Tenant d'une main ferme le lourd plateau d'argent du petit déjeuner, comme il l'avait vu faire dans les films, l'ancien porte-flingue pénétra dans la chambre de son maître.

Il posa son plateau près du lit et alla ouvrir les rideaux.

— Ouvre aussi les fenêtres. Je veux entendre.

Arrivèrent alors aux oreilles de Vittorio les bruits paisibles d'une innocente vie de famille : le murmure de l'insecte de métal arrosant les fleurs et la végétation, et l'écho des balles de tennis sur le court où Jean-Baptiste, trente ans, son fils, s'expliquait avec son petit-fils César, douze ans.

Les portières des voitures claquaient, les moteurs démarraient et trois générations de Simbalini s'égaillaient pour la journée aux quatre coins de la ville.

Vittorio Simbalini et Volpone Silencio avaient soixante-quinze ans. Après leur service militaire, ils avaient décidé d'aller rejoindre les « pays » à New York. Très vite Vittorio devint, dans les rangs de la Mafia, *Capo Mafioso* tandis que Volpone, peu ambitieux, lui servait de garde du corps. Le hasard des rencontres avait fait épouser à Vittorio la fille du Parrain de la côte Ouest et, quelques cadavres plus tard dont celui de son beau-père, il était devenu à son tour l'instance suprême de l'Honorable Société, depuis la Californie où il s'était définitivement établi.

On le croyait à la retraite mais jamais il n'avait été aussi actif. Il aurait été un grand écrivain ou un redoutable politicien s'il n'avait choisi d'être l'empereur du crime, tant son intelligence et son imagination étaient remarquables.

Il décapita délicatement son œuf à la coque et demanda en sicilien :

— Comment va ta vie aujourd'hui, Volpone ?

— Bien, Vittorio. J'ai pris l'habitude de vivre maintenant.

Ces quelques répliques, ils les échangeaient tous les matins, depuis des années.

— *Tropo duro*, ton œuf.

— *Hé, como sempre.*

Puis il entendit le petit César contester avec violence une balle comptée *out* par son père. Il sourit.

Volpone sortit après lui avoir fait couler son bain et donné un dernier coup de brosse au costume qu'ensemble ils avaient choisi après mille palabres.

Dans une heure, assis derrière son bureau, il travaillerait à gérer son empire. Face à lui, son fils chéri, la chair de sa chair, son héritier, interviendrait sur tous les problèmes avec courtoisie et opiniâtreté.

Jean-Baptiste frappa, entra et se tint debout près de la chaise sur laquelle son père lui fit signe de prendre place.

— Qui a gagné ?

— Ce petit morveux m'a pris deux jeux au premier set, après, je lui ai mis 6-0.

— C'est bien.

— Ange Damon veut nous voir.

— Que veut-il ?

— Faire le point sur les missions que tu lui as fixées.

— Tu ne l'aimes pas celui-là.

— Père, vous connaissez mes sentiments sur cette affaire et sur d'autres encore. Vous voulez bien que je vous succède peu à peu à la direction de nos affaires. C'est un grand honneur. Je n'aurai pas assez de toute ma vie pour vous en remercier. Mais je me fais un devoir de vous livrer à chaque instant mon sentiment sur l'opportunité de garder aujourd'hui en l'état la plupart de nos entreprises.

— Que veux-tu dire avec ton jargon de Harvard ?

Jean-Baptiste se leva, alla à la console stéréo, choisit une cassette et la mit en marche. Une superbe voix de ténor envahit la pièce. Jean-Baptiste resta quelques instants près de l'appareil, battant la mesure sur ce livret qu'il connaissait par cœur : le *Don Giovanni* de Mozart.

Notte e giorno faticar
per chi nulla sa gradir ;
piova e vento sopportar,
mangiar male e mal dormir !

Puis il alla se rasseoir tandis que Leporello terminait sa première intervention par ces paroles bien senties :

Ma mi par che venga gente...
Non mi voglio far sentir.

— Harvard et MIT, père. Le monde a changé. Les progrès de la technologie et des médias rendent la vie difficile au crime traditionnel.

Vittorio grimaça :

— Pourquoi toujours parler de crime, *figlio mio* ?

— Parce qu'il faut prendre l'habitude d'appeler les choses par leur nom, comme le font nos ennemis. Quand une multinationale veut obtenir des marchés colossaux dans un pays en voie de développement, elle achète purement et simplement ceux qui décident du marché, même si c'est le chef de l'État. Si les interlocuteurs refusent d'être achetés, on les fait révoquer, ou tuer. Si cela ne suffit pas, on renverse le gouvernement, intervenant ainsi dans la souveraineté d'un pays.

— Où veux-tu en venir ?

— A ceci, père vénéré. Ces multinationales exercent le crime en col blanc. Les dirigeants et les actionnaires ne risquent rien et amassent des profits énormes, tout en bénéficiant d'une image de marque, de respect, de considération. Ils sont la légitimité.

— Mais qu'est-ce qui nous empêche de faire cela aussi ?

Le visage de Jean-Baptiste devint grave. Il se taisait, hésitant, tourmenté.

— Eh bien, parle !

Don Giovanni enchaînait :

Misero ! Attendise
vuoi morir !

Une larme coula sur le visage de Jean-Baptiste. Vittorio se leva, troublé, alla vers son fils et le prit dans ses bras.

— C'est la première fois que tu pleures. Qu'est-ce qu'il y a, parle !

Ah, soccorso !... son tradito...
L'assassino m'ha ferito...
e dal seno palpitante...
sento l'anima partir...

chanta le Commendatore.

Jean-Baptiste se dégagea de l'étreinte du patriarche et dit d'une voix où ne perçait plus aucune émotion :

— Ton petit-fils, César, se drogue. A l'héro.

Vittorio chancela puis hurla :

— Mais je vais tuer ceux qui lui ont vendu cette merde, jusqu'au dernier ! Il faut trouver le responsable !

— Mais c'est toi, père vénéré.

4

Ronald Gardner ne monterait plus jamais sur son yacht. Jamais plus il ne présiderait, dans l'immense parc de son château, la grande fête dionysiaque du printemps où chacun des membres de la société du « Salut Végétal » devait se déguiser en fleur, herbe ou arbrisseau. A cette minute, il reposait sur une alèse, son beau grand corps vide de son sang, membres et cou découpés selon le bon pointillé et replacés avec soin contre le tronc. Une pierre brune aux arêtes vives avait forcé sa bouche. Anecdotes muettes, quelques tatouages donnaient des indications sur des pans de son passé. A condition toutefois de pouvoir les interpréter.

De son vivant, l'homme avait dû être important en Californie, à voir les brigades de flics, de médecins et de journalistes qui avaient investi le « Salut Végétal ». D'ailleurs, cette secte ne comptait pas moins de deux millions d'adeptes, implantés dans 48 pays, et qui cultivaient, conditionnaient et vendaient des extraits de plantes aux vertus salvatrices : deux millions d'esclaves au service d'un « dieu » vivant et jouissant sans vergogne de la fortune amassée, comme un quelconque roitelet africain.

Malgré les guerres d'influences constantes des polices et la susceptibilité de chaque petit chef, le crime présentait trop de similitudes avec celui commis à New York pour que la police de Los Angeles ne se voie pas contrainte d'en appeler à Maurice Faynbaum comme consultant. Il était rare qu'une affaire de cette importance soit confiée à un sergent fraîchement promu et Maurice décida de faire vite avant que les instances supérieures ne lui retirent l'enquête.

Il relut les messages du fichier central : Ronald, Sébastien Gardner. Né le 19 février 1930 dans une famille presbytérienne de Géorgie. Échappe à la prison pour des délits mineurs en s'engageant dans les corps d'élite des parachutistes. Capitaine pendant la guerre du Vietnam. Blessé au combat. Décoré. Il vient s'établir en Californie où il crée un journal d'extrême droite, *Le Renouveau américain*.

L'Amérique profonde cédant à une pulsion nationaliste après l'humiliation vietnamienne, c'est un succès foudroyant : Ronald entreprend de créer un groupe de presse et fait une faillite de plusieurs millions de dollars. Curieusement les poursuites cessent à son encontre. Avec de l'argent dont on soupçonne qu'il appartient à la Mafia, il achète une immense propriété et y crée une des sociétés de détournement d'âmes les plus florissantes : le « Salut Végétal ».

Maurice prit son bloc et inscrivit :

« Gaël Loeb. Voyante. Morte. Découpée, vidée de son sang. Pierre dans la bouche.

« Ronald Gardner. Fondateur de secte. Mort. Découpé, vidé de son sang. Pierre dans la bouche. »

Il pensa : deux crimes spectaculaires, messages

terrifiants à ceux qui trahiraient ou qui parleraient. La pierre enfoncée dans la bouche à coups de maillet était la signature archaïque d'un crime de la Mafia quand on lui avait gravement manqué en ne respectant pas l'*omerta*. Mais aujourd'hui les mafiosi n'avaient plus de sang sur les mains. Ils étaient administrateurs de sociétés, de banques, de compagnies d'assurances. Ils créaient des fondations dont le nom s'étalait impudiquement à la cime des buildings de Manhattan.

Il reprit son stylo : « Crime archaïque = mafioso âgé, dirigeant encore son empire selon les anciennes méthodes. » Il inscrivit cinq noms : Genoves, Mottola, Sacramente, Siccepouri et le Parrain des Parrains, Simbalini.

Un « Hum ! » discret lui fit relever la tête de son papier. Dans l'encadrement de la porte se tenait Virginia, sa secrétaire. Elle était vêtue d'une combinaison en vinyle noir dont le zip entrouvert révélait la naissance d'une poitrine bronzée, dont le galbe émouvant ne devait rien aux artifices. Elle souriait, embarrassée, une fleur à la main.

Elle s'approcha :

— Je viens changer la fleur.

Maurice perçut son haleine de pêche fraîche et s'imagina l'embrassant brutalement, là, contre le bureau, la violant de sa langue et créant ainsi un nouveau parfum, moitié pêche, moitié Amsterdamer refroidi. Son désir était trop apparent pour qu'il puisse se lever afin d'accomplir son délicieux forfait. Puis le visage de Virginia s'effaça, remplacé par celui de Josepha Meisner.

— Elle n'a même pas dit oui et je la trahis déjà.

Mais cette légère culpabilité ne diminua en rien son émoi : Virginia faisait glisser son zip et donnait un dérisoire tour de clef à la porte vitrée du bureau.

5

— Où allez-vous ? lui demanda le gardien.

« D'habitude, c'est moi qui pose les questions », eut envie de répondre Maurice Faynbaum, avant de prononcer d'une voix fort civile :

— Je me rends chez Josepha Meisner.

Le gardien lui répondit d'un sourire de connivence accompagné d'un pouce levé signifiant « elle est vachement bien ». Maurice eut envie de lui mettre deux baffes. Alors, même le gardien en pinçait pour Josepha ? A moins que ce ne fût pas à la femme que s'adressait l'hommage du pouce en érection, mais à la compétence de la voyante ?

Assis face à elle, devant un whisky on the rocks, il ne put s'empêcher de tenter une allusion au gardien.

— Oui, il me protège maintenant. Je lui avais prédit une augmentation et j'ai supplié le gérant de la lui accorder. Pour ne pas perdre tout crédit dans l'immeuble.

— Bravo ! Alors tout est truqué.

— Justement, rien n'est truqué. Sauf ça.

Maurice Faynbaum avait téléphoné pour demander une consultation. Tout simplement.

Josepha, persuadée qu'il s'agissait de bien autre chose, lui reconnaissait loyalement le droit de tenter sa chance. Dès qu'il était entré dans la pièce, elle avait ressenti l'ardeur avec laquelle il la désirait. Cela installait entre eux une atmosphère d'érotisme qu'il était difficile de chasser.

Maurice sourit à Josepha tout en souhaitant qu'elle ne lise pas dans le passé immédiat.

— Josepha, dit-il à voix presque basse, je suis très préoccupé. Ne soyez pas fâchée si je vous dis que je n'ai nul besoin de connaître mon avenir. Sur le plan personnel vous me faites une énorme impression. Voir « Chorus Line » avec vous l'autre soir en présence de votre frère et de ma mère n'était pas un hasard. L'homme qui aura la chance de partager votre vie sera un sacré veinard et je ferai tout pour essayer d'être celui-là.

Josepha regardait cet homme fort et pensait : « La vie serait bonne avec lui. Pas de problèmes. Pas de surprises. Du solide. Mais j'aime Korn, ce dingue. Et je sens que je peux en prendre plein la tête. »

Maurice s'était tu. Encouragé du regard, il reprit :

— Je sais, ce n'est pas avec des gants de boxe qu'on attrape le plus beau des oiseaux. Mais je ne suis pas un beau parleur. Et pour les cadeaux.... (Sa voix sembla s'affaiblir)... il faudra attendre un peu.

Il était difficile en effet de ne pas voir les roses somptueuses, les chocolats opulents, le célèbre champagne dont une caisse éventrée laissait entrevoir le reflet d'or pur. Josepha décida de prendre les choses en main.

— Quel est votre problème ?

— C'est simple. Une voyante de New York et un gourou à Los Angeles ont été assassinés de la même manière selon un rituel abominable. Aucune empreinte. Peu d'indices, menant à des impasses. Cette affaire est tellement importante que je ne comprends même pas comment je n'en ai pas encore été dessaisi. Dans ces conditions, je n'ai pas une seconde à perdre. Aidez-moi.

Il sortit les photos des deux cadavres et les lui montra.

6

Jean-Baptiste Simbalini avait quitté la pièce sans ajouter un mot. Il n'avait pas interrompu la cassette de *Don Giovanni*. Vittorio, son père, entendit la voix de Leporello :

Chi è morto ? Voi o il vecchio ?

Le patriarche arrêta la cassette et répéta le vers qui sonnait comme un avertissement : « Qui est mort ? Vous ou le vieux ? »

Sur le téléphone, il déclencha le brouilleur d'écoute et composa fébrilement un numéro :

— Ange ? Ici Vittorio. Où en es-tu avec Walker ? Avons-nous les plans de la bombe ?

— Nos émissaires l'ont rencontré trois fois. La dernière proposition était de 5 millions de dollars cash et une rente d'1 million de dollars par an jusqu'à la fin de sa vie ou de celle de sa femme. Il nous a envoyés foutre. Je l'ai fait suivre par un photographe pour le compromettre à la première occasion mais ce connard n'a rien osé faire. J'ai la conviction qu'il est homosexuel. A Paris, un de nos prostitués a failli le piéger mais il avait l'air malade. Il a fui.

— Ne fais plus rien. Viens immédiatement.

— Tout est prêt, Vénéré. Dans quelques jours il ne se souviendra même pas d'avoir été un être humain.

— C'est bien. Écoute... J'ai besoin de toi. Viens dès que tu peux.

Il y eut un silence au bout du fil. Ange n'arrivait pas à croire qu'il avait entendu cette phrase de la bouche du Parrain. Le Vénéré ne disait jamais :

« J'ai besoin » ou « ... dès que tu peux », il ordonnait. Il se passait quelque chose de grave. Il fallait être vigilant et bien sûr en tirer profit.

— Oui, Vénéré. Je serai là dans la soirée.

Le vieil homme raccrocha, ouvrit un tiroir de son bureau et en sortit un album de photos, relié de maroquin bleu. En lettres d'or était gravé : César Simbalini. Il en ouvrit la première page. Angelina, sa belle-fille, venait d'accoucher d'un bébé maigrichon, teigneux et qui hurlait. C'était César, son petit-fils. Son premier pas, son premier mot. La première veillée autour du lit, toute la famille réunie et priant quand César, à quatre ans, avait failli mourir d'un virus grippal. Le voici, souriant de sa mâchoire sans dents, sur Zevaco, le petit poney gris. Puis la première photo de classe, la raie sage, les cheveux domptés par deux barrettes. Une larme tomba sur l'album.

La vue du vieillard se brouilla, s'obscurcit. Les ténèbres maintenant l'environnaient. Il se leva et tenta de marcher vers la porte. Il bouscula une colonne sur laquelle se trouvait une admirable panthère de marbre. La colonne oscilla, la sculpture se descella, tomba et se brisa en dix morceaux.

Le vieillard s'accroupit, ses mains tremblantes essayaient de rassembler les morceaux épars de la sculpture, mais il n'y parvenait pas. Il se releva et cria :

— Volpone ! Volpone ! *Aïuto !*

Vittorio Simbalini était devenu aveugle.

7

Martha Walker enveloppa une bouillotte remplie d'eau très chaude dans une serviette et s'approcha de son mari.

Après avoir accompagné le Président dans sa tournée en Europe, Brian Walker était venu passer les quinze derniers jours de décembre à Fire Island. Une vieille habitude. Des vacances scolaires pour adultes. On fêterait Noël dans la modeste chapelle du village et le Jour de l'An en tête-à-tête, comme à l'accoutumée.

Brian était revenu en pleine forme, furieux contre les dirigeants européens, en particulier contre les Allemands et les Français. Fou de rage contre les Russes, très en colère contre son Président. Bref, comme elle l'aimait. Martha mourait d'envie de lui parler des jumeaux. Mais elle aurait éventé la surprise du portrait promis par ses charmants voisins. Deux jours encore à attendre, à se mordre les lèvres pour se taire. Elle n'en pouvait plus. Puis, en plein dîner, Brian avait été pris de violents maux d'estomac, s'était précipitamment levé de table et avait à peine eu le temps d'atteindre les toilettes pour y vomir, douloureusement.

Il n'y avait pas de médecin dans l'île. Elle voulait en appeler un de Long Island mais, entre deux râles, Brian s'y opposa. Cela passerait.

Mais cela ne passait pas. Elle avait dû le traîner jusqu'à la chambre, le déshabiller et le coucher après une toilette sommaire. Et maintenant, il était étendu, fiévreux, les mains comprimant son ventre.

Elle écarta facilement les doigts sans force, posa la bouillotte sur son ventre, sans qu'il réagît, et décida d'appeler le médecin.

8

Avec la virtuosité d'un prestidigitateur, les doigts de Volpone Silencio voletèrent un court instant autour du corps d'Ange Damon qui se laissait faire avec agacement. Personne n'entrait chez le Vénéré sans avoir été fouillé.

Il fut introduit dans les appartements plongés dans une obscurité totale. Seules deux bougies allumées, posées sur le bureau imposant, lui permirent d'aller s'asseoir face au Vénéré.

Il n'avait pas vu Vittorio depuis plus d'un an et le trouva changé. Des lunettes noires cachaient l'éclat gris de ses yeux. Le désordre de sa crinière blanche, le tremblement de la bouche, l'affaissement des bajoues surprenaient le magicien comme autant de marques de laisser-aller, de dégradation irréversible. Et pourquoi cette quasi-obscurité ? L'Empereur du crime aurait-il à ce point peur de la lumière ? Avait-il des troubles de la vue ? Vittorio Simbalini le regarda longuement en silence. Le temps s'écoulait ponctué par le « ting-tang » d'une horloge ancienne. Ange se gardait bien de parler le premier. Il attendrait des heures s'il le fallait. Dix longues minutes s'écoulèrent et enfin le Vénéré lui adressa la parole :

— Nous arrêtons.

— Que voulez-vous dire, Vénéré ? Nous arrêtons quoi ?

— Ne fais pas l'imbécile. Nous arrêtons les envoûtements.

Ange Damon sourit et, selon l'usage, fit un petit salut de la tête comme pour demander la permission de s'exprimer. Le Vénéré ne lui rendit même pas son salut. Déconcertant. Instantanément Ange eut l'intime conviction que le Vénérable était malade ou affaibli et que le moment était enfin venu de lui dicter sa loi.

— Vénéré, je vous suis dévoué et remercie le Seigneur afin de continuer à jouir de votre confiance...

Vittorio l'interrompit rudement :

— Laisse tomber les violons. On arrête tout.

Ange se décida :

— Écoutez-moi jusqu'au bout, Vénéré. Cela n'est pas si simple : Humphrey Dowen, executive manager d'ITT, n'est pas une lavette. A peine eut-il refusé la proposition que nous lui avions faite qu'il envoyait deux agents spéciaux de son propre service de renseignements. Ils ont kidnappé l'avocat qui avait transmis votre offre, l'ont roué de coups et laissé en pleine campagne, à moitié nu avec un bras cassé et deux côtes enfoncées. Il n'a pas parlé, connaissant le sort que nous lui réserverions. Je l'ai évidemment fait abattre. Et il n'y a plus chez lui aucune trace de notre dossier. Je dois avouer que ce Dowen a des couilles. Même si l'on enlevait sa femme, il n'est pas sûr qu'il cède. Le processus de son envoûtement était déjà programmé, mais je peux arrêter le prêtre défroqué qui en est chargé.

La vérité était tout autre. Dowen avait réagi avec une telle férocité, son pouvoir était tellement grand qu'Ange Damon était ravi de ne plus avoir à croiser le fer avec lui. Il donnait au vieux l'impression de lui obéir dans la mesure du possible.

— En revanche, reprit-il, pour le Général Walker et pour Jonathan Korn, personne ne peut plus rien faire. Les deux malédictions ont été jetées et le cloisonnement est tel dans notre organisation que je ne puis joindre les deux jeteurs de sorts avant quinze jours. Ce sont eux qui doivent nous contacter à la date prévue, afin que nous fassions cesser les effets des envoûtements si nous avons obtenu satisfaction.

Vittorio sembla se courber davantage à l'annonce de cette nouvelle. « Il y a peu de temps encore, pensa Ange Damon, il se serait levé violemment, aurait hurlé, maîtrisé à peine son désir de me frapper, mais aujourd'hui il me semble cassé. »

Le vieil homme se taisait et, malgré la quasi-obscurité, Ange vit une larme s'échapper des lunettes et glisser le long d'une joue ravinée. La voix tremblante du vieil homme reprit :

— Ange, arrête ces envoûtements, je t'en prie.

Ange hocha la tête selon le rite et répondit :

— Impossible, Vénéré. Je regrette sincèrement, mais personne au monde maintenant ne peut sauver ces deux hommes.

Vittorio se leva, signifiant ainsi au magicien que l'entretien était terminé. Ange fit mine d'aller vers lui afin de lui baiser la main mais le vieillard restait debout, sans un mot, sans un geste, véritablement statufié.

Ange comprit que Vittorio Simbalini était devenu aveugle et que peut-être, enfin, il pourrait régner sans partage.

9

Vlad et Nicolas étaient perplexes. Jamais, même au cours des crimes les plus abominables ou des orgies les plus perverses, Ange Damon ne s'était livré à ce point. Surtout au téléphone !

— On y va, mes colombes. Dites au sorcier africain de cracher son venin. Je veux que Walker meure en barrissant. Je m'occupe moi-même de l'affaire Korn. Dans le cas où Simon Wayenberg ne nous aurait pas pris au sérieux, il recevra une petite surprise par porteur. Et bravo pour le coup du tableau ! Je vous embrasse, mes petites colombes. Allez ! tous ensemble... on va faire très, très mal !

Après avoir ouvert la porte monumentale avec l'énorme clef de fer, ils entrèrent dans la pièce gigantesque du manoir de Fire Island. Le sorcier était allongé sur le bat-flanc, immobile, les bras le long du corps, les yeux grands ouverts. Vlad l'interpella :

— Rapontchombo, nous allons agir maintenant.

Le sorcier se mit lentement sur son séant puis se leva :

— Comment avez-vous su mon nom ? Je ne vous l'ai pas dit.

Vlad répondit, un peu embarrassé :

— Il suffisait de lire vos tickets d'avion ou même de regarder votre valise. C'est marqué en toutes lettres.

Le sorcier le regarda pensivement et lui dit :

— Ce nom ne doit plus être prononcé. Jamais plus.

Les jumeaux se taisaient, impressionnés.

— Si vous le prononcez encore une seule fois, je disparaîtrai.

— Bien, reprit Nicolas, nous respecterons votre souhait. Maintenant, travaillons.

— Sortez d'ici.

— Pas question, reprit Nicolas. Nous restons. Nous contrôlons tout.

Le sorcier se rassit, ferma les yeux et sembla

véritablement s'abstraire de l'endroit où il se trouvait.

— Mais pourquoi voulez-vous que nous sortions ? demanda Vlad d'un ton conciliant.

Rapontchombo ouvrit les yeux et le lui apprit :

— Si vous étiez nés dans ma tribu ou dans mon pays, un « n'ganga » aurait tué l'un d'entre vous, peut-être même les deux. Avec vos cadavres grillés, l'on aurait préparé l'argile surnaturelle, la « mpèmba ». L'on vous aurait enterrés au carrefour de deux sentiers en disposant autour de vos tombes du « mundju », la plante aux Esprits. On aurait sculpté des « ampaza », figurines représentant des bébés jumeaux. Aucun maléfice ne peut être entrepris en votre présence. Il échouerait et vous péririez.

Vlad et Nicolas se consultèrent du regard et quittèrent le manoir.

Alors seulement le sorcier se releva. Il alluma un feu dans l'immense cheminée où se trouvaient déjà bûches et brindilles. Puis il arpenta la pièce à pas lents, d'abord dans sa longueur, puis dans sa largeur, en comptant à voix haute en dialecte africain. Il détermina ensuite le centre exact de la pièce et à l'aide d'une craie traça un cercle parfait.

Debout à l'intérieur du cercle, tournant très lentement sur lui-même, il chercha à capter par de fréquents reniflements et une concentration totale de toutes ses perceptions la meilleure orientation possible à la venue des forces maléfiques qu'il allait susciter.

Il s'immobilisa enfin, s'accroupit et traça dans le cercle des caractères et des figures géométriques. Il se dirigea ensuite vers l'établi rudimentaire où il avait déposé ses matériaux. D'un grand sac, il sortit de la terre rougeâtre qu'il étala soigneusement en en retirant les herbes et les cailloux. Il versa ensuite un peu d'eau sur la terre. Il obtint une glaise à la forme arrondie au centre de laquelle il enfonça la dent de lait de Brian Walker. Il saupoudra ensuite la glaise d'extrait d'« Iboga », d'écorce d'« Owalè » et ajouta de l'« Alan », des parcelles de feuilles d'« Olomi », le roi des arbres, et pour finir répandit de la poudre rouge d'« Ogeminya » d'un geste régulier sur toute la surface de la galette. Il sembla se recueillir et ses mains sèches commencèrent à malaxer la pâte tandis que d'une voix rocailleuse, à peine audible, il psalmodiait le début de l'Incantation Majeure, dans le dialecte mpongwè.

Le temps passait. Sans repos, Rapontchombo façonnait sa sculpture. Enfin, il recula de trois pas et contempla son œuvre. Haut de cinquante centimètres environ se dressait le Démon Béhémoth, avec sa trompe agressive, son regard salace et méchant et son ventre grotesque d'éléphante enceinte. Rapontchombo était satisfait.

Il prit la sculpture maléfique et sans cesser son incantation, il la plaça avec la photographie du Général Walker au centre du cercle.

La nuit s'était installée sur l'île.

Le sorcier cria avec force les versets ultimes de l'envoûtement. Il saisit un stylet et l'enfonça jusqu'à la garde dans le ventre de la reproduction maléfique.

Il tomba près du cercle, épuisé. Le stylet, rougi de sang, s'échappa de sa main et tomba sur le carrelage en un bruissement d'acier. La cheminée sembla s'embraser. Les montants furent bientôt léchés par les flammes qui gagnèrent la paille et les bûches entreposées tout près.

Rapontchombo ouvrit les yeux, vit le Démon du Feu s'avancer vers lui et lui intima l'ordre de se retirer. En quelques secondes, le monstre rougeoyant regagna la cheminée et se mit à ronronner benoîtement.

A quelques mètres de là, dans son lit, Brian Walker, convulsé, frénétique, hurlant, vomissait et déféquait du sang.

10

— Margot a essayé de se suicider. Elle est à l'hôpital.

Jonathan Korn se leva d'un bond et demanda à Alexandre :

— Allons-y immédiatement.

— Non. Tu n'iras pas.

Jonathan regarda avec surprise cet être fragile, son fils, qui lui tenait tête pour la première fois.

— Pourquoi non ?

— Pourquoi non, en effet. Je vais te le dire, père.

Alexandre prononça le mot « père » avec douleur et dérision. Il reprit :

— Quand Margot t'a demandé de lui faire un enfant, vous n'aviez pas fermé la porte. J'ai tout entendu. Je n'étais pas là par hasard. Je vous épiais.

Étonné par ce ton inusité, Jonathan ne répondit pas. Pour la première fois Alexandre haussait le ton.

— Je ne veux plus jouer à être ton fils chéri, l'héritier de l'empire Korn. Je ne veux plus jouer à descendre des cintres comme une marionnette de théâtre selon ton bon plaisir.

Sa voix s'altéra. Il était au bord des larmes.

— Tu veux tellement tout posséder, tout réduire

à ta merci, tu la ramènes tellement avec ta grande gueule que même quand, dans ma propre chambre, à deux pas de la tienne, je serre une fille dans mes bras, ta présence est tellement écrasante que j'ai l'impression que c'est toi qu'elle désire. Alors je vais te dire une bonne chose, père : je ne te ressemble pas. Je ne veux pas maîtriser les situations. Je n'ai pas de mission sur terre autre que celle de vivre simplement en essayant de donner du bonheur et d'être heureux. J'aime Margot. J'espère qu'on la sauvera et qu'elle acceptera de m'épouser. Si elle mourait, tu me perdrais pour toujours.

11

Le policier était vraiment embarrassé. Bien sûr, la GTI rouge s'était arrêtée quand il lui en avait donné l'ordre, mais sur son pied. Lentement, mais exactement sur sa chaussure droite bien cirée. Le fait que la GTI rouge ait immédiatement reculé dans un couinement de boîte de vitesses brutalisée n'enlevait rien à sa douleur. Et la passagère avait jailli, vêtue d'un blouson de cuir et d'un jean moulant, vraiment embêtée, avec une bonne tête, à part des lunettes pas terribles, mais plutôt bandante quand même, pas au point toutefois d'oublier que ça fait vachement mal d'avoir deux ou trois doigts de pied qui n'entreront plus jamais dans une chaussure normale sauf sur mesure, mais c'est vachement cher.

— Josepha Meisner, 40 Central Park South, c'est encore la bonne adresse ?

— Oui. Vous avez très mal ?

— J'espère qu'ils vont me sauver la jambe, à part ça, ça va. Vous avez le permis de conduire le plus neuf que j'aie jamais vu.

— L'encre est à peine sèche, répondit Josepha en riant. C'est la première fois que j'écrase un agent.

— Il y a longtemps que vous conduisez dans New York ?

— Depuis plus de vingt minutes. D'abord, vous n'avez rien.

— Comment le savez-vous ?

— Je suis voyante. Pendant que nous parlons, je vois distinctement cinq doigts de pied sagement rangés dans une chaussette de laine sombre, avec leurs petits osselets bien conformes.

Elle voulut rattraper ses lunettes qui glissaient, mais trop tard, elles étaient tombées sur l'asphalte où les deux verres se brisèrent. L'agent n'eut pas le cœur de punir davantage ce pilote d'élite désormais à moitié aveugle, d'autant qu'il avait reçu de ses métatarses la confirmation suivante : « Nous avons eu très peur, mais nous sommes vivants. »

La GTI rouge avait réussi à ramener Josepha jusqu'à son box, sans la moindre éraflure.

Dans le parking, Josepha, soulagée, se libéra de sa ceinture de sécurité, sortit de l'habitacle et contempla longuement le fauve rouge silencieux, sa voiture : « J'ai conduit plus d'une heure et elle est comme neuve. »

Sous sa porte, elle trouva un mot de Jonathan : « A-t-on été gentil avec vous aujourd'hui ? J. K. »

Comme au cinéma permanent, vingt-quatre heures sur vingt-quatre, Jonathan Korn était en action. Il avait donc décidé d'investir Josepha. « M'aime-t-il ? Il me l'aurait dit, peut-être. Ou bien je suis dans la période de mise à l'épreuve. Je n'arrive pas à entrevoir le moindre morceau d'avenir où je figure ou qui me concerne. C'est dingue. La vision se brouille et c'est le noir absolu. »

On sonna. Elle chassa Jonathan Korn de sa pensée et alla ouvrir. Cela n'était pas la première fois que Madona Dowen lui envoyait une cliente. La jeune fille prit place dans le fauteuil des visiteurs et se tut, visiblement intimidée. Josepha lui offrit une tasse de thé, qu'elle refusa, s'assit face à la visiteuse et la regarda amicalement.

Marie-Hélène Custer, vingt-cinq ans, parents liés aux Dowen, étaient les seuls renseignements que son agenda lui avait remémorés.

— Souhaitez-vous que nous parlions aujourd'hui ? Ou voulez-vous revenir une autre fois ? demanda Josepha.

La jeune fille sembla reconnaissante de la douceur de cette formulation. Sa bouche charnue esquissa un triste sourire qui découvrit des dents blanches et fortes. Le nez délicat était prolongé par un front joliment galbé. Deux nattes de cheveux blonds, soigneusement tressés, agrémentées à leur extrémité d'un nœud de velours vert vif, encadraient un visage énergique et sensuel.

— Alors, on y va ?

Marie-Hélène fit oui de la tête.

— Que voulez-vous savoir ?

La jeune fille sortit de son sac un polaroïd qu'elle tendit à Josepha. Josepha se concentra sur le portrait de cet homme de cinquante ans dont la ressemblance avec la jeune fille était troublante.

Marie-Hélène Custer regarda Josepha. D'une voix rauque, frémissante, elle dit :

— Mon père a des problèmes de santé. Il est ce que j'ai de plus cher au monde. Je vis seule avec lui. Je n'arrive pas à savoir la vérité par les médecins. Et Madona Dowen m'a laissé espérer que vous pourriez m'aider à la découvrir. De quoi souffre-t-il ? Guérira-t-il ?

Au premier regard sur le polaroïd, des images précises s'étaient formées, terribles.

Josepha voyait cet homme sur une table d'opération. On lui ouvrait le ventre. On y découvrait un cancer de l'estomac tellement avancé qu'il était inopérable. On mettait en place une dérivation en plastique pour permettre une alimentation de bouillies prédigérées et l'on refermait l'incision de ce corps désormais condamné.

Josepha essayait de cacher à la jeune fille le trouble irrépressible qui l'envahissait. Sa volonté lui imposait de réfléchir utilement avant de décider si oui ou non elle délivrerait à la jeune fille l'horrible vérité.

Un sentiment de colère froide la posséda. Elle ne croyait en rien, ni Dieu, ni Sauveur, ni Gourou, ni vie dans l'Au-Delà, ni Réincarnation. Elle avait compris depuis peu qu'il fallait faire face, qu'il ne fallait jamais démissionner, que l'on doit survivre aux malheurs les plus grands et que le devoir le plus impérieux de chaque être humain était la recherche du bonheur, de son vivant.

Le plus modeste des prêtres, le plus médiocre des gourous pouvait au moins, en échange d'un grand malheur dans notre monde, promettre une plus grande part de paradis ou prétendre que quitter cette terre de misère pour un ciel de félicité éternelle n'était somme toute pas une mauvaise affaire.

Josepha, elle, avait l'intime conviction que l'ensemble de ces marchands d'illusions, toute tendance, toute religion et tout mobile confondus, se livraient depuis le début de l'histoire de l'Humanité à un formidable détournement d'âmes.

Il y avait la Vie, du vivant de chacun.

Après il y avait la Mort, un point c'est tout.

Elle se leva, alla à la fenêtre s'imprégner d'air frais, se rassit, but une gorgée de thé. Elle était décidée :

— Marie-Hélène, votre père va mourir d'un cancer avant le printemps. Personne ne peut rien pour lui, sauf vous.

La jeune fille était devenue blanche. Elle se mordait les lèvres pour ne pas pleurer.

— Je ne vous crois pas. Vous êtes une méchante femme. Il n'a rien.

Josepha ne lui répondit pas. Elle la regardait avec une infinie tendresse. La jeune fille se leva, sortit de son sac 50 dollars qu'elle jeta sans un mot sur la table et se dirigea vers la porte. Josepha se leva à son tour et lui dit d'une voix calme :

— Marie-Hélène, revenez. Vous le saviez déjà.

La jeune fille s'arrêta net, se retourna vers Josepha et debout, son sac pendant pathétiquement au bout d'un de ses bras, elle se mit à pleurer. Josepha s'approcha d'elle, la prit dans ses bras. Marie-Hélène la serra convulsivement. Elle criait, elle sanglotait, se calmait et pleurait de plus belle. Josepha l'amena vers le lit, la fit s'allonger, s'assit près d'elle et prenant ses mains dans les siennes, commença à lui parler avec le ton qu'ont les grandes personnes qui racontent des histoires aux enfants :

— Marie-Hélène, tout le monde, un jour ou l'autre, perd un parent ou un être cher. Je ne peux souffrir autant que vous, mais je vous demande de croire que votre malheur me touche. Je vous supplie d'écouter mon conseil. Oh, il est simple ! Mais ce que je vais vous dire est important : pour l'amour de votre père, vous devez faire de ses derniers moments une véritable fête. Pendant qu'il en a encore la force, sortez, voyagez, dansez, faites les choses les plus folles, inventez des jeux. Il est bien plus inquiet pour vous que vous ne l'êtes pour lui. En lui montrant de son vivant que vous êtes forte, que la vie continue, il vous quittera rassuré, heureux.

Elle ne put s'empêcher d'ajouter :

— Heureux pour l'Éternité, s'il y en a une.

12

— Y a quelqu'un ?

Simon Wayenberg le rabbin se réveilla en sursaut et constata qu'il s'était endormi tout habillé.

— Une minute, je descends.

Dans le grenier de sa synagogue, il avait établi précairement ses quartiers : un tapis usé, cadeau de la modeste communauté juive pour ses dix ans de ministère, une méchante armoire de fer comme on en trouve dans les administrations, un lit de camp de l'armée.

Il chercha sa calotte, qui avait glissé pendant son sommeil agité. Huit jours déjà s'étaient écoulés depuis son retour de New York, la visite des jumeaux et leur terrible menace. Depuis, ses nuits étaient peuplées de cauchemars. Il ne voyait pas de solution. Et dans vingt-deux jours, on mutilerait son frère. Cela au moins était certain.

— J'ai un paquet pour Simon Wayenberg.

— Je descends, je descends.

Il retrouva sa calotte et s'en coiffa.

Pour sauver son frère, il faudrait bien qu'il se décide à donner satisfaction aux kidnappeurs, même s'il devait pour cela mettre sa vie en danger et, plus grave encore, son salut.

Il descendit le vieil escalier de bois vermoulu. Dans la synagogue se trouvait un jeune motard tout de cuir vêtu. Il lui tendit un registre. Simon signa face à son nom, à l'endroit marqué d'une croix et reçut en échange une petite boîte en carton emballée avec soin dans un paquet cadeau et une grande enveloppe cachetée. Le jeune postier s'en alla. La cloche mélancolique de l'église voisine sonna les vêpres. Merci, l'église ! Il remit sa montre à l'heure. Il sourit. Qui se souciait de lui au point de lui faire un cadeau recouvert de ce papier de fête ?

Il ouvrit tout d'abord l'enveloppe. Elle contenait une photo de Jonathan Korn découpée dans une revue et son curriculum vitae. Ses mains tremblèrent en remettant les documents dans l'enveloppe. Il en devinait aisément l'expéditeur. Il hésita à ouvrir la boîte puis se décida.

A la vue de son contenu, il la laissa échapper en poussant un cri d'horreur. Le morceau de coton hydrophile taché de sang tomba à terre, laissant échapper un œil humain gélatineux et sanguinolent. On avait énucléé Joseph, son frère, sa moitié. Il porta vivement la main à ses yeux et fut étonné de les trouver là, de ne ressentir aucune douleur. Comment n'avait-il pas souffert en même temps que son jumeau de cette atroce mutilation ?

Sur le point de défaillir, il se baissa et ramassa l'œil dont le contact lui rappelait celui d'une méduse. Il le remit sur le coton et s'apprêtait à fermer la boîte lorsqu'il y trouva une enveloppe. Il en sortit un polaroïd à peine sec qui représentait Joseph Wayenberg, mains et pieds attachés et hurlant de douleur avec son orbite gauche désormais vide. Un petit mot dactylographié y était joint : « Nous avions dit un mois, mais le temps presse. Il vous reste huit jours. »

Comme la dernière fois, le polaroïd s'effaça. Quelques instants plus tard, la note dactylographiée devint blanche également.

Les épaules de Simon s'affaissèrent. Il n'avait plus la force de prier. Comment pourrait-il désormais prononcer ces mots : « Chemah Israël » (Sauve-moi, Seigneur) ? Quelle faute payait-il pour être ainsi abandonné en cet instant ?

Mais il fallait obéir pour sauver Joseph. Simon Wayenberg mit un mot à la porte de la synagogue, expliquant qu'il n'y aurait pas d'office ce soir, et s'enferma pour attendre la nuit.

Quand il se décida à sortir, il était près de minuit et la pleine lune dispensait une coloration blafarde sur le quartier le plus misérable de Los Angeles : Watts. Dans son blouson, il avait glissé l'enveloppe contenant le curriculum vitae et la photo de Jonathan Korn.

Il marcha pendant cinq miles environ. Il arriva alors à une décharge publique où des tonnes d'ordures et de déjections pourrissaient, dégageant une odeur pestilentielle. D'énormes rats y avaient établi leurs sombres brigades et trottinaient çà et là, prêts à tuer. Un chemin escarpé le mena sur un petit monticule où se trouvait une maisonnette de fortune, assemblage de tôles et de planches.

Arrivé devant la porte, Simon hésita, prit une profonde inspiration et frappa. La porte s'entrouvrit et une horde de chats noirs se faufila entre ses jambes, miaulant et s'entre-griffant.

Il pénétra alors dans la maison de Rabbi Ezechiel, le Maudit.

Le petit homme, vêtu d'une lévite noire sur laquelle se disputaient taches de graisse et brûlures de cigarettes, coiffé d'une calotte de drap noir brodée d'une étoile en fil d'or, était assis sur un fauteuil à bascule. De sa main gauche il caressait un chat noir qui ronronnait, yeux clos. De l'autre main, il fumait, laissant choir ses cendres à terre, puis les mégots allumés, qu'il éteignait parfois d'une chaussure distraite.

Il jeta sur Simon un regard bleu étonné :

— C'est donc toi Simon que j'ai vu me visiter en rêve ! Seul le visage était imprécis. Tu ne devais donc pas être tout à fait décidé.

Simon ne fut pas étonné de cette précognition. Ezechiel possédait de terribles pouvoirs.

A l'école rabbinique de Czarna Wies, en Pologne, tout près de la frontière russe, on l'appelait le « Fou de Dieu ». Il émerveillait les enseignants par sa foi, sa dévotion et l'étendue de ses connaissances. Au début du siècle, l'école était célèbre dans le monde entier. Elle avait été créée vers 1750 par un prédicateur itinérant, Israël Ben Eliezer surnommé Baal-Chêm-Tov, qui signifie le « Maître-du-bon-nom ».

Le Maître des études de l'école avait pour nom Chaïm Sevi, descendant du Messie Sabbataï Sevi, célèbre en Europe au XVIIe siècle. Le matin, après les ablutions et les prières, les jeunes religieux travaillaient comme bûcherons ou comme manutentionnaires dans une scierie voisine, la principale ressource économique de la région étant l'industrie du bois. Les après-midi étaient consacrés à l'enseignement, à l'explication des textes sacrés. On dînait tôt, et arrivait pour Ezechiel le moment le plus exaltant : l'interprétation de la Kabbale.

Dès la seconde année d'études, conscient de l'ascendant qu'il avait sur ses condisciples et les enseignants, Ezechiel s'opposa violemment à Chaïm Sevi. La première fois, ce fut à propos du travail manuel qui distrayait les élèves quatre heures chaque jour.

Un soir, après la fin du sabbat, Ezechiel affirma que l'enseignement religieux avait perdu de vue l'essence de la dynamique originelle des tribus d'Israël : les douze tribus de Judée étaient de formidables guerriers, des conquérants, des bâtisseurs d'empires. Avec ou sans foi, leur démarche était profondément ancrée dans le réel. Or, qu'apprenait-on à Czarna Wies en dehors de l'orthodoxie religieuse et de la meilleure interprétation possible des textes sacrés ? On y apprenait, minorité persécutée, à être tolérés par les États ou les ethnies, à trembler dans les ghettos comme des moutons en attendant d'être mangés par les loups.

Ezechiel proposa alors deux réponses : les prières pour la rédemption du peuple d'Israël et son harmonieuse intégration dans le siècle à travers le respect des lois du Seigneur et la stricte observance de la foi. Mais aussi la résistance, la subversion, la lutte armée jusqu'au terrorisme et si cela ne suffisait pas... le recours aux Forces Surnaturelles.

C'en était trop pour Rabbi Sevi.

Une nuit, alors que la communauté entière s'était assoupie, il se rendit seul dans la chambre d'Ezechiel. Il ne frappa pas comme le voulait l'usage. La petite chambre était plongée dans l'obscurité. Ezechiel était debout et priait à voix basse en se balançant d'avant en arrière. Le Maître s'arrêta, impressionné, puis horrifié.

Le Livre Saint, la Torah, avait été inversé, et Ezechiel le déchiffrait à l'envers. Mais, plus terrible encore, ses pieds ne touchaient pas le sol. Une force obscure le maintenait en état de lévitation.

Chaïm Sevi cria alors le nom du Seigneur. Un

orage éclata et un éclair à travers la cheminé parvint jusqu'à la pièce et enflamma la Torah détournée.

Ezechiel retomba lourdement à terre. Avant qu'il ne s'évanouisse, Chaïm Sevi entrevit le visage du Malin qui avait investi Ezechiel et qui disparut en ricanant.

Cette mémorable nuit, le plus brillant élève de la célèbre école fut chassé ignominieusement. Tandis qu'il s'enfonçait dans la nuit hostile avec son modeste balluchon, Chaïm Sevi le maudit neuf fois.

Après de nombreux avatars, Ezechiel le Maudit avait décidé de terminer sa misérable existence dans ce coin perdu. Connaissant parfaitement l'allemand, l'anglais, l'arabe, l'hébreu et l'espagnol, il fut sauvé de l'indigence par des travaux de traduction. Seuls quelques membres de la communauté juive osaient, tous volets clos, évoquer ses talents de sorcier.

Ezechiel le Maudit aspira une dernière bouffée de la cigarette qu'il tenait entre ses doigts jaunis. D'une pichenette il l'expédia adroitement dans un large cendrier de cuivre cabossé et, satisfait, tourna son regard magnétique vers la silhouette qui se découpait sur la porte encore ouverte.

Une odeur difficilement supportable s'était constituée avec les années, faite de tabac froid, d'urine de chat et de sueur. Surmontant son dégoût, Simon s'approcha d'Ezechiel sans un mot.

— Tu as peur de me serrer la main ?

— Non, non, répondit Simon, s'approchant davantage.

Ezechiel se leva, laissant déguerpir le chat noir et tendit la main à Simon. Celui-ci s'en saisit et ressentit une chaleur intense, s'amplifiant jusqu'à devenir une brûlure. Il essaya en vain de retirer sa main emprisonnée par les doigts secs et forts du

Maudit. Enfin la pression se relâcha et Ezechiel sourit, découvrant des dents blanches, acérées.

Simon lui tendit alors l'enveloppe. Ezechiel lut attentivement le curriculum vitae, contempla longuement le portrait de Jonathan Korn et demanda :

— Qu'attends-tu de moi ?

Simon avait vraiment envie de répondre : « Te demander la permission de fuir à toutes jambes. » Mais par la porte restée ouverte entra un chat tenant entre ses crocs un rat de bonne taille. Il le posa un court instant sous les yeux intéressés du Maudit et d'un coup de dents lui croqua la moitié de la tête. Une sanglante surimpression envahit l'esprit de Simon : il vit distinctement les jumeaux dévorer son frère.

Il chancela, mais il fallait avancer. Il regarda le Maudit avec détermination et lui annonça :

— Peux-tu évoquer le Golem et l'envoyer à cet homme ?

— A tout autre cela serait impossible. Moi, je le peux. Pourquoi le ferais-je ?

— Pour beaucoup d'argent.

— C'est combien, pour toi, beaucoup d'argent ?

Simon n'y avait même pas pensé. Il eut soudain la conviction qu'Ezechiel savait tout de cette affaire sans que personne ne lui en ait soufflé mot, y compris le salaire prévu au dollar près.

D'ailleurs, Simon ne souhaitait aucunement distraire pour lui ou son frère la plus infime partie de cet argent maléfique. Il fut soulagé de pouvoir répondre :

— Tu recevras 100 000 dollars. Exactement 100 000 dollars.

— D'accord. Mais je te préviens, si je peux susciter le Golem, lui faire accomplir les actions que tu souhaites, je ne suis pas sûr de pouvoir le détruire ou même de modérer sa brutalité. Je ne sais vraiment pas jusqu'où il ira. Acceptes-tu les conséquences de la malédiction que nous déchaînerons sur Jonathan Korn ?

— J'accepte.

13

A travers le judas de la porte blindée, John Meisner aperçut un visage dissimulé par un feutre, un imperméable mastic, exactement Humphrey Bogart dans *Le Faucon maltais*.

— Qui est là ?

— *Sono l'uomo di Ange.*

— O.K., je vous ouvre.

Cinq serrures plus tard, John fit pénétrer Bogart dans son penthouse. Il esquissa une poignée de main mais l'homme à l'imper sembla l'ignorer. John déconcerté oublia toute idée d'attouchement. Sans un mot, Bogart sortit de sa poche 5 000 dollars en billets, les tendit à John, accompagnés d'une courte déclaration en italien d'où il ressortait que la mensualité de décembre était ainsi versée. Puis il disparut.

Ce déguisement, c'est vraiment trop, pensa John. Mais même en ballerines et en tutu, une créature liée à Ange Damon était aussi dangereuse qu'un crotale.

Il compta soigneusement les billets. Le compte était bon. Il sourit, satisfait. Son avenir se précisait : lieutenant du crime avec l'étoffe d'un général et, de plus, mensualisé. En espèces.

Il inspecta ses étagères : des dizaines de cartes de

vœux annonçant Noël prochain avaient remplacé le produit des vols que Peter Masson écoulait pour son compte en Californie.

Consciencieux, John n'avait pas attendu le premier versement pour se mettre au travail. Il voyait sa sœur tous les jours, mais n'arrivait pas à obtenir la moindre information dont il pût tirer profit. Quand il semblait à Josepha que John devenait trop indiscret, elle arrêtait tout à coup de rendre compte et disait en riant :

— Secret professionnel.

Après avoir gémi intérieurement sur les frais à engager, il avait été contraint d'acheter le matériel du parfait petit espion. Josepha Meisner et ses clients, des plus modestes aux plus célèbres, étaient dorénavant sur écoute téléphonique. Jusqu'à présent, la récolte avait été plutôt maigre :

« Mon conjoint me trompe-t-il avec sa pédicure ? »

« Qu'est-ce que j'ai au sein ? Un kyste ou une tumeur cancéreuse ? »

« Mon directeur de banque (un sale type) rejettera-t-il le chèque que j'ai émis pour payer mon ocelot, alors que mon compte était déjà rouge vif ? »

« Sabrina exige dorénavant 5 000 dollars par mois au lieu de 2 500. M'aime-t-elle pour moi-même comme elle le prétend ou pour mon argent ? »

« Mon mari ne me désire plus, pourtant j'ai mis un porte-jarretelles et des bas à résilles. Bandera-t-il à nouveau si je change de lingerie ? »

L'espoir lui était revenu quand Josepha, heureuse, l'avait informé que son ancien patron, Humphrey Dowen, lui avait demandé une consultation. Enfin ! Il s'assit, brancha son magnétophone, se coiffa des écouteurs et appuya sur « start ». Il contrôla l'heure sur l'écran digital. Seize heures. Dowen sonnait.

John entendit tout d'abord des toussotements, des

salutations un peu compassées entre Humphrey Dowen et sa sœur. Normal. Puis il fut surpris d'apprendre que Dowen était déjà venu. Cette salope de Josepha avait-elle compris qu'il lui fallait occulter certaines visites ? Pourtant il fouillait partout et connaissait le carnet de rendez-vous par cœur. Existait-il un carnet secret ? Ou bien Josepha marquait-elle tout dans sa tête ?

Dans la voix de Dowen, pas la moindre trace de morgue. Il s'exprimait comme un jeune aveugle qui parle à son bâton blanc. Et il avait suffi de quelques heures pour que Josepha devienne la conseillère du patron d'ITT, l'un des hommes les plus puissants de la planète. Sans le vouloir vraiment.

— Bravo, Josepha. Vous aviez bien vu les ennuis qui m'attendaient, que je cède ou non à la proposition de détournement du groupe « Carolus ».

— Je suis curieuse de savoir si vous avez suivi mon conseil.

— Point par point. J'ai envoyé deux de mes agents spéciaux, les plus méchants, chez l'avocat de « Carolus ». Ils l'ont... disons... malmené. En outre, j'ai demandé à la CIA de déclencher toute action possible de répression contre « Carolus » et toute filiale, où qu'ils se trouvent sur cette planète.

— Et la CIA vous obéit ?

— Disons que nous sommes en compte.

— Que voulez-vous savoir aujourd'hui, monsieur Dowen ?

— Tout d'abord, j'ai une grande faveur à vous demander... Appelez-moi Humphrey.

L'aiguille des deux cadrans d'intensité de son s'affola. John tapota sur son casque, mais ce n'était qu'un formidable rire de Josepha.

— Aïe, aïe, aïe, ajouta sa sœur. Alors mon plus vieux rêve se réalise ! Pendant cinq ans, j'ai tremblé au seul bruit de vos pas et nous voilà maintenant assis, vous et moi, tous les deux. Je peux même vous appeler Humphrey ! Et vous me demandez des conseils ! Je n'arrive pas à y croire. Tiens, prenez un chocolat. Deux, même. Et puis, tiens, je vous embrasse.

A travers le casque, le bruit de deux bons gros baisers bien amicaux claqua dans les oreilles de John. Il ne put s'empêcher de sourire. « Mais c'est la reine des putes ! La voilà dirigeant ITT. Le cul sur sa chaise et sans même une boule de cristal ! Des bruits de mastication... Les chocolats, sans doute. Et plof ! du champagne maintenant ! Elle me tue celle-là. »

John se surprit à saliver. Il aurait bien bu une coupe. Au fond, c'est frustrant d'être flic ou espion. « S'ils font l'amour, je me masturbe ! »

Mais Josepha revenait à l'avenir de Humphrey Dowen :

— Je peux essayer de vous décrire vos ennemis : j'en vois deux, principalement. Ils sont en Californie, c'est très net. Le plus dangereux est un bel homme de type méditerranéen qui semble posséder des pouvoirs étonnants. C'est le chef du « groupe action » en quelque sorte. Vous lui avez montré votre force. Il a estimé qu'il n'avait pas assez d'atouts en main pour vous réduire à merci, comme les très grands joueurs qui abandonnent une donne incertaine et l'investissement déjà engagé, sans regret.

— Et qui est l'autre ?

— Là, je patauge un peu. Je vois un homme très âgé. Tout à fait remarquable. Un chef avec une poigne d'acier. Il paraît commander le premier, mais il y a une zone d'ombre dont je n'arrive pas à déterminer la nature : maladie grave récente ou mort prochaine. Ça le met hors d'état de nuire pour le moment. Je le vois sortir de votre vie. Il ne semble plus y avoir de danger.

— Merci, Josepha. Vous me rassurez. Savez-vous que mon ménage, qui partait en lambeaux, s'est miraculeusement reconstitué ? Madona est redevenue celle à qui j'ai juré amour et fidélité pour toujours. Je suis heureux. Vous n'allez pas vous moquer de moi au moins : je m'exprime comme un héros de roman-photo.

— Chacun son tour, cher Humphrey ! Je peux vous l'avouer maintenant : j'ai été un peu amoureuse de vous. Normal, les secrétaires aiment leur patron. Roman-photo aussi.

John croyait rêver. Il ne manquait plus que Frank Sinatra et cinquante violons.

Humphrey Dowen reprit :

— Madona a elle-même rédigé votre carton d'invitation à notre fête. Amenez qui vous voulez. Je suis sûr que la moitié des invités est déjà passée par votre cabinet. Vous viendrez, n'est-ce pas ? Si nous trouvons cinq minutes, je vous dicterai une lettre ou deux.

— D'accord.

— Et maintenant, qu'est-ce que je dois faire ?

— Dans quel domaine ?

— Dans tous. La vie, les affaires...

— Demandez à Madona. Elle connaît les réponses.

— Je n'en suis pas si sûr. Les réponses, Madona les tiendra de vous. Faisons de la bonne gestion. Supprimons les intermédiaires.

John furieux arracha son casque, actionna le bouton « stop » et cria, imitant l'intonation bostonienne de Dowen : « Supprimons les intermédiaires ! C'est vraiment un enculé mondain, ce mec ! »

14

A travers la fenêtre de la chambre de Brian Walker, au Columbia Presbyterian Hospital, le regard du Président des États-Unis parcourut l'impressionnant service d'ordre mis en place par le Service de Sécurité. Il ne manquait que les chars et les rampes lance-missiles pour réduire le célèbre hôpital en un camp retranché.

— Si une admiratrice en veut à votre vertu, il lui faudra une sacrée force de frappe pour arriver jusqu'à vous.

Walker ne lui jeta même pas un regard.

Il était allongé sur le côté, en chien de fusil, étreignant ses genoux avec force pour comprimer la douleur atroce qui ne quittait plus son estomac. Il refusait toute nourriture. Les médecins s'étaient vus contraints de le droguer pour l'alimenter. Il ne dormait plus.

Ses yeux restaient fixes, grands ouverts. Sans que rien jamais ne le laisse prévoir, son corps se contractait avec violence. Il roulait sur lui-même, tombait du lit et marchait à quatre pattes en grognant. Son visage alors semblait se transformer, grossir, s'épaissir. Ses pupilles s'hypertrophiaient et paraissaient sur le point de quitter leur orbite.

L'accès de son appartement était strictement interdit. Seuls, le Président, Martha Walker et le personnel soignant pouvaient y pénétrer.

Le professeur de médecine en charge du Général Walker et le Président des États-Unis avaient vu les radios, les tomographies et les résultats des différents examens médicaux. Dès les premières radios l'étonnement fut grand : Brian Walker avait reçu un coup de poignard, mais de l'intérieur. Aucune blessure apparente, ni marque, ni cicatrice. Mais plus troublant encore, Brian Walker était véritablement en train de muter. Ses appareils digestif, sexuel et respiratoire régressaient dans l'évolution des espèces. Trois chercheurs de réputation mondiale, spécialistes de l'évolutionnisme, demeuraient maintenant à temps complet à l'hôpital.

Un fameux neuropsychiatre les rejoignit bientôt. Les examens les plus complets révélèrent que le cerveau de Brian Walker se modifiait également. Des millions de cellules disparaissaient chaque jour. Les circonvolutions sophistiquées se simplifiaient. Là aussi, régression. A chaque instant, de jour comme de nuit, le « comité de crise » ainsi constitué pouvait se réunir et, devant l'évidence du résultat des examens, fruits de la technologie la plus avancée, imaginer les hypothèses les plus folles.

Le neuropsychiatre, après une dernière visite à Brian Walker, osa le premier prononcer ces paroles inouïes dans un des temples de la science :

— Ce n'est pas un médecin qu'il lui faut, mais un sorcier.

15

— Tu m'emmènes ?

— Arrête, Virginia ! D'abord tu me violes dans les locaux de l'administration. Ensuite tu t'imagines que la Brigade Criminelle va nous payer un voyage de noces en Californie.

— Tu as bien obtenu un billet, toi ! Et en classe « Affaires », presque les premières.

Maurice Faynbaum brandit un index sentencieux :

— Qui a baratiné le patron de la Brigade Criminelle de Madison Avenue afin que notre commissariat conserve l'affaire ? Moi. Qui a obtenu du District Attorney une ordonnance me permettant d'enquêter sur tout le territoire sans que le FBI me tire dessus à travers la porte ? Moi. En un mot, quel est le nom du flic de l'année ?

Virginia ne riait pas. Les étreintes furtives mais délicieuses avec le sergent Faynbaum étaient devenues les moments forts de sa vie. Tant pis si elles ne constituaient pas les prémices de la Carte du Tendre ou de l'Amour courtois. Virginia se trouvait quand même devant un problème insoluble. Elle rêvait d'une relation amoureuse qui appartenait au passé et que Maurice Faynbaum eût été de toute manière incapable de lui prodiguer, n'en connaissant pas les règles. Virginia parvint enfin à sourire :

— Bien, cher flic de l'année, je serai la gardienne du foyer pendant que tu iras traquer le crime dans l'Ouest. Je te tricoterai des moufles en laine rouge. Tu veux ?

— Pas la peine. Ma mère a reçu l'Oscar du Tricot fou. Tu ne peux pas lutter.

Virginia, furieuse, remonta son zip jusqu'au cou et sortit en claquant la porte.

16

Quand Maurice Faynbaum quitta le Boeing 727 d'American Airlines, il fut étonné une fois de plus. Quelques heures avant, à New York, il faisait moins cinq degrés et là, décembre ou pas, le flic de la

Criminelle venu le chercher portait des sandales, un pantalon de toile blanche et une chemise hawaiienne. Il lui tendit une main ferme et se présenta :

— Garrick O'Hara.

Rouquin. Parents irlandais. Baraqué. Sympathique. Faire équipe avec lui serait utile pour Maurice qui connaissait mal ce pays.

Ils se rendirent au siège de la Brigade Criminelle.

De jeunes policiers en survêtement ou en tenue de tennis donnaient à ce commissariat une atmosphère de vacances. Maurice Faynbaum ressentait la douceur de vivre californienne, la courtoisie, la gentillesse alors qu'à New York tout n'était que vapeurs d'essence, mauvaises vibrations, humeur et stress. Comment pouvait-on être criminel (ou flic) avec un soleil pareil ?

Maurice montra son ordre de mission au chef de la police. On l'interrogea sur la source des renseignements qui l'avaient amené à poursuivre son enquête en Californie. Il lui était difficile de répondre qu'il tenait ces informations d'une voyante, et il n'était pas fâché qu'on en attribuât le mérite à lui seul. On lui trouva un bureau. Garrick O'Hara vint l'y rejoindre avec des cartes routières de la région.

Josepha Meisner dans sa vision lui avait parfaitement décrit le portrait du tueur, l'avait situé dans un des nombreux établissements de « repos éternel » de la région, mais elle n'en connaissait ni le nom, ni l'endroit précis. Au fichier électronique, aucune photo se rapprochant de la description de Josepha ne lui fut fournie. Le tueur n'avait jamais eu affaire à la police. Il faudrait donc faire du porte à porte.

Mais d'abord se doucher, se frotter, se savonner pour perdre jusqu'à l'odeur délétère qui avait imprégné chacun de ses pores pendant cinq ans, soit près de deux mille jours dans ce commissariat crasseux de Broadway.

Il se trouvait à la tête de 200 dollars par jour de défraiement tout compris. S'il dépensait moins, tant mieux. S'il dépensait plus, ce serait de sa poche, sauf justificatifs en acier trempé.

Garrick O'Hara lui proposa de séjourner au Château Marmont sur Sunset Boulevard. Maurice accepta : une suite pour 100 dollars, il fallait le voir pour le croire.

Quand Garrick, après avoir fait la réservation, le laissa sur le Sunset avec sa Samsonite à la main, Maurice crut rêver. Une sombre bâtisse flanquée d'étranges tourelles tranchait sur la banalité de l'architecture environnante. Mâchicoulis, créneaux, chemins de ronde d'opérette, rien ne manquait.

On était immédiatement séduit par le côté familial de l'hôtel. La réception occupait deux mètres carrés.

— Je m'appelle Hélène. Je suis anglaise. Vous avez le 24 au deuxième étage. Le prix de votre suite est de 104 dollars, petit déjeuner et service compris. Il n'y a ni *room service*, ni restaurant. Les cigarettes et les boissons fraîches s'obtiennent dans la machine automatique avec des pièces de 25 *cents*. Vous comptez rester combien de temps ?

— Entre trois jours et trois mois.

Il eut droit à un beau sourire du Yorkshire surmonté de taches de rousseur et de deux yeux verts haut voltage. La fatigue du décalage horaire ne lui permettait pas de se brancher immédiatement. Il se munit de bières, de Cocas et gagna ses appartements.

La suite était spacieuse, bien meublée dans le style « early America ». Meubles en bois peint aux formes arrondies, lit large, réfrigérateur imposant, coin cuisine équipé.

Il se doucha rapidement, enfila un bermuda et se rendit à la piscine. Il était 5 heures et après dix longueurs d'un crawl rageur, le soleil était toujours là, caressant son corps blanc et poilu. Il s'allongea sur son matelas et, yeux fermés, se projeta en scope couleurs un film érotique, doux, exaltant, dont l'unique vedette était Josepha. Quand il fit un peu plus frais, il se rhabilla, traversa le Sunset, s'acheta une paire de boots façon croco. Avec son jean et sa veste de lin blanc sur une chemise vert pâle, il pourrait facilement se fondre dans la faune locale.

A 9 heures, Garrick O'Hara passa le prendre et l'emmena dîner dans un restaurant chinois à deux pas de l'hôtel.

Le restaurant devait être à la mode car il reconnut des acteurs et des hommes politiques accompagnés de longues Californiennes bronzées aux cheveux pâles.

Le service était assuré par des jeunes femmes d'une grande beauté. Leur serveuse, dès qu'elle eut posé le riz cantonais et le porc sucré, dévisagea effrontément les deux hommes.

— Vous êtes producteurs, vous !

— Perdu, répondit Maurice. C'est moins romantique. J'ai une entreprise de plomberie, mais croyez-moi, je suis plus courtisé qu'une vedette de cinéma.

Garrick O'Hara regardait le flic new-yorkais avec surprise.

— Vous me racontez des craques, plombier. Je sens les choses, moi. Ne bougez pas. Je vais vous montrer mon book.

Elle revint en effet avec un grand porte-folio en cuir noir. Elle repoussa les plats et ouvrit largement son book. Amusés, les deux hommes se penchèrent sur les photos et les articles de presse de Xénia.

— Mais vous avez joué à Broadway !

Xénia baissa les yeux :

— J'ai également tourné quinze jours dans *Apocalypse Now*, mais on ne me reconnaît pas.

— Pourquoi ? demanda Garrick.

— J'étais plongeur sous-marin.

Les autres serveuses s'arrêtèrent l'une après l'autre et, abandonnant sans vergogne les dîneurs, vinrent commenter le book de Xénia. Le patron quitta alors sa caisse et vint rejoindre les jeunes filles. A la surprise des policiers, il ajouta ses commentaires à ceux des serveuses :

— Je t'avais dit d'enlever cette photo, Xénia. Elle te vieillit.

Pas un client ne protestait. Tous regardaient avec sympathie la jeune fille qui essayait de se vendre à des inconnus.

C'était ça aussi, Hollywood.

17

Au Château Marmont, le fameux petit déjeuner compris était réduit à sa plus simple expression : un pot d'eau chaude, une tasse vide, du thé ou du café soluble et deux croissants anémiés.

Garrick O'Hara était entré pendant que Maurice Faynbaum terminait ses agapes.

— Arrête de manger ces trucs. Je t'offre un vrai petit déjeuner.

La Ford Turbo rouge les amena dans une pâtisserie française près de Santa Monica Boulevard où ils purent déguster croissants et brioches à peine sortis du four, un double express, un jus de pamplemousse frais. Après cette collation, les deux hommes étaient prêts à débusquer le tueur. Garrick O'Hara avait établi une liste de cinq établissements de « repos éternel » se rapprochant de la description fournie par Maurice Faynbaum.

Garrick prit le volant tandis que Maurice cochait sur une carte routière le meilleur itinéraire possible. Sur le poste FM, Garrick trouva un bon rock and roll musclé. Maurice ferma les yeux. A travers sa vitre baissée le vent caressait sa peau, décoiffait ses cheveux. Il se sentait bien, en vacances. Pourtant ils approchaient de la piste du tueur fou et, sans le savoir, couraient peut-être un grand danger.

Ils s'arrêtèrent une première fois au « Palais de la Béatitude », établissement qui non seulement était un cimetière de luxe mais proposait à ses clients une résurrection certaine par le miracle de la cryogénisation. Ce procédé maintient, sans l'altérer, le corps sans vie à de très basses températures jusqu'à ce que la science trouve le remède à la maladie qui a causé la mort.

Cela leur prit au moins deux heures pour visiter l'établissement de fond en comble. Aucun des employés ne correspondait à la vision de Josepha. Ils projetèrent de déjeuner sur la place à Venice. Sur le chemin ils franchirent une grille et arrêtèrent la Turbo devant l'extravagante demeure des « Célestes Élus ».

Dans le hall imposant de marbre gris, ils présentèrent leur plaque de police à une hôtesse souriante. Le directeur était absent. Elle suggéra aux deux policiers d'enquêter à leur guise. Il n'y avait rien à cacher. Maurice Faynbaum lui demanda s'il se trouvait parmi les employés un homme très grand, à la mâchoire carrée, aux sourcils noirs fournis.

La jeune femme n'hésita pas :

— Mais c'est Deutch Farnard, notre vedette.

— Quelle est sa fonction ?

— C'est le meilleur embaumeur-maquilleur du pays.

— Où pouvons-nous le trouver ?

— Dans sa loge. Prenez la petite porte en chêne, marquée « entrée interdite », traversez la salle d'embaumement et vous le trouverez par là.

Les deux policiers pressèrent le pas et s'engagèrent dans l'immense salle d'embaumement carrelée de porcelaine blanche. L'odeur de formol était envahissante.

Ils interrogèrent un embaumeur qui, mains gantées, prodiguait ses soins à un cadavre d'enfant.

— Vous trouverez Deutch derrière cette porte. Il travaille.

Ils furent aussitôt dans la loge. Le cadavre d'un jeune homme était allongé sur une alèse disposée sur un plan de travail.

Le pouls de Maurice Faynbaum s'accéléra : c'était exactement l'alèse trouvée chez Gaël. Exactement la même.

Les mains énormes de Deutch Farnard maniaient avec légèreté houppettes et pinceaux. Les cheveux du mort avaient été gominés et coiffés en arrière, donnant à son visage l'aspect désuet d'un film en noir et blanc. La dernière touche de maquillage fut enfin mise.

Deutch Farnard posa ses instruments et, tel un pianiste de concert après le dernier accord, fit décrire à ses doigts dans l'espace un geste théâtral, une sorte de signature. Puis, satisfait, souriant, il se tourna vers ses visiteurs.

— Nous sommes des policiers, dit Maurice Faynbaum montrant son insigne. Puis-je vous poser quelques questions ?

Le sourire de Deutch Farnard s'atténua. Il restait maître de lui mais une petite veine commença à battre près de sa tempe.

— Je me lave les mains et je suis à vous dans deux minutes. Retrouvons-nous dans le hall si vous voulez bien.

Les deux hommes se rendirent dans le hall, au comptoir des hôtesses, et commencèrent à plaisanter avec une petite rousse tout en rondeurs. Il y avait une sacrée ambiance aux « Célestes Élus ».

Maurice consulta son chronomètre : dix minutes s'étaient écoulées et Deutch Farnard n'arrivait pas.

— Un peu long pour se laver les mains. Attends-moi là, Garrick.

Maurice Faynbaum revint rapidement sur ses pas. Dans la loge, plus personne. Toutes les lumières étaient allumées, les portes de la penderie grandes ouvertes. La bande adhésive qui maintenait fermée la bouche du jeune cadavre gominé s'était décollée. Maurice essaya, d'un pouce nerveux, de la refermer. Ce fut impossible.

— Si au moins tu pouvais parler.

On pouvait sortir de la loge par une petite porte dissimulée derrière un rideau de velours. Deutch Farnard était sûrement parti par là. En courant, Maurice traversa à nouveau la salle d'embaumement, la salle d'exposition et retrouva Garrick dans le hall.

— Qu'est-ce qu'il a comme voiture, votre embaumeur ?

— Une décapotable Cadillac Eldorado. En plus elle est rouge. Elle mesure un peu moins de dix mètres. Ben, tiens, la voilà !

En effet, la Cadillac franchissait à vive allure les grilles des « Célestes Élus » et tourna à droite en direction de la mer. Les deux hommes se ruèrent vers la Turbo et démarrèrent aussitôt, les pneus griffant rageusement le gravier.

Le Washington Boulevard était large et rectiligne. La tentative de fuite de Deutch Farnard semblait vouée à l'échec. Au croisement, le feu devint rouge. La Turbo gagnait du chemin. La Cadillac brûla le feu et percuta l'aile d'un camion. Quelques zigzags et elle continua à toute allure. Garrick évita adroitement un autobus de ramassage scolaire et talonna la Cadillac.

Deutch Farnard devait avoir perdu la raison : il se dirigeait droit sur la mer. Il lui serait impossible d'échapper à ses poursuivants. Il était midi. Une foule de jeunes gens se promenaient sur la petite place qui faisait face à la plage. Les boulangeries, pizzerias, boutiques de location de patins à roulettes créaient une animation constante à cet endroit de Venice. Les voitures y étaient à peine tolérées. C'était le paradis des piétons et des patineurs.

La Cadillac fonça dans la foule. Cris, éventaires de camelots renversés, barrière de protection défoncée. La Cadillac, suivie de la Turbo, fonçait toujours vers l'océan.

Les deux véhicules traversèrent la piste en béton réservée aux cyclistes. Soudain, la Cadillac ralentit et s'arrêta, enlisée dans les sables mouillés. Deutch Farnard bondit de sa voiture et se mit à courir comme un forcené. Il était toujours en blouse blanche.

Il bouscula un jeune métis qui se trémoussait au son d'un transistor posé à ses pieds, sauta par-dessus un saxophoniste qui jouait allongé sur le sable, et continua de courir, longeant les grillages du club de culture physique. Les culturistes, interloqués, posèrent leurs haltères.

C'est là que les deux policiers le rejoignirent.

Il s'adossa au grillage, plongea la main dans sa poche et en sortit un scalpel.

Tout autour d'eux les patineurs, coiffés de leur walkman, s'étaient arrêtés.

Garrick O'Hara esquissa un geste vers son Holster. Avec une vitesse stupéfiante, Deutch Farnard lui porta un violent coup de scalpel dans l'avant-bras. Garrick hurla de douleur. Mais Maurice, fonçant, délivra un terrible coup de tête dans le plexus de Deutch. Le regard du géant devint vitreux. Le scalpel rougi de sang glissa de son énorme main. Il s'écroula. En un instant Maurice Faynbaum lui croisa les bras derrière le dos et lui passa les menottes. Deutch Farnard le regarda tristement. Ses mâchoires semblèrent mastiquer quelque chose. Maurice comprit qu'il venait de s'empoisonner.

Le géant déglutit, puis il articula avec difficulté :

— C'est fini maintenant. Je vais mourir.

Maurice s'agenouilla près de lui, approcha sa bouche de son oreille :

— Deutch, pourquoi avoir tué ? Vous êtes un grand artiste. Vous n'aviez pas besoin.

Deutch Farnard respirait avec difficulté. Une écume rose sortait de sa bouche.

— Par amour pour les jumeaux... Vlad... Nicolas... Ils sont tellement beaux.

— Où sont-ils ?

Le regard de Deutch Farnard se voila. C'était la fin.

La piste se terminait brutalement par une voie sans issue.

18

Face à l'imposant building de la Bank of America de Beverly Hills, dans la modeste échoppe d'un coiffeur italien, deux grands ventilateurs fixés au plafond dispensaient une bienfaisante fraîcheur.

Emprisonnés jusqu'au cou dans une large blouse blanche, Maurice Faynbaum et Garrick O'Hara se laissaient aller à un plaisir devenu rare pour les hommes de la fin du XXe siècle : se faire faire la barbe.

Deux vieux Italiens bavassaient en un patois américain chantant et pittoresque. Hollywood-sur-Naples.

Maurice ferma les yeux et s'assoupit. Dans son léger sommeil lui parvenaient, adoucis, les bruits de la rue, le paisible bruissement du ventilateur, le bavardage des vieux coiffeurs. Son visage, tendrement massé par la soie du blaireau, fut bientôt recouvert d'une mousse onctueuse et mentholée. Il y eut ensuite le chuintement du rasoir qu'on affûte sur une bande de cuir, puis le contact de la lame sur la joue, gestes savants, séculaires.

Une pause. La douceur de vivre.

De retour à l'hôtel de police, Garrick O'Hara demanda à Maurice Faynbaum :

— Maintenant explique-moi.

— Qu'est-ce que tu veux savoir ?

— La barbe, le brushing, la manucure. T'es pédé ou quoi ?

— Je ne suis pas pédé, aujourd'hui, à 5 heures à l'hôtel de police de Los Angeles, mais ça peut changer.

— Explique-toi.

— C'est facile : ce soir on va au « Number One ». Il faut qu'on soit super propres, sentant bon et tout.

— Mais qu'est-ce qu'on va foutre là-bas ?

Maurice Faynbaum lui expliqua alors qu'en passant quelques coups de fil à des amis de Los Angeles un peu noceurs, il avait appris que les jumeaux, Vlad et Nicolas Nikolaïev, jouissaient à Hollywood d'une flatteuse réputation. Ils étaient beaux, ne semblaient pas avoir de problèmes d'argent et travaillaient pour un certain Ange Damon qui avait une grosse affaire d'importation de matériel électronique. Mais surtout ils étaient considérés comme des surmâles. Femmes, hommes, tous avaient leur chance. Ils étaient fichés pour des petits délits, bagarres, troubles sur la voie publique, peu de chose. Ils fréquentaient surtout les boîtes d'homos virils.

Ils aimaient la castagne.

19

Même Maurice Faynbaum, flic et New-Yorkais, en prenait plein les yeux.

Il était près de minuit sur le « Strip », appellation familière du célèbre Hollywood Boulevard. Pare-chocs contre pare-chocs, des centaines de voitures roulaient lentement sur l'avenue interminable. A chacun des nombreux feux rouges les occupants des voitures s'interpellaient, patchwork d'ethnies et de langages. Fluos violets, mauves, orangés. Haut-parleurs nasillards. Prostitués de toutes races, de tous âges et de tous sexes. Bonimenteurs, dealers, arnaqueurs.

Garrick O'Hara arrêta la Turbo devant le Chinese Theater. Les deux hommes descendirent de voiture.

Maurice, véritable midinette, s'amusa à poser ses pieds sur les empreintes qu'avaient laissées sur le Strip les acteurs de la légende de Hollywood. Stardust. Poussière d'étoiles.

Ils remontèrent en voiture.

Après avoir roulé quelques miles dans la direction de la ville basse, ils tournèrent à droite dans la Troisième Rue. Encore quelques miles et ils arrivèrent sur une large place tout près de Wilshire Boulevard. Une petite ruelle à peine éclairée s'élargissait en un vaste terre-plein. Là se dressait une immense usine désaffectée, aujourd'hui célèbre discothèque homo, le « Number One ».

Garrick et Maurice accédèrent à l'entrée par un étroit escalier de fer. Devant la porte, éclairée par un néon confidentiel, se tenaient deux malabars aux cheveux courts. Ils arboraient des tee-shirts blancs sur lesquels était imprimé en puissants caractères le sigle de la boîte : Number One. Un délicat graffiti terminait ce graphisme particulier : il représentait un phallus de bonne taille couronné de deux testicules. Le message était transparent.

A la question muette des deux videurs, Maurice Faynbaum répondit :

— J'ai rendez-vous avec les jumeaux.

Une nuance de considération accompagna l'ouverture immédiate de la porte. Un long couloir les mena sur la première piste de danse. Une odeur forte les assaillit, mélange de sueur, de marijuana, d'eau de toilette et d'encens. Dans la demi-pénombre trouée sporadiquement par les lasers et les flashes des projecteurs multicolores, dansaient mille jeunes hommes au son d'un rock afro. Garrick O'Hara se figea sur place, totalement abasourdi.

La grande majorité des danseurs n'avaient en apparence rien d'homosexuel ni d'efféminé. Cuirs noirs des pieds à la tête, bottes de motards, de paras ou de cow-boys. Poignards, décorations, croix gammées, insignes ésotériques, chaînes, gourmettes, lourdes bagues, bref tous les symboles de la violence et de la virilité. On distinguait quand même quelques folles. Certains adolescents étaient pratiquement nus, le corps recouvert de fond de teint, parsemé de paillettes, chaussés d'escarpins de couleurs violentes. Certains couples dansaient collés l'un à l'autre, sans tenir compte de la pulsion du rock, branchés sur une musique intérieure, joue contre joue, bouche contre bouche. On flirtait sans vergogne. Tout semblait permis, accouplements inclus.

Maurice contemplait ce paradis sulfureux d'un air blasé. Ils se frayèrent un chemin à travers cette mer humaine et se retrouvèrent sur une petite piste à l'éclairage rosé qui comportait deux niches. A gauche, un bar. A droite, un espace lumineux où l'on trouvait des billards électriques et même un grand billard français à trois boules.

Un jeune homosexuel en short saumon et débardeur banane leur proposa une partie.

— Le premier arrivé à 21 points. 50 dollars chacun, c'est O.K. ?

Garrick consulta Maurice du regard.

— C'est O.K. !

Ils confièrent chacun 50 dollars à un grand baraqué qui semblait faire office de juge de paix, choisirent une queue et en fartèrent soigneusement l'extrémité.

Ils pouvaient, à partir de l'aire de jeu, surveiller tout nouvel arrivant sans être remarqués.

20

Calmement, Martha Walker composa le numéro secret du Président. Il décrocha aussitôt. Elle l'informa de l'état critique de son mari. Dès la fin de la première phrase, elle entendit le Président commander par interphone au pilote de l'hélicoptère Force One d'aller chercher Brian Walker et de l'emmener au Columbia Presbyterian Hospital à New York City.

Le Président ne cacha pas son inquiétude sur l'état de santé de son ami. Il souffrait déjà de l'estomac lors du retour de leur périple en Europe. Un examen médical complet s'avérait urgent. La présence d'un Walker en forme était indispensable à la rencontre au sommet sur le désarmement nucléaire prévue avec les Russes, avant Noël. On attendrait son rétablissement le temps qu'il faudrait.

— Croyez en ma fidèle amitié, chère Martha. Si vous vous sentez seule pendant l'hospitalisation de Brian, venez vivre avec nous à la Maison Blanche. Ma femme vous apprécie et je peux vous le dire maintenant, après vingt ans : j'ai un faible pour vous.

Martha eut un élan de tendresse envers cet homme dont l'amitié ne se démentait pas à travers les années, les épreuves. L'habitude de la vie politique lui avait donné une maîtrise éblouissante des mots qu'il fallait dire à chacun et au bon moment.

Brian poussa un hurlement déchirant, inhumain.

— Il faut que je raccroche, dit Martha. J'aimerais accompagner Brian à l'hôpital et rester avec lui.

— Comme vous voudrez. L'hélicoptère est en route. Tout ira bien, Martha. Ayez confiance.

Elle raccrocha. Un bruit de rotors se fit entendre. L'hélicoptère se posait.

Au moment de monter dans l'appareil, Martha Walker se souvint du tableau que les charmants jumeaux devaient lui remettre. Elle n'avait plus le temps de leur laisser un mot. La porte de sa maison n'étant jamais fermée, ils penseraient sûrement à entrer et à laisser le tableau.

En moins de cinq minutes, Brian Walker fut placé sur un brancard, hissé dans l'hélicoptère qui décolla aussitôt.

Martha étreignait les mains moites de Brian. Le regard bleu de son mari, vide d'expression, semblait voir à travers elle. Une prière enfantine qu'elle avait inventée lui revint en mémoire. Elle ferma les yeux et se mit à réciter à mi-voix avec ferveur :

Dieu du Ciel
Martha t'appelle
Celui que j'aime
Est dans la peine.

Au fond, les paroles importaient peu. Seul l'amour comptait.

Il allait en falloir beaucoup à Martha pour aimer son mari à travers la créature immonde, le Démon Béhémoth qui, tapi dans ce corps affaibli, voyageait avec eux dans l'insecte d'acier.

21

Assis derrière son bureau Boulle, Jonathan Korn relisait les quelques lignes qu'il avait tracées au crayon sur un cahier d'écolier. Chaque jour il datait une page, tirait des traits parallèles qui divisaient la page en autant de compartiments qu'il se donnait de missions. Les traits étaient tirés à l'encre alors que les missions en un premier temps étaient écrites au crayon. Jonathan prenait ensuite un moment de réflexion. Après cet examen supplémentaire, il repassait soigneusement à l'encre sur le premier tracé au crayon.

Ce jour-là, la page définitivement établie portait les noms suivants accompagnés de numéros, par ordre décroissant d'intérêt :

1 — Jonathan Korn. Réfléchir.
2 — Josepha. Se faire aimer.
3 — Alexandre. Réparer ou aggraver.
4 — Simon Wayenberg. Virement.
5 — Documentation sur le Golem.
6 — Dix miles dans Central Park.

Mais, ce matin, Jonathan se sentait fatigué. La concentration venait difficilement, son esprit vagabondait d'une ligne à l'autre. Ce cérémonial lui parut soudain dérisoire. Les émotions l'envahirent, le submergèrent.

Un léger frémissement anima les rideaux. La lampe du bureau s'éteignit soudain puis se ralluma sans raison apparente. Jonathan entendit distinctement trois coups sourds frappés à sa porte.

Il était seul dans la maison. Il n'attendait personne. Le dîner arriverait dans une heure, livré par un traiteur. Jonathan emprisonna la pommelle de bronze dans sa main puissante et ouvrit. Il ne vit rien. Une odeur nauséabonde lui frappa les narines. Il fit un pas dans le couloir. Une ombre entourée d'un halo aux contours incertains sembla se matérialiser au bout du couloir, puis disparut, comme une bougie qu'on souffle. Il entendit distinctement un pas lourd, traînant, puis un gémissement assourdi. Il s'arrêta, écouta. Plus rien.

Des pas sourds ébranlèrent l'escalier qui menait au salon, vingt-cinq marches plus bas. La chute d'un corps très lourd se fit alors entendre, suivie de petits cris plaintifs. Jonathan retourna vers son bureau, ouvrit un tiroir et saisit son revolver à barillct Magnum 357. Il descendit rapidement les marches et arriva dans le vaste living-room qui donnait sur Central Park.

Personne.

Il assura la prise de son arme, fit jouer le déclic de la sûreté et posa son index sur la gâchette. Poussé par une main invisible, le service en cristal posé sur une table basse fut projeté dans les airs et retomba, se pulvérisant en un bruit cristallin.

« Si c'est le Golem, eut le temps de penser Jonathan, il y en a déjà pour six mille dollars. »

Il poussa un cri. Le revolver venait de lui être arraché des mains, brutalement. Il assista impuissant à son gracieux envol dans la pièce, à l'explosion de la vitre de sécurité et, courant jusqu'au trou béant qui étoilait la baie vitrée, il put suivre sa course jusqu'au sol où il s'écrasa avec fracas. Du canon jaillit un projectile qui alla fracasser une borne d'incendie.

Aussitôt, un jet d'eau puissant et dense s'éleva. Arrivé à son apogée, il retomba en un bouquet de gouttelettes irisées par la lumière des réverbères et des phares de voitures.

Les voitures s'étaient arrêtées. On se lançait des appels de phares, on klaxonnait, on s'interpellait gaiement. Les joggeurs, les patineurs, patins sur l'épaule, quittaient le Park pour venir grossir le rang des badauds. Un feu d'artifice offert par la municipalité, en plein mois de décembre, cela ne s'était jamais vu. Central Park prenait un air de fête.

Jonathan quitta son poste d'observation, pansa son index entaillé et entreprit posément de téléphoner au vitrier.

Golem ou pas, la vie continuait.

Les bruits de klaxons suivant immédiatement l'écho assourdi de la détonation avaient attiré Josepha à sa fenêtre. Elle contempla le rassemblement provoqué par le feu d'artifice aquatique. Elle eut aussitôt le sentiment que ce phénomène avait une relation avec Jonathan Korn. Peut-être lui était-il arrivé quelque chose ? Elle composa son numéro.

La sonnerie retentit vingt fois avant qu'il décrochât.

— Bonjour, Jonathan, vous avez vu ? C'est la fête en bas. Consentiriez-vous à quitter votre palais pour venir dans ma chaumière ? J'ai du champagne et du chocolat.

Jonathan lui répondit d'une voix grave :

— Si vous n'avez pas dîné, montez plutôt me tenir compagnie. Je suis seul. J'allais vous appeler. Il vient de se produire chez moi des événements plutôt étonnants. Je vous attends.

— O.K. J'arrive.

Ce fut Jonathan qui lui ouvrit. Il lui sourit mais ses yeux ne souriaient pas.

— Qu'est-ce que vous avez à la main ?

— En m'arrachant mon revolver, l'Homme invisible m'a blessé légèrement. J'ai mis un gros pansement pour vous attendrir.

Josepha n'avait pas pris ses lunettes. A plus d'un mètre le monde devenait flou et sans contours. En voulant suivre Jonathan qui se dirigeait vers la baie vitrée, elle marcha sur les débris de verre. Devant la vitre brisée, elle se tourna vers Jonathan :

— Que s'est-il passé ?

Jonathan lui fit le récit exact de tout ce qui venait de se produire : les bruits de pas, l'ombre lumineuse, les gémissements, l'odeur de moisi, le service de cristal pulvérisé, le revolver arraché passant à travers la fenêtre et se déchargeant contre une borne d'incendie.

— Bref, la routine, conclut Jonathan calmement.

Josepha devint grave :

— Vous n'avez pas assez pris au sérieux l'avertissement du rabbin de Los Angeles. Je crois que vous avez tort, Jonathan, vous êtes en danger. J'essaie de voir ce qui va vous arriver, mais les images sont floues. C'est toujours comme cela avec les gens que ...

Elle se mordit la langue, rougit et se tut.

Jonathan ne l'avait pas quittée des yeux. Il s'approcha d'elle lentement, la prit dans ses bras, la serra contre lui, sa joue tout contre la sienne. Ils restèrent ainsi enlacés, immobiles, écoutant battre leurs cœurs et respirant en mesure.

— Terminez votre phrase, murmura Jonathan.

Dans un autre murmure elle lui répondit :

— Avec les gens que j'aime.

Le traiteur sonnait, interrompant cette première étreinte.

Ils s'installèrent dans la chambre de Jonathan. Josepha, derrière un paravent, dénicha deux superbes flambeaux, les garnit de bougies, les alluma et éteignit toutes les autres lumières.

Sans un mot, ils se déshabillèrent et se contemplèrent nus, pour la première fois, à la lumière capricieuse des bougies. Ils ne faisaient pas un geste pour se toucher, se caressant des yeux.

Tendrement il la prit par la main et la conduisit jusqu'à la fenêtre.

La nuit avait envahi la cité. Le ciel opaque, sans étoiles, était parsemé de nuages mauves, violets, électriques. La patinoire de Central Park brillamment éclairée affichait complet. Les patineurs glissaient gracieusement sur une valse à trois temps dont aucun son ne leur parvenait.

Il se plaça derrière elle et lentement, lentement, la pénétra. Elle fut tout contre la fenêtre, ses seins emprisonnés dans les mains de Jonathan. Il se mouvait en elle au rythme des marées, des étoiles, de l'univers. Une formidable sensation de plaisir les envahit. Ils eurent le sentiment que New York tout entier, voyeur et complice, avait participé à leur première étreinte.

Josepha se retourna alors, l'enlaça, le serra à l'étouffer, le bascula sur la moquette moelleuse et le chevaucha jusqu'à ce qu'elle sente à nouveau sa semence brûlante l'investir tout entière.

Une odeur de brûlé les interrompit : les lasagnes aux fruits de mer du traiteur italien venaient également de connaître avec le four un orgasme fatal.

Ils se douchèrent sans cesser un seul instant de se toucher, de se caresser, de se pincer, de s'embrasser. Puis de nouveau enduits de savon, ils firent l'amour tendrement, sauvagement.

Enfin ils furent séchés, revêtus chacun d'un épais peignoir blanc en tissu-éponge, et rassasiés pour un temps. Ils avaient faim. Sur un grand plateau d'acajou, elle disposa deux couverts. Ils dînèrent d'un peu de foie gras, de beaucoup de champagne.

Jonathan glissa dans l'appareil à cassettes l'opéra lyrique de Beethoven, *Fidelio*.

Allongés sur le lit géant, main dans la main, ils écoutaient cette histoire exemplaire d'une femme qui se travestit et devient gardien de prison afin de pouvoir, de temps en temps, entrevoir son mari condamné à une longue peine.

— Tu ferais ça pour moi ? demanda Jonathan.

— A ton avis ?

— Josepha, j'ai quelque chose à te dire. Tu sais ce que je vais te dire ?

Josepha n'osait pas répondre.

Il emprisonna son visage dans ses mains, fixa de ses yeux multicolores l'émouvant regard de Josepha et prononça enfin la petite phrase magique :

— Je t'aime.

22

Un à un, sans bruit, les chats noirs quittaient la maisonnette d'Ezechiel le Maudit. Puis ils s'arrêtaient à l'endroit qui semblait d'avance destiné à chacun d'eux. Ils furent bientôt 27, en 3 rangées de 9, répartis entre la base du monticule et son point le plus élevé, tout près de la porte qui se referma. Le passant, inconscient ou téméraire, qui se serait trouvé là à cet instant précis aurait vu 27 fauves noirs apparemment alanguis. S'il s'était approché, 27 paires d'yeux jaunes fluorescents lui auraient lancé un message aisément dissuasif.

Mais nul être humain ne se hasarda près de la demeure d'Ezechiel le Maudit par cette sombre nuit sans lune.

Nul être humain, excepté Simon Wayenberg qui avait apporté au rabbi déchu les 50 000 dollars convenus. Ce matin même, il était passé à sa banque, ayant été avisé que les 25 000 dollars promis par Jonathan Korn l'attendaient, expédiés par télex de New York.

Il avait pu ainsi restituer le montant des dépenses du voyage à New York. Un instant il avait hésité. Jonathan Korn n'était-il pas un meilleur homme devant l'Éternel que Joseph Wayenberg, son frère ? Dans cette situation extraordinaire, ne pouvait-il, pour une fois, avoir une réaction hors de ses schémas coutumiers ? Il valait mieux, après tout, sauver Jonathan Korn et aller demander à la police de rechercher Joseph, lequel dans ce cas conserverait moins de chances encore de rester vivant.

« Allez, Simon, conçois l'inconcevable. Jonathan et Joseph sont des créatures de Dieu. L'un d'eux doit mourir, ou être détruit à jamais. Sans considération partisane, Jonathan semble plus digne d'être sauvé. »

Mais une vague de souvenirs d'enfance puis d'adolescence lui vinrent à l'esprit, jeux, rires, chagrins, complicité de chaque instant, amour altruiste mais narcissique. Que valait un étranger en regard d'un autre soi-même ?

Alors Simon décida de sauver Joseph, si cela était possible.

Il retourna chez Ezechiel afin de lui signifier sa détermination et lui remettre l'argent.

Ezechiel avait compté les billets puis l'avait congédié avec ces mots :

— Dès maintenant, je me mets à l'ouvrage. Ne reviens pas me voir avant que l'homme ait cédé.

Ezechiel était seul.

Il contemplait les liasses de dollars avec un sourire de dérision. Qu'allait-il en faire ?

Après plus de quarante ans, son cœur était meurtri comme au premier soir, quand il fut chassé par Rabbi Chaïm Sevi.

La malédiction retentissait encore dans son esprit. Lui, le Fou de Dieu, le plus doué d'entre tous, avait été rejeté, humilié, maudit.

Il posa la lampe à pétrole sur la table, en atténua la flamme et se concentra une fois de plus sur cette nuit atroce. Il ferma les yeux, croisa ses doigts noueux, et revécut intensément ce drame. Chaque réplique. Chaque nuance.

Il ouvrit les yeux, sa poitrine se souleva convulsivement, il fut sur le point de sangloter, de prier, mais cela ne servirait à rien. La haine le submergeait totalement et chassa ses dernières hésitations.

Oui, il susciterait le Golem, même s'il devait en mourir. Jonathan Korn serait broyé. Et après ?

« Et après, le Golem détruira ceux qui ont fait de moi ce que je suis. Alors que j'étais destiné à être le Guide dont le peuple d'Israël avait besoin. »

23

L'une après l'autre, les bougies se consumèrent, puis s'éteignirent. L'ardeur de Jonathan et Josepha, au contraire, semblait croître à chaque joute amoureuse. L'aube commençait à poindre. Pas un instant, leurs corps ne s'étaient séparés.

Toutefois Josepha proposa une pause. Elle prépara de savoureux sandwichs au pain de campagne légèrement toasté, enduits de beurre à peine salé. Sur chaque tartine, elle ajusta une tranche de jambon cuit à l'os, un peu de moutarde française de Dijon et de minces tranches de concombres marinés aigres-doux. Elle déboucha avec grâce une bouteille de « Moet et Chandon ».

Yeux dans les yeux ils se portèrent un toast, solennellement.

— A Jonathan Korn. Amant incomparable.

— Cela m'incite évidemment à te demander combien tu as eu d'amants auxquels tu puisses me comparer.

Le visage de Josepha s'empourpra.

— Je n'ose pas te le dire.

— Pourquoi ?

— Tu ne me croirais pas.

— Ils sont si nombreux ?

— Justement.

— Comment, justement ?

— Justement pas. Deux, dont un. Je veux dire que le premier m'a tenu dans ses bras dix minutes environ. Orgasmes compris. Les siens.

— Plusieurs orgasmes en dix minutes ? répondit Jonathan.

— C'est ça. Mais tout de même, je lui dois beaucoup. Il a été l'objet de ma première voyance, qui fut simultanément son dernier sprint.

— Je me souviens maintenant, dit Jonathan en l'embrassant tendrement. J'ai vu sa photo dans le journal, il s'est écrasé comme une pierre. Et le second ?

Josepha se tut. Son esprit vagabondait, essayant de localiser l'adolescent. Elle n'y réussit pas, mais aucune onde négative ne lui parvenait. Elle prit la main de Jonathan, y déposa un rapide baiser et répondit d'une voix grave :

— Le deuxième est un oiseau tombé du nid. Un adolescent. Avec lui, la pitié est devenue tendresse et plaisir...

— Ça y est, dit Jonathan.

— Qu'as-tu ?

— Ça y est. Je suis jaloux !

— Merci, ça me rend heureuse. A mon tour maintenant. Combien as-tu eu de maîtresses ? Plus ou moins de trois cents ?

— Sincèrement, je ne peux pas te répondre. J'ai oublié.

Une douleur sourde lui vrilla le crâne. Il se prit la tête entre les mains et ne put réprimer un gémissement de souffrance. Déjà Josepha le prenait dans ses bras.

— Que se passe-t-il ?

— Je ne sais pas, répondit Jonathan. J'ai ressenti une douleur très forte... Un coup de poignard, dans la tête. Ça va mieux maintenant. Jamais auparavant je n'ai éprouvé quoi que ce soit de semblable.

Josepha avait à son tour emprisonné le visage de Jonathan entre ses mains.

— Jonathan, ne te moque pas de moi. Mais, tout de même, les bruits de pas, le cristal brisé, le revolver qui s'envole à travers la baie et maintenant cette douleur soudaine... Cela pourrait être un début d'envoûtement.

Jonathan la regarda, stupéfait, commença à rire, mais la douleur revint, plus forte encore. Il se mordit les lèvres pour ne pas crier. Deux larmes de rage lui vinrent aux yeux. Il parvint à parler d'une voix curieusement déformée :

— Je ne crois pas à ces choses-là. Je suis un mécréant.

— A Zedrejezow, le petit village de Pologne où est née ma mère, les gens jetaient fréquemment des sorts. Ma mère était une petite fille de cinq ans lorsqu'une voisine, qui ne pouvait avoir d'enfant, la regarda avec envie et la désignant de deux doigts, lui dit : "Tu es tellement jolie que les anges vont t'emporter."

« A peine ces mots étaient-ils prononcés que ma mère fut prise de vomissements et tomba à terre sans connaissance. Ma grand-mère garda son sang-froid, prit ma mère dans ses bras, la mit au lit, tira les rideaux et alluma une bougie. Une amie avait entendu la phrase prononcée par la voisine malveillante. Elle la répéta fidèlement à ma grand-mère qui se mit aussitôt en prière. Le sort se retourna contre la coupable : elle perdit l'usage des deux doigts qui avaient véhiculé le mauvais sort.

Tout en parlant, Josepha lui massait doucement les tempes. La douleur s'atténua puis disparut.

Jonathan reprit :

— Tu crois donc qu'il est possible d'évoquer le Golem ?

— Si ma grand-mère, une paysanne illettrée, pouvait jeter un sort, un démiurge serait capable, en détournant les textes sacrés, de déchaîner les forces maléfiques.

Un spot dissimulé dans le mur s'alluma soudain, spontanément.

Josepha, intriguée, se leva et se dirigea vers le faisceau lumineux. A demi caché, se trouvait un livre de poche à la couverture sombre dont le titre et le nom de l'auteur étaient dissimulés. Elle le tira et curieusement crut sentir une résistance. Puis lentement le livre glissa vers elle, animé d'une vie autonome, et tomba à ses pieds.

Jonathan n'avait rien perdu de la scène. Josepha ramassa le livre, en déchiffra la couverture et le lui tendit.

C'était *Le Golem* de Gustav Meyrink.

24

La lumière de la lampe à pétrole vacilla, puis, avant de s'éteindre, brilla d'un ultime éclat.

Ezechiel le Maudit fut alors plongé dans le noir absolu. Des rêves anciens lui revinrent en mémoire, de piété, de puissance et de gloire. Ce médiocre prétexte dont Simon Wayenberg était l'instrument, ces misérables dollars dont il ne savait que faire, était-ce, enfin, le Signe ?

Sans tenir compte de l'obscurité, il marcha vers un appentis dont il ouvrit la porte. Il en tira de lourds sacs de sable et un paquet étroit enveloppé dans du papier kraft. Patiemment, il dénoua de ses doigts agiles les nombreux nœuds de la ficelle. Dans l'obscurité, ses doigts auscultaient les liens et en des mouvements savants reconstituaient à l'envers le cheminement tortueux de l'esprit qui les avait noués.

Enfin le dernier nœud révéla son secret. Il se contraignit à déplier calmement le papier. Apparut alors, éblouissant d'harmonie et de beauté, le chandelier sacré de l'école rabbinique de Czarna Wies qu'il avait emporté lors de la nuit fatale, aggravant ainsi l'étendue de son forfait.

Sept bougies noires furent bientôt allumées. A chaque bougie, Ezechiel demandait aux Forces obscures la permission de les introduire dans leur fût. A chaque question, la réponse de la flamme fut oui. Le chandelier à sept branches, garni de ses bougies, imprima à la main d'Ezechiel qui le tenait pourtant fortement des secousses de plus en plus violentes. Ezechiel commença alors à se balancer, tout en serrant le chandelier de ses mains. Toute résistance quitta le bronze sculpté et il put enfin le poser.

Au-dehors, un croissant de lune anémique s'était inscrit sur les nuages. Un chat noir miaula, gémit plutôt. Un autre chat lui répondit par un gémissement plus aigu, presque humain.

Quelques gouttes de pluie tombèrent sur le toit en tôle ondulée de la maisonnette. Puis les nuages s'entrouvrirent et ce fut le début du déluge. Les chats ne bougeaient pas. Ils miaulaient tragiquement sous l'averse, semblant converser avec quelque Force invisible.

A l'intérieur de la maisonnette, à la lumière chaotique du chandelier, Ezechiel s'était mis au travail.

Bientôt gisait à terre une masse inerte de trois mètres de long et d'un mètre cinquante de large environ, à peine visible.

A genoux, pétrissant l'argile sans relâche, Ezechiel le Maudit ne ressentait aucune fatigue. Une exaltation inouïe le portait tout entier. Tel le Créateur avec l'argile originelle, il façonnait à son tour Sa Créature. Dès qu'il serait satisfait de son apparence, il l'animerait et, à travers elle, deviendrait enfin le Bon Berger. Il rejoindrait la glorieuse cohorte des piliers de l'Humanité : Confucius, Bouddha, Moïse, Jésus, Mahomet et enfin lui, Ezechiel.

Sous ses doigts agiles, le visage prenait successivement l'aspect d'un loup-cervier, d'un faucon, d'un rhinocéros, d'un hyène, d'un orang-outan. A ce dernier avatar, les mains d'Ezechiel se soulevèrent de la glaise et restèrent tendues, tétanisées, tout près de la simiesque face. Il psalmodia alors une incantation où l'arabe, l'hébreu, le chaldéen, l'araméen s'entrechoquaient brutalement, silex contre acier.

Et le visage de la créature inerte se modifiait !

Du tronc émergeaient un cou puissant, un visage

aux arêtes violentes, à la largeur exagérée, aux oreilles esquissées, aux yeux sans paupières, au crâne obtus et dépourvu de tout poil, sans que les mains d'Ezechiel désormais n'interviennent. Un torse colossal se terminait par les deux fûts cylindriques des jambes. Les pieds, larges, épais, n'avaient pas de doigts.

Ezechiel, fasciné, contemplait le colosse de terre pour le moment sans vie que de subtiles transformations internes modifieraient jusqu'à en faire l'approximative copie d'un être humain.

Ezechiel intervint avec un soin tout particulier pour façonner les mains et les doigts.

Il se releva, contempla longuement son œuvre et sourit, satisfait.

Le jour s'était levé. A travers deux planches disjointes, un rayon de soleil vint illuminer l'intérieur de la maisonnette et se posa sur la face grossièrement sculptée de la Créature. Le visage sembla se contracter sous l'effet de la lumière, mais cela n'était qu'une illusion. Pour le moment, Ezechiel le Maudit était seul dans la maisonnette avec un peu de terre.

Dehors, des rats énormes parcouraient impunément un royaume d'ordures et de déjections. La sombre armée des chats noirs avait disparu, chassée par la naissance imminente de la formidable Créature.

Alors Ezechiel, à l'aide d'une lame acérée, traça sur la poitrine monstrueuse les six branches de l'étoile de David.

Pour achever son œuvre sacrilège, il ne restait plus à Ezechiel le Maudit qu'à inscrire sur le front inanimé le nom secret de Dieu.

... ou du Diable.

25

Alexandre Korn partageait avec un ami de collège le dernier étage d'une usine désaffectée construite en poutrelles d'acier, Union Square West, à la frontière de Greenwich Village et de Broadway, à New York. Au-dessous, dans un immense espace, se donnait un cours de danse moderne dont la musique, les martèlements de pas composaient un univers sonore agréable.

Souvent il arrêtait l'immense monte-charge au 17e étage, prenait garde à retenir jusqu'à la fin de sa course la porte coulissante aux croisillons d'acier qui se refermait habituellement dans un crissement aigu de guillotine. Il pouvait alors lorgner les dizaines de corps en sueur attifés d'accoutrements invraisemblables et colorés.

Les premiers jours son cœur battait quand il assistait à la leçon. Il voyait les danseuses avant tout comme des femmes et les idées reçues blotties dans son subconscient lui soufflaient des mots qui ne devaient rien à l'art.

Mais, peu à peu, il prit plaisir à voir se déplacer en mesure, sur des musiques africaines, les superbes élèves, sexes et races confondus. Parfois danseuses, danseurs ou professeurs gravissaient allégrement la volée de marches qui les menaient chez Alexandre. Ils prenaient un verre en bavardant des choses de la vie.

Quand Alexandre avait décidé de partir sans rien emporter qui lui rappelât l'aisance dans laquelle il avait vécu, le changement avait été brutal. Au garage, son cœur s'était serré en contemplant sa Morgan bronze métallisé avec son élégante bande de cuir naturel affermant la fixation du capot. Il avait enfourché son vélomoteur. Un sac de toile en bandoulière contenant deux chemises, deux jeans et trois paires de chaussettes, le blouson qu'il portait sur lui et des tennis pratiquement neuves, cela lui avait semblé suffisant. Il avait eu une dernière pensée pour ses clubs de golf dans leur somptueux sac Hermès et sa demi-douzaine de raquettes de tennis.

« La vie commence. Plus personne ne me prendra la tête, jamais. »

La question matérielle ne le préoccupait pas trop pour le moment. Avec 2 000 dollars offerts par une tante pour ses quinze ans, il avait adroitement joué au « *stock exchange* », la Bourse de New York, et avait décuplé son capital en quatre ans. Il ne l'avait jamais dit à son père, cela lui aurait fait trop plaisir.

Et Margot dans tout ça ?

On l'avait sauvée. De justesse.

Alexandre s'était rendu tous les jours à l'hôpital avec des fleurs, un livre ou des friandises. Au bout de quelques jours, Margot lui parut moins mélancolique. Au bonjour amical des infirmières, il comprit que ses visites étaient désormais attendues. Après une semaine, les deux jeunes gens riaient ensemble, d'un rien. Cette complicité naissante constituait sûrement les prémices d'une grande amitié. « Qui nous mènera à l'amour », espérait Alexandre.

Les médecins conseillèrent à Margot de prendre quinze jours de vacances en Floride, dans sa famille.

Cinq heures de l'après-midi. Décembre. New York va plonger dans sa nuit électrique.

Alexandre, dans son unique fauteuil, est face à la porte. Margot a atterri il y a plus d'une heure. Elle ne devrait plus tarder. Cinq heures et demie. Le monte-charge s'arrête à l'étage dans le bruit de ferraille brisée de la porte à guillotine. On frappe. Il ouvre.

Margot se jette dans ses bras, le serre fort, fort. Sa peau dorée sent l'Ambre solaire. Alexandre sent chacun de ses ongles lui rentrer dans les reins à travers sa chemise. Margot le viole de sa langue.

Haleine fraise et pêche.

Ils s'aiment, c'est sûr.

26

Le Président réfléchissait. Les persiennes baissées maintenaient la pièce dans une demi-pénombre. Il était seul et chaque décision à prendre lui pesait lourdement. Quand Brian Walker était son complice, les choses étaient différentes.

Brian avait marqué la Maison Blanche de son style : bonne humeur mais aussi rigueur et, quand il le fallait, il savait être sans merci. Habitué à gagner les parties les plus hasardeuses, l'esprit brillant du Président balançait avec virtuosité entre les hypothèses les plus folles et les plus raisonnables.

Bientôt une évidence s'imposa : Brian Walker n'était pas malade. Il était victime d'un envoûtement. D'un acte criminel paranormal. Il n'avait pas attendu cette confirmation pour faire venir un prêtre, exorciste reconnu. Mais son pragmatisme l'inclinait à penser que le processus de dégradation était irréversible.

Brian allait mourir assassiné et personne ne pourrait le venger.

Cela le Président ne pouvait pas le vivre. Il se

leva, poussa la porte qui le séparait de l'appartement où gisait Brian Walker et le regarda. Ce qui restait de Brian Walker dormait d'un sommeil agité. Son cartilage nasal s'était développé et ses ronflements résonnaient étrangement à travers ce nouvel appendice.

Le Président esquissa le signe de croix, pratique pourtant tombée en désuétude chez les protestants. Puis sa décision fut prise. Il fit venir le docteur Amburger, agrégé de médecine bourré d'imagination, et lui dit à brûle-pourpoint :

— Walker va mourir. Vous le savez aussi bien que moi. Je veux lui parler avant qu'il ne soit trop tard. Trouvez un moyen.

Le professeur réfléchit un instant et répondit :

— Avec une injection de strychnine je peux mobiliser tout ce qui lui reste de conscience. Raviver un court instant ses facultés intellectuelles. Cela serait valable pour un patient normalement atteint mais dans le cas du Général Walker nous n'avons aucune garantie.

Le Président reprit :

— Le Père Gessleir, exorciste de l'Archevêché de Paris et catholique, est dans nos murs. Avant de le mettre en présence de Walker, essayons de trouver une solution... même risquée.

Cette fois-ci Amburger n'hésita pas :

— Je suis en possession d'un nouveau produit pour lequel le département de la Santé n'a pas encore délivré son visa : la stromboline. Une injection peut réveiller un mourant mais les contre-indications sont encore mal connues. On risque gros.

Amburger ne perdit pas de temps et dosa dans une seringue un savant mélange de strychnine et de stromboline, qu'il injecta directement dans la perfusion.

Pendant de longues minutes, rien ne se produisit.

Puis Walker regarda fixement le Président et lui dit d'une voix émue, transformée par la métamorphose dont même ses cordes vocales avaient été atteintes :

— Vous êtes venu, Johnny, c'est gentil. Merci.

Deux grosses larmes coulèrent de ses yeux exophtalmiques. Le Président était très ému. Jamais, en quinze ans, Brian Walker n'avait osé l'appeler par son prénom. Aujourd'hui il en employait même la forme familière.

Le docteur Amburger, comprenant ce que cet entretien aurait de confidentiel, demanda la permission de se retirer. En cas de besoin, il serait à une portée d'interphone.

Dès qu'il fut sorti, le Président demanda :

— Brian, pardonnez-moi d'être cruel. Nous avons peut-être peu de temps. Répondez vite. Qui vous a fait ça ?

Les yeux monstrueux se fixèrent sur ceux du Président. A travers leur hypertrophie il retrouva un instant la belle âme dont il avait fait son autre lui-même. Il se retint pour ne pas pleurer.

— Je n'en sais rien, Président. Mais j'ai quelque chose à vous dire. Bien plus important. Si vous le permettez. Pour mon salut.

— Je vous écoute, Brian.

— Je vous en prie, appelez Martha. Elle a le droit de savoir.

Le Président ouvrit la porte qui les séparait de la chambre de Martha. Elle était à genoux. Elle priait, les yeux rouges d'avoir trop pleuré. Elle se leva, vint s'asseoir sur le lit de Brian, lui prit les mains qu'elle serra entre les siennes.

Brian regarda Martha. Elle sentit que Brian, à la raideur de ses doigts, essayait de lui rendre son étreinte. Il leur parla :

— Toi, Martha, et vous, Johnny, pardon !... Voilà... Il y a des zones d'ombre dans ma vie... un mauvais démon m'a habité, contre lequel, à grand-peine, je me suis défendu. A la Maison Blanche même...

Sa voix se brisa, puis il reprit :

— ... je me suis maquillé, travesti. J'ai eu de mauvaises pensées et j'ai proféré des propos abominables.

Le Président le rassura :

— Je le savais. On vous a filmé. Mais j'ai détruit le film. Chacun porte en soi ses démons. Je vous garde toute ma confiance.

Martha avait reçu chacun de ces mots comme autant de coups de poignard mais elle comprenait et pardonnait :

— Brian ! Brian ! Brian, reviens avec nous. Tu ne peux pas être puni à ce point. Tu n'as jamais rien fait de mal. Tu es un juste.

Brian Walker eut un dernier moment de présence. Il put articuler à l'adresse de Martha :

— Je n'ai jamais aimé que toi. Toujours.

Puis il s'adressa au Président :

— Merci, Johnny. Vous êtes un type bien.

A peine cette phrase prononcée, il retomba dans son incohérente somnolence. Peut-être perdu à jamais.

27

21 à 6 ! Le grand baraqué faisant office de juge de paix remit les 100 dollars à Maurice Faynbaum. En empochant l'argent, Maurice ne put s'empêcher de jeter à l'aréopage un regard où se lisait un rien de suffisance. Son adversaire malheureux lui proposa de doubler la mise.

— Pour me refaire, ajouta-t-il.

Maurice accepta. Ils se serrèrent la main.

Maurice pensa à sa mère. Et il l'imagina assistant à la scène : son petit Maurice, sergent de police juif et viril, au milieu de deux mille homosexuels en cuir noir, serrant la main d'une gazelle en short saumon.

« Ferme les yeux, maman, c'est un cauchemar. »

Maurice Faynbaum cessa de fantasmer quand il perdit la partie par le score de 21 à 3. Son adversaire, en moins d'une demi-heure, avait fait au billard français des progrès foudroyants. Quand quatre billets de cent dollars eurent quitté le portefeuille de Maurice pour se retrouver dans le short saumon à même la peau, Garrick O'Hara lui proposa d'arrêter l'hémorragie. Cela lui rappelait singulièrement un film de Robert Rossen, *L'Arnaqueur*, où Paul Newman perdait les premières parties. Ensuite le « pigeon » acceptait de doubler puis de quadrupler les enchères. Très vite il se retrouvait dépouillé comme le désert du Sahel.

Maurice hésita entre recourir à la violence pour récupérer son argent ou demander un bon de caisse dans le fallacieux espoir de se faire rembourser par le comptable de la Brigade Criminelle. Il choisit le pardon des offenses.

— Les voilà, le prévint Garrick.

Maurice oublia aussitôt l'incident et se concentra sur l'arrivée des jumeaux.

Ils étaient encore plus beaux que sur les photographies. Ils marchaient dans l'immense night-club comme deux empereurs à la parade. Les homos s'écartaient sur leur passage avec une sorte de respect mêlé de désir.

Eux s'arrêtaient, distribuant bourrades et tapes amicales, condescendantes, quelques baisers parfois. Leurs yeux de loup débusquèrent rapidement Maurice et Garrick qui, malgré leurs efforts, étaient un peu trop « hors normes ». Ce fut un bref regard. Cliquetis de fleurets. Puis les jumeaux disparurent.

Garrick et Maurice leur emboîtèrent le pas.

Après l'immense salle de danse, ils arrivèrent à une salle beaucoup plus petite, faiblement éclairée. Une douzaine de couples évoluaient tendrement enlacés au rythme d'un slow.

Les jumeaux, suivis par les policiers, traversèrent rapidement la piste étroite et empruntèrent une porte de fer dissimulée par des rideaux. Ils débouchèrent sur un long couloir violemment éclairé au bout duquel se trouvait la sortie de secours. Les jumeaux marchaient d'un pas tranquille, ne se préoccupant manifestement pas d'être suivis. Ils poussèrent la dernière porte et disparurent. Les flics les suivirent.

Maurice Faynbaum avait dégrafé la lanière de son Holster, prêt à dégainer.

Garrick O'Hara voulut l'imiter mais grimaça de douleur. Deutch Farnard lui avait tout de même planté un beau coup de scalpel.

Les jumeaux se trouvaient déjà en bas de l'escalier métallique. Ils bavardaient paisiblement près de leur Range-Rover bardée d'antennes. Maurice et

Garrick, décontenancés, descendirent lentement l'escalier, restant sur leurs gardes.

— Salut, les poulets, leur cria Vlad. Alors on aime les beaux mecs ?

Maurice laissa retomber son bras, ferma sa veste, dissimulant ainsi son arme et leur répondit :

— Vous êtes des rigolos, tous les deux, et j'adore me marrer. Mais là, ça va être dur. C'est pas des enculés que je cherche, mais des assassins.

Les jumeaux ne riaient plus.

— Expliquez-vous.

— Deutch Farnard vous a balancés. Il a dégusté pendant son arrestation. Il est à l'hôpital de police sous bonne garde. Il vaut mieux que vous nous suiviez sans faire d'histoires. Vous pourrez téléphoner à votre avocat de notre commissariat.

A peine Maurice Faynbaum avait-il terminé sa phrase que le ciel lui tomba sur la tête. Avec une précision de commando, chaque jumeau avait choisi son flic et l'avait violemment agressé.

Maurice Faynbaum gisait à terre, gémissant, se comprimant la poitrine. Il avait deux côtes enfoncées. Garrick O'Hara avait reçu un coup de boule à assommer un bœuf. Évanoui sous le choc, son miroir lui renverrait plus tard la grosseur violacée qui commençait à se développer autour de son œil droit.

Les jumeaux contemplèrent leurs victimes d'un air satisfait. Vlad dit :

— Tout de même, ce sont des flics !

Nicolas lui répondit :

— Tu as raison. La situation devient préoccupante. Allons rendre visite à Ange. Et ces deux-là, on les tue ?

— Je crois qu'il ne vaut mieux pas.

28

Les jumeaux n'étaient pas très fiers de s'être conduits comme des voyous.

— On ne savait pas comment s'en sortir quand ils m'ont dit que Deutch était tombé et qu'il nous avait balancés. On a un peu perdu la tête.

Ange Damon gardait son calme. Les jumeaux le regardaient avec crainte, se demandant à quel moment et sous quelle forme sa colère allait se déchaîner. Ange se contenta de sourire et leur dit posément :

— Deutch Farnard s'est donné la mort. Je doute fort qu'il ait parlé. Tous les policiers de la ville seraient déjà là. Ils ont bluffé, c'est tout. Mais, tout à l'heure, vous irez porter plainte contre eux, pour tabassage.

— Mais ils ne nous ont même pas touchés.

— Je vais arranger ça.

Les jumeaux, beaux joueurs, comprirent qu'Ange Damon allait leur administrer une sacrée correction, leur évitant ainsi la prison mais en même temps les punissant de leur imprudence. C'était normal.

— Vas-y, Ange. Pas trop fort, s'il te plaît.

Et Ange les frappa au visage, l'un après l'autre, calmement, aux endroits précis où les marques seraient les plus spectaculaires sans causer vraiment de dégâts. Les jumeaux encaissaient les coups sans rien dire et bientôt leur visage fut une surface sanguinolente et boursouflée.

Satisfait, Ange Damon cessa de les frapper, leur donna quelques bourrades amicales et leur servit un grand whisky sans glace.

— J'ai fait attention. Dans moins d'un mois, vous serez plus beaux qu'avant. Ça va ?

Les jumeaux esquissèrent une grimace.

— Ça peut aller.

Le téléphone sonna dans la vaste demeure déserte.

John Meisner appelait de New York. Ange Damon brancha le haut-parleur afin que les jumeaux puissent suivre la conversation.

— Tu fais bien de m'appeler, John. J'allais le faire. Je ne suis pas content de toi. En un mois, pas la moindre information. Que ta sœur fasse l'amour avec Jonathan Korn n'avance en rien nos affaires. Il me faut des résultats, et vite.

John Meisner répondit d'une voix calme :

— Si je te téléphone à cette heure-ci, c'est qu'il y a du nouveau. A New York, il est minuit. J'ai parlé avec Josepha. Elle est inquiète pour Jonathan. Il lui arrive de drôles de trucs. Hallucinations. Objets se brisant spontanément. Un revolver arraché de ses mains passe par la fenêtre en brisant la vitre, tombe dans la rue, tire des balles contre une borne d'incendie, déclenche un geyser, un attroupement, des accidents, tout cela sans intervention humaine. Ou le type devient dingue, ou vos satanés trucs fonctionnent...

Un sourire de contentement apparut sur la face sombre du Magicien.

— Voilà une bonne nouvelle. Enfin, tu as mérité ta première mensualité.

Puis il redevint menaçant.

— N'oublie pas que tu es toujours dans la période de mise à l'épreuve. Si un seul instant tu représentes un danger pour nous, ton avenir deviendra incertain.

— Calme-toi, Ange. Je suis fier de travailler avec vous. Faites-moi confiance. Salut.

Et il raccrocha. Une petite flamme de gaieté dansait dans les prunelles d'Ange Damon.

— Faites-moi confiance... On croit rêver !

Les jumeaux, eux-mêmes, tentèrent un pâle sourire. Ange interrogea :

— Comment avez-vous terminé votre mission à Fire Island ?

Vlad pouvait encore articuler :

— Dès que tu nous as informés de l'hospitalisation de Brian Walker, nous sommes allés au manoir pour supprimer Rapontchombo. Il doit être vraiment très fort. Il a dû comprendre qu'il valait mieux ne pas recevoir l'autre moitié de l'argent, et fuir plutôt que de risquer une mort certaine. Dans le manoir, plus aucune trace de lui. Rien. Envolé. Il avait tracé un cercle magique dans lequel se trouvait la figurine représentant le Démon Béhémoth, celui que tu avais choisi. La sculpture est encore plus effrayante que la photo. Un stylet gisait à terre. Sur la lame, des traces de sang séché.

« Selon tes instructions, nous n'avons touché à rien. Nous avons retrouvé la photo de Brian Walker que sa femme nous avait confiée. Nous avions avec nous le portrait peint par un élève des Beaux-Arts. Nous sommes passés dans la maison des Walker dont la porte était ouverte. Nous avons laissé le tableau et la photo sur la table.

— Et l'étudiant qui a peint le tableau ?

— Nicolas l'a étranglé. Avec son propre foulard.

— Ben, c'est bien tout ça ! Vous ne faites pas que des conneries. Maintenant, il faut être plus vigilants que jamais. Prévoir le pire. Le flic venu de New York est un dur, il va s'accrocher comme un morbac. Avant quarante-huit heures, il se pointera avec un mandat. Il est temps de faire le ménage.

Les trois hommes quittèrent la large salle de

séjour. Ange éteignit les lumières et ferma derrière lui la porte-fenêtre.

Dans la nuit, les pas des trois hommes crissaient sur le gravier pendant qu'ils contournaient la demeure pour se rendre dans la chambre des tortures.

Ange ouvrit la première porte bardée de fer, s'effaça pour laisser passer les jumeaux et la referma. Ange alors ouvrit le seconde porte et ne la referma pas. Les trois hommes pénétrèrent dans l'immense sous-sol. Azraël bondit joyeusement sur le Magicien et lui lécha les mains, y laissant des traces de salive. Un râle leur parvint du fond de la pièce. Joseph Wayenberg était allongé sur le lit en fer, chacun de ses membres prisonnier d'une menotte métallique rattachée à une poulie. De vilaines croûtes purulentes s'étaient formées autour de son orbite désormais vide.

On l'avait enchaîné là depuis plus de quarante-huit heures, après lui avoir arraché un œil avec une cuillère à café. Sans anesthésie. Tout simplement. L'infection devait être passablement avancée dans ce corps sans défense. De peur, il s'était vomi dessus, imprégnant la salle d'une odeur difficilement supportable. Au point, semblait-il, d'incommoder le terrible Doberman pourtant peu regardant.

Quand il entendit la porte s'ouvrir, Joseph Wayenberg était sur le point de s'évanouir.

Avec effort, il releva la tête et son œil unique lui renvoya, déformée, incertaine, l'image de ses trois geôliers. Sa tête retomba lourdement sur son lit de souffrance. Joseph avait perdu tout espoir de sortir vivant de cet endroit abominable. Pourtant Ange Damon l'interpellait d'une voix chaleureuse.

— Cher Joseph, j'ai de bonnes nouvelles pour

vous. Votre frère Simon a bien travaillé. Concocter, comme ça, avec des riens, un envoûtement de première classe, c'est épatant. Nous n'avons qu'une parole. Vous êtes libre.

A ces mots, Ange s'approcha de la table, détournant le nez pour tenter d'éviter l'odeur nauséabonde qui se dégageait de sa victime, et actionna le levier qui commandait l'ouverture des menottes. Les autres membres de Joseph retombèrent simultanément sur la table. Il resta de longues secondes sans bouger, sans parler, n'osant croire à ce prodige. Il essaya de se mettre sur son séant. Il transpirait.

Enfin, au prix d'une concentration terrible, il parvint à poser ses deux jambes sur le sol. Il respirait avec difficulté. Son œil glissait, affolé, d'un visage à l'autre. Sans un mot les trois hommes observaient ses efforts pathétiques. Enfin, il fut debout. D'un pas chancelant, il se dirigea vers la porte, s'attendant à chaque instant à être repris et massacré. Il atteignit enfin la porte restée ouverte et s'engagea dans le couloir.

D'un air entendu, Ange regarda les jumeaux. Vlad et Nicolas, devenus pour un temps des masques de cauchemar, lui rendirent son regard complice. Azraël, indifférent, s'était allongé et semblait endormi.

On entendit alors de faibles grattements, un bruit de loquet qu'on essaie en vain de forcer et à nouveau, plus rien.

Quelques minutes s'écoulèrent. Joseph reparut, les jambes traînantes, se tenant au mur pour ne pas tomber. Il essaya de sourire à Ange Damon et lui dit :

— La porte. Elle est fermée.

— Je vous demande de bien vouloir m'excuser, Joseph. Je suis distrait. Je vais arranger ça. Mais pendant que vous êtes encore parmi nous, permettez-moi de vous donner un conseil. Vous sentez mauvais, Joseph, très mauvais. A votre place, je ne sortirais pas d'ici sans faire un peu de toilette. Un bon bain, par exemple. Voilà une idée.

Joseph Wayenberg comprit que sa dernière heure était maintenant arrivée. Soudain il n'eut plus peur. Il se redressa et répondit :

— Vous avez raison. Où se trouve la salle de bains ?

— Mais nous avons mieux encore ! Plongez-vous dans cette piscine. Vous en sortirez purifié, croyez-moi.

Joseph se mit à prier. Il se redressa et, sans hésitation, se dirigea vers le bassin circulaire où le liquide vert bouillonnait paisiblement. Il garda son œil unique grand ouvert. Ses lèvres formaient les mots de l'ultime pardon lorsqu'il atteignit le bord du bassin et qu'il s'y laissa tomber, sans une plainte.

La scène avait été si rapide que les trois hommes n'avaient pas eu le temps d'intervenir, si toutefois ils en avaient eu l'intention.

A plusieurs reprises, le corps de Joseph Wayenberg remonta à la surface, avant de disparaître définitivement.

Ange mit le climatiseur en route afin de chasser les odeurs délétères et prononça cette courte épitaphe en appuyant sur le bouton d'évacuation du bassin :

— Il a vécu comme une merde mais il est mort avec panache. Chapeau !

Le niveau du liquide commença à baisser. Les trois hommes s'étaient approchés jusqu'au bord et contemplaient, curieux, les yeux brillants, l'écoulement de l'acide. Le clapotis fit place enfin à un dernier borborygme du tuyau d'évacuation.

Dans le bassin parfaitement vide, le carrelage

verdâtre reflétait par fragments la faible lumière provenant du plafond. Même Azraël, qui les avait rejoints, semblait manifester de l'étonnement.

Il n'y avait plus la moindre trace de l'existence corporelle d'un certain Joseph Wayenberg, juif et martyr.

29

Au cœur de la maisonnette d'Ezechiel le Maudit, la Créature d'argile gisait inerte dans une demi-pénombre. Ezechiel se souvenait d'une phrase de Rabbi Chaïm Sevi prononcée au séminaire dans les premiers jours d'étude :

« Les pensées sont aussi puissantes que les actions. Une pensée de bonté ou d'amour va grossir les Forces Positives de l'Univers. Les pensées de haine ou de méchanceté vont nourrir les Forces Mauvaises et aussitôt dans le monde, comme un feu qu'on alimente, les crimes, les guerres, les épidémies flambent de plus belle.

« Donc, pensait Ezechiel le Maudit, en entreprenant de recréer le Golem pour le proche malheur de Jonathan Korn, mes adjurations se sont déjà transformées en actions violentes. Déjà Jonathan Korn souffre. »

Il quitta son fauteuil à bascule et décida de faire quelques pas autour de sa maison.

La nuit était revenue. Les nuages bas, compacts, composaient un ciel oppressant. Ezechiel scruta l'obscurité et appela :

— Les chats, les chats !...

Mais rien ni personne ne répondait.

Une plainte s'éleva, étrange mélange de cri d'enfant et de hurlement de hyène. Peut-être une créature diabolique était-elle en transit, cherchant un corps pour s'y matérialiser à nouveau ? En pensée, Ezechiel lui adressa un salut amical. Il arriva à la décharge publique, éclairée par un réverbère borgne. Plié, son mât métallique le faisait ressembler à une potence.

Par petits groupes, sans se presser, des centaines de rats abandonnaient les immondices. Ils se dirigeaient vers la ville. Ainsi, même ces tueurs aux appétits sanguinaires ressentaient l'imminence du danger. La Créature n'était qu'un peu de terre et déjà Ezechiel ne maîtrisait plus les événements.

Les chats reviendraient-ils ? Et les rats ?

Et lui, Ezechiel, était-il simplement un fou entraîné dans une aventure qui le dépassait ou bien un personnage mythique appelé à une destinée souveraine ?

« Assez d'hésitations ! Au travail ! »

Ezechiel le Maudit regagna sa maisonnette. Il garnit le chandelier de nouvelles bougies. Près de son lit, il prit une sacoche de cuir et en desserra le cordon. Il en sortit d'abord une petite fiole d'étain dont il répandit la contenu sur le plateau de la table. C'était un peu de cette terre d'Israël que tout Juif orthodoxe garde jusqu'à sa mort afin d'être enterré avec quelques parcelles de la Terre sainte. Il s'agenouilla et en priant, y porta ses lèvres.

Dans le sac se trouvait également, enfermé depuis des années, un étrange costume de coton blanc qu'Ezechiel défroissa avec application. Les parties n'en étaient pas assemblées. Il les posa sur son lit afin d'en reconstituer l'ordonnancement :

« Ainsi, Seigneur, voici le costume rituel dans lequel je paraîtrai à Tes yeux. »

Chacune des parties était désignée en caractères hébraïques tracés à l'encre noire : la capuche, les manches, les mitaines, la veste, la ceinture, la jupe, les jambières.

Ezechiel se dévêtit entièrement. Il se lava avec soin, frottant, brossant, récurant ce corps qui n'était pour lui qu'un véhicule. Après s'être séché, il se revêtit du costume de lin blanc.

Il s'approcha de la sculpture, s'agenouilla et commença à prier.

Un silence impressionnant régnait maintenant autour de la maisonnette. Pas le moindre souffle de vent. Pas le moindre bruit de pas. Toute créature vivante semblait avoir déserté les environs.

Ezechiel approchait de l'adjuration finale. Il écrivit sur un morceau de parchemin ancien le nom secret du Seigneur en modifiant l'ordre des lettres.

Les sept bougies du chandelier s'éteignirent dès qu'il eut tracé le dernier caractère. La porte s'ouvrit violemment. Le vent glacé pénétra dans la pièce et saisit Ezechiel comme un étau. Luttant contre le malaise qui l'envahissait, Ezechiel humecta le morceau de parchemin de sa salive et d'un geste précis le colla sur le front de la Créature.

Une légère coloration apparut tout d'abord sur la face et sur le corps. Puis les prunelles, en s'animant, se colorèrent d'un rouge violent. Dans le même temps, le corps entier s'allongeait, s'élargissait, s'épaississait.

Soudain, sans transition le Golem fut debout, faisant exploser la toiture.

Ezechiel regardait de tout son être la Créature maintenant animée de vie. Un grondement sourd s'échappa de la bouche du Golem. Fixant son créateur de ses yeux phosphorescents, il articula ces mots :

« Tu as perdu ton salut à jamais. »

Ezechiel vacilla, étreignit de ses mitaines le fût imposant d'une jambe et dit :

— Je suis l'égal de Dieu. Peu importe si je dois mourir.

A ces mots Ezechiel se retrouva seul. Ses mitaines n'étreignaient plus que du vide. Le toit dévasté et quelques restes d'argile témoignaient pourtant qu'il n'avait pas rêvé.

Où se trouvait maintenant la Créature ?

Entre ciel et terre ou bien accomplissait-elle déjà la tâche pour laquelle elle avait été évoquée ?

30

Dans le hall de son appartement, Jonathan Korn laissa tomber à terre son manteau de vigogne Burberry's, puis se débarrassa de sa veste de tweed aux discrets motifs nid d'abeille marron blanc cassé. Il eut un dernier regard pour ces deux guenilles hors de prix.

En chemise, son attaché-case de toile écrue à la main, il entra dans sa chambre et alla s'asseoir à son bureau. Il desserra son col de chemise et fit un essai de jeté de cravate.

Il entreprit d'ouvrir son attaché-case qui comportait en son centre une serrure à lettres de six cylindres. Après les avoir actionnés, il appuya simultanément sur les deux poussoirs qui libéraient les languettes de laiton. Rien ne se produisit. Calmement, il fit jouer les six cylindres et les six premières lettres de son prénom donnant la combinaison apparurent : J O N A T H.

Les languettes de laiton ne se déclenchaient toujours pas.

Il entreprit d'examiner soigneusement la ferronnerie puis le peu que l'on voyait des serrures, à l'endroit où l'anneau de la languette était emprisonné par d'invisibles taquets que seule la bonne combinaison faisait se rétracter.

Apparemment, rien n'avait été forcé.

Et soudain « cela » se produisit.

Le premier cylindre se mit à tourner, lettre par lettre, animé d'une vie autonome. Puis le dernier cylindre, tac, tac, lentement. Puis, tac, tac, tac, le second et le troisième et le quatrième, et le cinquième.

Hallucinant. Les cylindres tournaient de plus en plus vite, anarchiquement. Et, tous ensemble, ils s'arrêtèrent. Il eut juste le temps de lire :

N O J A T H

et la course reprit, s'arrêta à nouveau :

H A T O N J.

Jonathan était décontenancé. Pas inquiet, décontenancé.

« Bien. Mon intelligence supérieure et moi faisons une instante prière au farfadet des anagrammes : "Arrête tes conneries, j'ai besoin de mes documents." »

A peine avait-il proféré cette plaisanterie à mi-voix qu'il eut la sensation d'être sur un bateau fou. La chambre entière semblait tanguer. Son bureau se souleva, monta vers le plafond, tourna sur lui-même et s'écrasa avec fracas. L'attaché-case avait atteint une lampe de grand prix et l'avait pulvérisée. Dans le même temps, il s'était entrouvert et les dossiers voletaient dans la chambre avec un bruit de métal. L'un des feuillets lui entailla la joue. Des gouttes de sang fusèrent sur sa chemise blanche.

Jonathan s'était levé, effrayé, et reculait, tentant de gagner la porte. Une silhouette colossale sembla sortir du plancher. Une énorme tête apparut, sans cheveux et sans cou, directement rattachée au torse puissant sur lequel il reconnut, grossièrement dessinée, l'étoile de David.

Des yeux rouges flamboyants le fixaient avec fureur.

Deux mains monstrueuses le saisirent au collet et commencèrent à lui serrer la gorge en le soulevant de terre comme s'il n'était qu'une brindille. Son visage fut bientôt tout contre celui de l'Infernale Créature. Il sentit le souffle de son haleine fétide, mélange de viande pourrie et de moisissure. Avant de défaillir, il vit distinctement sur le front du monstre six lettres qui tournoyaient, tournoyaient, tournoyaient, puis enfin s'arrêtaient sur un mot incertain comme une flamme, et qui se figea : JONATH.

Son regard s'obscurcissait. La Créature l'étranglait, jusqu'à la mort peut-être. Il sombrait.

Lentement, les caractères se mirent à bouger et apparut le nom secret de l'Éternel, abominablement modifié.

31

Alexandre Korn ouvrit la porte et s'effaça pour laisser passer Margot. Tous les deux, un peu gauches, se retrouvèrent dans le living aux larges baies vitrées donnant sur Central Park.

Alexandre était né dans cet appartement, y avait vécu et tout ce qu'il avait conservé était la petite clef plate d'acier poli.

D'abord, Margot avait refusé de l'accompagner. Elle avait peur de souffrir en revoyant Jonathan. Ses plaies étaient-elles cicatrisées et son sentiment pour lui n'était-il pas tout simplement enfoui ? N'aimait-elle pas Jonathan à travers Alexandre ? Mais dans ce cas la confrontation devenait la meilleure solution.

La pensée d'Alexandre avait suivi le même cheminement. Pour lui aussi, cette rencontre devenait inéluctable. Il saurait, dans un instant, s'il allait vivre heureux ou mourir. Il ne se raterait pas, lui.

Alexandre la prit par la main et voulut l'entraîner vers l'escalier, mais elle résista, se serra contre lui et murmura :

— Une minute encore, s'il te plaît.

Il entendit son cœur battre. Elle reprit :

— Tu l'as prévenu de notre visite ?

— Non. Sa secrétaire m'a dit qu'il rentrerait de Paris et qu'il serait seul jusqu'au dîner. Il adore être étonné. On y va ?

Elle lui posa un rapide baiser sur le coin de la bouche et gravit la volée de marches qui menaient à la chambre où elle avait reçu et prodigué les caresses les plus folles.

Alexandre était derrière elle. Elle sentait son souffle sur sa nuque. Devant la porte, il l'écarta tendrement et frappa. Pas de réponse. Il frappa encore. Il attendit. Toujours rien. Il ouvrit la porte :

— Papa ?

Pas de réponse.

Il entra et poussa un cri qui fit accourir Margot. Jonathan Korn gisait près du bureau Boulle entièrement détruit, dans un amoncellement de papiers, de verre brisé, de bibelots saccagés. Ses jambes bougeaient spasmodiquement. Ses mains serraient convulsivement son propre cou.

Des marques rouges apparaissaient déjà. Ses yeux fous roulaient dans leur orbite et sa langue pointait de sa bouche grande ouverte. Alexandre se précipita sur lui et au prix d'un énorme effort, parvint à dégager son cou de la tenaille de ses mains.

Aussitôt, Jonathan se détendit et revint à lui. Il se mit sur son séant, se leva et jeta sur Margot et Alexandre un regard étonné.

— Margot ! Alexandre ! Vous êtes arrivés au bon moment. Vous l'avez vu ?

— Nous n'avons rien vu, répondit Alexandre.

Margot, avec calme, préparait trois whiskies *on the rocks*. Elle tendit un verre à Jonathan et lui dit :

— Nous n'avons rien vu, mais bois ça. Après tu nous raconteras. Tu racontes si bien les histoires.

Alexandre la regarda avec reconnaissance. Elle prenait les choses en main et dédramatisait l'atmosphère. Jonathan ressentait également la tranquille autorité de Margot. Il se calmait, étonné au fond d'avoir subi si peu de dommages.

— Vous allez me prendre pour un fou, moi qui ne crois à rien. J'ai vraiment vu le Golem...

— Le Golem ? C'est une série télé ?

— En quelque sorte. C'est l'abominable Hulk, mais plus méchant. C'est toute une histoire. Il est gigantesque. La lutte était inégale. Il a gagné le premier round, mais je l'attends de pied ferme.

Il esquissa alors un crochet du gauche mais ses forces le trahirent et il dut s'asseoir sur le bord du lit. Il jeta aux deux jeunes gens un regard égaré. Il cligna plusieurs fois des paupières, puis ses yeux se fermèrent. Son buste bascula sur le lit. Il s'endormit.

Alexandre et Margot lui retirèrent ses chaussures, le placèrent au centre du lit, lui nettoyèrent le visage et le cou, sans qu'il se réveille. Ils jetèrent un dernier regard sur la chambre dévastée et sortirent. Ils parlementèrent à voix basse sur le seuil de la porte et décidèrent de camper dans le living jusqu'au réveil de Jonathan.

Puis Margot se pressa tendrement contre Alexandre :

— C'est toi le Korn que j'aime.

MAGIE NOIRE ET ROSE

1

A Los Angeles, dans sa chambre du Château Marmont, Maurice Faynbaum fut réveillé en sursaut. Instantanément, il fut en état d'alerte. Il sentit un contact doux, chaleureux, quasi humain. Maurice fut alors complètement réveillé ainsi que la bête qui sommeillait en lui. Il se souvint d'avoir demandé à Hélène, l'adorable hôtesse anglaise, au petit matin, entre deux alcools, de venir partager son petit déjeuner.

Hélène et ses taches de rousseur fondaient sur lui. Il fut léché, caressé, investi, violé et plutôt satisfait.

Puis Hélène quitta avec grâce le lit et alla vers la porte. Elle l'ouvrit, se baissa, offrant à Maurice Faynbaum le spectacle d'une croupe parfaite et revint avec un journal volumineux. Elle le jeta au policier et se coula frileusement contre lui. Trois kilos, 126 feuillets, un arbre sacrifié, c'était le *Los Angeles Sunday Times*.

Maurice entreprit de le lire. Hélène devait rejoindre le desk de l'hôtel. Avant de quitter Maurice, elle s'agenouilla sur le lit et Maurice, tel César en territoire conquis, flatta une dernière fois d'une main impériale les courbes délicieuses.

Enfin seul, il feuilleta le volumineux journal. Son sang se mit à bouillir. La publicité occupait cinquante pour cent du journal et à la veille des fêtes de fin d'année, cela constituait, appuyé par les spots publicitaires télé et l'affichage, un véritable matraquage.

Après quatre pages de bandes dessinées en quadrichromie, la rubrique politique, le sport, les faits divers, les arts et lettres et les mondanités, il tomba enfin sur quelque chose qui l'intéressait : un grand article sur le « Salut Végétal ». On y rappelait brièvement le meurtre dont avait été victime Ronald Gardner, créateur de la secte, et on s'y félicitait que son frère cadet Cyprien ait pris la relève.

Afin de rasséréner les nombreux adeptes, une grande fête était prévue le lendemain, à laquelle étaient librement conviés les membres, amis, sympathisants ou même les quidams curieux de savoir comment leur vie pouvait devenir incomparablement meilleure en se rangeant sous la houlette du nouveau berger.

2

Tout n'était pas noir sous le soleil californien. Quand Maurice Faynbaum arriva au commissariat de police de Beverly Hills vers 10 h 30, il fut plutôt satisfait. Garrick O'Hara avait reconstitué une tortueuse filière.

D'abord, Garrick lui en raconta une bien bonne : les jumeaux, dont le visage semblait avoir rencontré un train blindé, étaient venus porter plainte contre Maurice et lui-même, accompagnés d'un maître du barreau. Par pur souci de déontologie, Garrick avait suggéré que la plainte soit enregistrée par un de ses collègues. Il avait toutefois laissé la porte entrouverte pour se marrer un bon coup.

Bien entendu, le capitaine avait reçu une sévère admonestation d'un parlementaire vendu au crime. Maurice ne fut pas étonné. C'était de bonne guerre. Avec courage, le capitaine avait affirmé au politicien que ses flics à lui ne faisaient jamais de bavures. Tout était de la faute de la brebis galeuse new-yorkaise, conseiller technique, délégué sans qu'on l'ait consulté. Jusqu'à présent Maurice Faynbaum traînait dans les bas-fonds, traquait le crime crapuleux, ce qui le promenait plutôt dans les poubelles de la société. Là, confronté pour la première fois au beau linge, il comprenait pourquoi sa demande de *search warrant*, c'est-à-dire de mandat de perquisition, tardait tant.

Pourtant son dossier était solide :

— Le meurtrier de Gaël Loeb, la voyante, et de Ronald Gardner, le fondateur du « Salut Végétal », est Deutch Farnard, fait à peu près certain.

— Deutch Farnard, avant de mourir, nomme les jumeaux, sans les accuser toutefois.

— Les jumeaux sont de notoriété publique les acolytes d'Ange Damon et sont même mensualisés dans une de ses sociétés, en couverture.

— Ange Damon, au casier judiciaire vierge comme Bernadette Soubirous, se trouve être l'administrateur d'un groupe financier bahamien : la « Financial Overseas Company ». Ce groupe est tout simplement porteur de parts majoritaires du « Salut Végétal » et son principal bailleur de fonds. Soit pour le compte de mafiosi, soit pour son propre compte, Ange

Damon est donc le patron du « Salut Végétal », dont le fondateur a été assassiné par Deutch Farnard.

La somme de ces présomptions est assez forte pour que n'importe quel juge ordonne une perquisition chez Ange Damon et au siège de ses activités.

Le jeune District Attorney avait diligenté sa demande au juge, mais curieusement le cabinet du juge, réputé pour sa célérité, ne lui délivrait toujours pas le document demandé.

Maurice ne comptait pas se laisser intimider. Il se fixa un dernier délai d'attente de quarante-huit heures. S'il n'obtenait pas ce document, Garrick téléphonerait à un journaliste ami et dès le lendemain on lirait dans un quotidien à fort tirage que tel juge se livrait au grave délit d'entrave à la justice dans une investigation criminelle.

A 13 heures commençait la grande fête du « Salut Végétal ». Maurice demanda à Garrick de l'y accompagner. Il y avait là-bas six courts de tennis. Ils décidèrent donc de s'y rendre en survêtement avec leur raquette. Même s'ils sentaient le flic à plein nez, cela ne coûterait rien de se déguiser un peu.

Dans le double fond de son sac de sport, Garrick dissimula un magnétophone et un micro directionnel ultra-sensible. A tout hasard.

3

Dès l'approche du parking, le ton était donné. Chaque voiturier, vêtu de blanc, arborait un tee-shirt personnalisé. Sur l'un des tee-shirts était reproduit un chêne, sur un autre une forêt de pins, sur un troisième un alignement de bouleaux, sur tel autre un peu de mousse que la machine à laver avait fait éclater en une bouillie pointilliste. Malgré leur robe blanche immaculée frappée sur la poitrine d'un écusson représentant des lauriers, les douze appariteurs souriants et barbus, placés à la grille d'entrée largement ouverte, n'étaient rien d'autre que de vulgaires gros bras.

Ceux-ci jetèrent un regard apparemment distrait sur les flics tennismen et leur indiquèrent le chemin des courts. Il fallait avancer dans le parc et tourner à droite le long du « château ».

De part et d'autre de l'allée centrale se dressaient des auvents de toile rayée aux couleurs vives. On y servait des punchs, de la sangria et une potion verte translucide baptisée « élixir de Salut Végétal ».

Garrick et Maurice s'en firent servir deux grands verres. C'était agréable, sucré, avec un arrière-goût de menthe et de Coca-Cola. A un autre stand, ils picorèrent des merguez, des petits sandwichs au thon, au saumon frais. Plus loin, des tartes à la carotte, au cresson et au cèdre leur donnèrent un avant-goût du paradis végétarien. On était loin du délicieux fatburger aux oignons frits servi vingt-quatre heures sur vingt-quatre dans une cabane méphitique au coin de Melrose Avenue. Le Tout-Hollywood se trouvait là. Acteurs, producteurs, agents, politiciens, banquiers, avocats, voyous, prostitués, parasites, pique-assiette professionnels et, surtout, souriants, omniprésents, les membres de la secte.

L'attachée de relations publiques, dont le tailleur blanc était orné de trois couronnes de laurier, travaillait efficacement. Elle était entourée des journalistes de la presse écrite et audiovisuelle. Mais les envoyés du *Hollywood Reporter* et de *Variety* étaient les plus courtisés. Quel membre de la colonie hollywoodienne ne se serait-il pas damné pour avoir, le lendemain, sa photo reproduite dans un de ces deux miroirs des vanités ?

Maurice s'aperçut qu'un des appariteurs musclés les avait suivis discrètement. Il prit familièrement Garrick par le bras et l'entraîna. Ils avancèrent vers le château. De part et d'autre de la porte principale, deux larges portraits étaient disposés entre deux portes-fenêtres. Ils représentaient Ronald Gardner et son frère Cyprien.

« On dirait Staline et Lénine, le 1er mai au Kremlin », pensa Maurice Faynbaum.

Ils trouvèrent les courts de tennis derrière une succession de bosquets taillés au cordeau. Les six courts étaient occupés, principalement par des membres de la secte aisément reconnaissables à leurs tee-shirts frappés d'une reproduction d'arbre ou de plante. Autour des courts, sur de larges bancs de bois recouverts de moelleux coussins de toile écrue, étaient assis les tennismen attendant leur tour.

Un jardinier s'approcha et demanda courtoisement à deux joueurs de quitter le terrain afin qu'il puisse arroser la précieuse et fragile terre battue. A la surprise des deux policiers, les joueurs ne se formalisèrent pas d'être interrompus en plein échange, sourirent et laissèrent le jardinier se livrer à sa tâche.

Garrick s'étonna qu'un seul bouton fît jaillir des dizaines de petits jets d'eau entrelacés, arrosant le court d'une manière parfaitement uniforme, ce qui supposait à fleur de terre une canalisation hors de prix.

Le « Salut Végétal » avait les moyens.

Ils n'étaient pas assis depuis plus de cinq minutes

qu'un couple de joueurs s'arrêta spontanément et s'approcha en souriant :

— Nous vous cédons la place.

— Continuez, continuez, dit Garrick.

— Non, non. Nous avons suffisamment joué. Chacun a le droit d'être satisfait même pour les plus petites choses.

Maurice Faynbaum aurait dû éprouver un sentiment de gêne devant cette gentillesse qui fleurait le « système ». Mais curieusement il se sentit soudain bienveillant et s'entendit répondre, en souriant à son tour :

— Merci. Nous allons échanger quelques balles puis nous laisserons la place.

Il comprit alors que l'élixir du « Salut Végétal » n'était pas étranger à cette singulière euphorie. On était vraiment trop aimable par ici.

Garrick s'entraînait souvent et, magnanime, laissa un jeu à Maurice. Soudain, des haut-parleurs disposés sur toute l'étendue du parc, jusque dans les toilettes, leur parvint un hymne aux accents wagnériens. Les joueurs de tennis s'arrêtèrent immédiatement. Prudents, les policiers les imitèrent. Les gens assis se levèrent et plus personne ne parla, au garde-à-vous jusqu'à la fin de l'hymne.

— Qu'est-ce que c'est ? demanda Garrick à un joueur.

— L'hymne du « Salut Végétal », répondit son voisin avec fierté.

— Chers amis, dit une voix de femme, Ronald Gardner, notre boss, aurait dit : Tous les aléas, les malheurs dans votre existence doivent être positivés. Quel que soit le drame qui vous frappe, la vie continue. Aujourd'hui notre guide nous a quittés, mais un autre lui-même, sa chair, son sang, son propre frère a accepté d'être notre berger. Comme

Ronald, Cyprien vous aime et vous comprend. Maintenant il va vous parler.

Cette allocution à peine terminée, tout le monde se pressa derrière le château où se trouvait un large demi-cercle de gradins et de bancs. On prit place. Un écran gigantesque était tendu sur le mur et, bientôt, en gros plan, le visage de Cyprien Gardner y fut projeté.

Yeux de métal gris, cheveux en brosse, menton carré, cou musclé sur une chemise largement échancrée, il ressemblait à un mercenaire ou un agent du FBI. Dès qu'il parla d'une voix chaleureuse, convaincue, le regard animé et brillant, Maurice Faynbaum fut impressionné : Cyprien était un pro de la vente au porte-à-porte. Quoi qu'il proposât, on avait vraiment envie d'acheter.

— Salut à vous, amis de tous les horizons, membres du « Salut Végétal », sympathisants, hésitants ou ennemis. Je veux vous montrer ma marchandise. Vous avez le droit de tâter avant d'acheter. Ronald, le fondateur du négoce, et moi, qui ai repris le job, on en a pris plein la gueule avant de trouver le bon chemin. Il n'est pas évident. Dès le matin, chacun de nous est livré à ses pulsions. Souvent il en devient la victime. Vous, Jones, vous prenez votre bagnole pour vous rendre au bureau. Vous êtes chef de service. Vous devez y être à 9 heures. En chemin, vous avez un accrochage. Un type vous traite d'enculé. Vous lui mettez un pain. Au même moment, le Jones peinard voit l'autre Jones, un monstre celui-là, arriver dans une journée où il n'avait rien à foutre. Avec un peu de malchance, un coup malheureux, l'autre tombe, se cogne et meurt. Voilà un autre Jones, assassin celui-là, alors qu'une heure auparavant, devant son café et son journal, c'était bien d'un Jones tout à fait différent qu'il s'agissait.

Les yeux de Garrick étaient rivés à l'écran, il ne perdait pas un seul mot de ce discours. Maurice le regarda, retourna à l'écran : ce Cyprien, quelle pêche il avait ! Il ne voyait pas encore où il allait en venir, mais, nantie ou paumée, l'assemblée entière se taisait et fixait, fascinée, le rectangle de toile où s'agitait le nouveau guide.

— Alors Ronald, qui est toujours avec nous par la pensée, et moi, qui suis là et bien vivant, nous vous disons : venez au « Salut Végétal » et nous vous rendrons cohérents. Le Jones de 9 heures devant son café, le Jones de 10 heures dans sa voiture, le Jones de 11 heures avec son patron, le Jones de 20 heures avec sa femme et ses enfants, seront une entité, un seul et même Jones, un Jones cohérent. Nous déconditionnerons les pulsions qui créent des doubles ou des multiples qui nous échappent. Nous ne voulons pas être dispersés. Nous voulons être réunis, cohérents. Si c'est le baiser ou l'agression qui convient le mieux à notre trajectoire distanciée, nous voulons souverainement le choisir et le vivre. Le bonheur est à ce prix.

A ces derniers mots le visage de Cyprien disparut de l'écran. Les membres du « Salut Végétal » étaient debout, criant, applaudissant à tout rompre, entraînant peu à peu par leur enthousiasme les visiteurs qui finirent par se joindre à l'ovation.

L'hymne du « Salut Végétal » retentit une fois encore, puis une chaude voix féminine intervint :

— Merci, chers frères, chers visiteurs, chers amis. A l'intérieur du château, les Frères Cohérents recevront avec plaisir ceux qui veulent changer leur vie ou simplement en savoir davantage.

— Allons-y, décida Maurice.

A l'entrée du château, trois hôtesses étaient assises derrière des bureaux disposés en chicane. Les visiteurs devaient décliner leur identité, leur adresse et la raison de leur visite, curiosité, intérêt pour la secte ou adhésion.

Garrick prétendit être pasteur. Son père l'était. Maurice, lui, décida de ne pas mentir. Pourquoi la secte ne voudrait-elle pas d'un flic ?

On les invita alors à franchir la chicane et à s'asseoir dans de confortables fauteuils, en attendant leur tour.

— J'aurais pu choisir un métier plus anodin, dit Garrick.

— Nous sommes des enfants. Ce ne sont pas des mensonges mais des souhaits.

Garrick lui sourit.

— Tu as raison. Pasteur dans un collège de jeunes filles, ça serait pas mal.

Un petit homme se présenta à eux.

— Bonjour. Je m'appelle Tab Porter. Voulez-vous me suivre ?

Les deux hommes se levèrent et lui emboîtèrent le pas. Ils montèrent un escalier monumental qui les mena au premier étage.

Le petit homme demanda lequel d'entre eux voulait le premier avoir un entretien.

Maurice s'avança.

— Attendez ici. Il y a des journaux, dit Porter à Garrick, en lui montrant une agréable salle d'attente. L'entretien ne dépassera pas vingt minutes.

Il emmena Maurice dans une vaste pièce où deux fauteuils faisaient face à un divan. Les fenêtres donnaient sur le parc. Sur une table basse se trouvaient une carafe de liquide vert, sûrement l'élixir, et quelques verres.

Avant de refermer la porte derrière lui, Maurice fit un geste à Garrick qui indiquait « là-haut ».

Puis Maurice fit face à Porter. Les deux hommes

commencèrent par trinquer comme deux vieux amis. Porter déclina son grade dans la secte : il était Frère Cohérent Fondateur, ce qui expliquait son costume de flanelle blanche à la coupe militaire et les trois lauriers dont étaient frappées les épaulettes.

« Il a l'air d'un bon zigue, pensa Maurice. Essayons de l'écouter sans préjugés. »

Garrick se leva silencieusement dès que la porte fut refermée. En une seconde il se retrouva au deuxième étage qu'il visita de fond en comble. Toutes les portes et les fenêtres étaient ouvertes. On y retrouvait l'ambiance innocente de l'école communale : tableau noir, estrade, bancs, appareils audiovisuels : projecteurs de cinéma et de diapositives, magnétophone.

Il arriva à un escalier plus petit, plus étroit, recouvert de moquette, qui menait à l'étage supérieur. Il y fut en quelques bonds.

D'une porte capitonnée sortit un géant en robe blanche dont le haut était frappé d'un arbre que Garrick ne s'attarda pas à identifier. Il emprunta une porte entrouverte qu'il referma sans bruit : c'était une salle de bains d'un luxe inouï dont le carrelage, le marbre, la miroiterie et la robinetterie étaient ordonnancés avec un goût exquis. Il devait être dans les appartements du Boss.

Il compta jusqu'à dix afin de laisser au gros bras le temps d'aller au diable et sortit.

Près de la porte capitonnée, l'architecte capricieux avait aménagée un petit décrochement où il put se blottir sans être vu. Au-dessus de sa tête se trouvait un œil-de-bœuf par lequel on voyait en amorce les ardoises grises du toit et un coin de ciel bleu.

Il introduisit dans une oreille un mini-écouteur, tendit le micro en direction de la porte capitonnée et mit en marche le magnétophone enfoui sous ses raquettes.

Une délicieuse euphorie s'était emparée de Maurice. Deux verres d'élixir du « Salut Végétal » dans la même journée rendaient la vie vraiment épatante.

— Comment avez-vous trouvé Cyprien Gardner ? demanda Porter, les yeux brillants d'espoir.

— Convaincant. Celui qui m'a vendu l'*Encyclopedia Britannica* — trois ans de traites — pourrait être son frère.

Tab Porter sembla décontenancé. Il continua pourtant à sourire et poursuivit :

— Vous êtes sergent de police. Je suis impressionné. Je n'en ai jamais vu un d'aussi près. Pouvez-vous me dire sincèrement ce qui vous a amené aujourd'hui au « Salut Végétal » ?

— Monsieur Porter, je suis confronté à l'horreur sous toutes ses formes. Je ne crois pas au salut ni à la rédemption et hélas rarement à l'amour du prochain. Mais je dois vous l'avouer, de temps en temps, devant tant de répétitions dans le malheur, le désespoir, je souhaite disposer des moyens, comment dirais-je... du pouvoir de changer quelque chose.

A ces derniers mots, assenés avec conviction, Maurice Faynbaum regarda le Frère Cohérent dans les yeux en se demandant si la perche qu'il lui tendait n'était pas un peu grosse.

La réponse chaleureuse de Porter le rassura. Il commença toutefois avec prudence :

— Votre franchise me plaît. Ce constat d'impuissance, vous n'êtes pas le seul à le faire. Parmi les frères, le plus grand nombre, hélas, faute de volonté, d'énergie ou d'intelligence, n'arriveront peut-être pas à ce que nous appelons la Cohérence Souveraine.

— Qu'est-ce que ça veut dire ?

— Que, n'ayant pas d'objectifs évidents, essentiels, à quoi peut leur servir de réunir leur multiple en une entité cohérente, si cette entité ne se donne pas une mission ?

— Et quelle serait ma mission ?

Tab Porter le fixa, dissimulant dans son regard brun la satisfaction du pêcheur qui a bien ferré sa proie :

— Votre mission ? Mais c'est le pouvoir !

Maurice le regarda d'un air perplexe, apparemment troublé par cette révélation.

— Mais le pouvoir pour servir mes intérêts ou pour autrui ?

Tab Porter tapa sur la table d'un petit geste sec et triomphant :

— C'est vous qui décidez. Notre travail est de vous rendre cohérent, de faire de vous une entité ramassée, affûtée, opérationnelle comme un missile. Quand vous serez devenu ce missile, vous pourrez souverainement choisir votre cible.

Maurice se demanda si Garrick O'Hara avait récolté quelque chose ou s'il fallait lui donner plus de temps en prolongeant l'entretien. Il dit d'un air pénétré :

— Je commence à comprendre... mais pourquoi appeler votre... groupe... le « Salut Végétal » ?

L'écoute était parfaite. Garrick reconnut la voix de Cyprien Gardner, le nouveau guide. Il avait perdu sa superbe.

— Mais, Ange, vous êtes complètement fêlé d'avoir assassiné Ronald. J'ai pédalé comme un fou pour apprendre le texte. Je me suis repassé ses bandes vidéo. Vous êtes fêlé, ma parole ! Il avait du génie, lui !

— Il forçait un peu trop sur le J & B. Il a ouvert sa grande gueule et en plus dans un de nos bordels, avec deux filles. Elles aussi ont évidemment eu un problème. On maque pratiquement toutes les sectes, tous les gourous, tous les voyants, tu le sais...

Garrick O'Hara croyait rêver et dans le même temps se demandait s'il pourrait faire écouter cette bande de son vivant.

Les voix poursuivaient :

— On les enrichit, on les protège et ils ne respectent pas la loi. Entre nous, Cyprien, cela n'est pas raisonnable. La voyante à New York avait comme amant un de nos soldats. Un soir, au lit, cette idiote lui raconte qu'elle nous transmet les bandes de tous ses clients. Résultat : on la découpe et on lui met une pierre dans la bouche.

La voix de Cyprien Gardner reprit, bouleversée :

— Mais pourquoi cette mise en scène de grand guignol ?

— C'est du marketing. Nos amis savent ainsi à quoi s'en tenir.

Garrick O'Hara estima qu'il en savait assez. Il rangea sa quincaillerie et rejoignit le deuxième étage à toute allure.

A peine avait-il posé le pied sur le palier du premier que l'énorme gros bras surgit, venant du rez-de-chaussée.

En un instant il fut sur Garrick, l'attrapa au collet et lui dit :

— Qu'est-ce que tu fous là ? D'où viens-tu ?

Garrick se composa le visage du pasteur innocent qu'il était censé être et lui répondit calmement :

— J'attends un ami, mon fils. Je cherchais... les toilettes.

— Où est ton ami ?

— Juste derrière cette porte. Avec Tab Porter.

Maurice Faynbaum et Tab Porter virent arriver un pasteur roux en survêtement de tennis maintenu au-dessus du sol par la main de fer du colosse, et qui se débattait comme un beau diable.

— Mais c'est mon ami le pasteur O'Hara ! s'exclama Maurice.

Porter jeta sur ce spectacle un regard soupçonneux. Ses lèvres étaient devenues deux lames et ses yeux deux glaçons. Le temps sembla s'étirer. Puis Porter respira et dit calmement au colosse, comme on parle à un chien :

— Pose-le ! Reste là un moment.

Il s'adressa aimablement aux deux flics :

— Après ce petit incident, vous devez vous soumettre à une formalité. Cela prendra une seconde. Après nous finirons cette conversation.

— O.K. pour moi, dit Maurice Faynbaum.

Tab Porter fit glisser électriquement un panneau de bois et un écran vidéo apparut. Il était surmonté d'un flash électronique. Garrick et Maurice furent photographiés en gros plan. Les clichés imprégnaient directement la mémoire de l'ordinateur. S'ils étaient fichés comme ennemis de la secte, les Frères Cohérents « Protecteurs » prendraient toutes mesures utiles. Tab Porter ne précisa pas quelles étaient ces mesures. Maurice Faynbaum préféra ne pas poser la question.

Sur l'écran défilaient rapidement les portraits qui avaient avec les deux hommes le moindre dénominateur commun. Puis la projection s'arrêta. Sur l'écran clignota le mot : *Clean*. Ouf !

Tab Porter congédia alors le gros bras. Il s'excusa auprès des deux policiers :

— Nous protégeons nos frères. En cette époque d'érosion des valeurs fondamentales, il faut être prudent.

Puis il s'adressa à Garrick O'Hara :

— Allez vous asseoir dans le salon, sagement cette fois-ci. Nous en avons pour cinq minutes.

— Ils ne nous auraient pas tués, tout de même ?

— Ils se seraient gênés ! répondit Garrick. Écoute plutôt ça.

La Turbo roulait lentement. Garrick ferma la radio et enclencha son enregistrement pirate.

Ainsi les pièces du puzzle se reconstituaient. Maurice n'arrivait pas à se défendre d'une certaine admiration pour Ange Damon et l'organisation qu'il avait mise sur pied. Le Crime devenait une industrie, une science exacte. En haut de la pyramide se trouvaient des techniciens froids, performants, peut-être sortis Majors des plus grandes Universités. Ils faisaient carrière dans l'industrie du Crime comme dans n'importe quelle grande entreprise. Ni cyniques ni cruels, simplement dépourvus de sens moral. Mais Ange Damon les dépassait en folie, en audace et en imagination.

En droit américain, un enregistrement, même autorisé par le juge, ne constitue pas une preuve mais une présomption. Mais ajoutée au rapport écrit déposé chez le District Attorney, cette bande leur permettrait d'obtenir rapidement le mandat de perquisition qui se faisait attendre. S'il était

« mouillé », le juge qui le délivrerait préviendrait Ange Damon. On pouvait en être sûr.

Ils arrivaient à Rodeo Drive. Un policier en tenue les arrêta pour laisser passer une Rolls Corniche. Maurice ne protesta même pas. Dès que le policer consentit enfin à les laisser passer, ils se rendirent au commissariat de Beverly Hills et firent écouter la bande au capitaine.

4

Le Columbia Presbyterian Hospital était en état de siège. Personnel hospitalier, médecins même, nul ne pouvait y pénétrer. Et pour cause : Brian Walker était sur le toit, nu comme un ver par moins cinq, agitant ses petits bras vers le ciel et émettant un bruit dont il fallait bien convenir qu'il était un barrissement.

Le Président, Martha Walker et deux psychologues de choc, suivis d'une dizaine d'agents de sécurité, avaient tenté de raisonner le malheureux. Dès qu'on approchait, par borborygmes, il indiquait nettement son intention de sauter dans le vide.

Les médecins les plus réputés s'étaient succédé à son chevet. Ils avaient assisté, impuissants, à l'extraordinaire mutation dont Brian était la victime. Son ventre s'était dilaté et pointait en avant comme une femme sur le point d'accoucher. Ses membres s'étaient épaissis. Ses doigts de mains et de pieds, réunis maintenant par une membrane caoutchouteuse constituée pourtant de tissu vivant, provoquaient l'étonnement, la répulsion, et enfin la pitié. Mais ce n'était pas tout.

Ses cheveux étaient tombés. Un peau épaisse et grise enrobait le crâne, le visage et le torse. Le nez, auparavant petit et droit, était devenu une excroissance monstrueuse, un appendice de plus de trente centimètres, bougeant comme un tentacule de méduse.

Deux enfants, en consultation au service de pédiatrie, ne perdaient pas une miette du spectacle animé et coloré : voitures de police, de pompiers, ambulanciers, infirmiers, agents des services de sécurité tendant des bâches aux endroits probables où la créature pourrait sauter.

Une vraie kermesse.

L'un des enfants, une jolie petite fille aux yeux vifs, dit à voix haute à son compagnon :

— Regarde là-haut, un monsieur éléphant !

Cent regards indignés se tournèrent vers eux mais le mot avait fait mouche et se répandit comme une traînée de poudre.

— Brian, je t'en supplie, donne-moi la main. Je suis Martha, ta femme. Tu ne me reconnais pas ? Je suis Martha.

Le monstre fixa ses yeux globuleux sur la chétive silhouette, esquissa un mouvement de ses bras contrefaits, perdit l'équilibre et tomba.

Il tomba bien au centre d'une bâche mais trop tard : le cœur de l'infortuné avait cessé de battre. Brian Walker qui avait vécu dans la peur du péché ne souffrirait jamais plus.

Pendant toute cette scène, dans une voiture avec radio-téléphone, de laquelle il avait pu prendre une série de clichés, John Meisner était resté en constante liaison avec Ange Damon.

Le Magicien hurlait de rage. A quoi servait d'avoir réussi un envoûtement si l'on ne pouvait pas le faire cesser ? A peine cicatrisés, les jumeaux allaient sûrement en prendre plein la tête. Mais malgré leurs vigilantes recherches, le sorcier africain était resté introuvable.

5

Parti de l'aéroport privé de Marine Terminal, face à La Guardia Airport, le Mystère 20 survolait maintenant la presqu'île de Long Island. Madona Dowen avait aménagé la décoration du jet argent et noir avec élégance et simplicité. Pendant le vol, elle se décida à dévoiler à Josepha son petit secret :

— En votre honneur, le thème de la fête que je donne ce soir sera le Surnaturel.

Plus émue qu'une débutante en route pour son premier bal, Josepha écoutait à peine.

Puis l'avion piqua vers la lagune. Au hublot, Josepha se pencha, curieuse de ce petit bout de Nouveau Monde où l'occupation hollandaise, pourtant ancienne, avait laissé des empreintes.

On se poserait sur la piste privée des Dowen dans un instant. L'avion frôlait les forêts d'érables. Les ailes d'un moulin à vent, posé sur une moquette d'herbe blanchie par le gel, tournaient frénétiquement. Le vent devait être violent. L'océan respirait en d'énormes vagues. Dans la baie, au contraire, l'océan semblait calme. Le soleil couchant s'y reflétait en un éventail de dégradés rouges et or.

L'avion atterrit en slalomant quelque peu sur la piste gelée. Là, Josepha Meisner eut sa première surprise. Un traîneau tiré par un renne les attendait au pied de l'appareil. Le cocher, en chapska et manteau de fourrure, les installa confortablement, les protégeant d'une chaude couverture. Dans un allègre tintement de clochettes le traîneau s'engagea sur une route large et rectiligne bordée d'arbres centenaires. Un vaste terre-plein faisait face à l'immense demeure. Pour le moment s'y trouvait simplement une dizaine de traîneaux peints de couleurs vives. Les cochers bavardaient, riaient, s'interpellaient. Le soleil avait disparu. Simultanément des dizaines de réverbères s'allumèrent.

Un étranger, amené là les yeux bandés, n'aurait pas pu, le visage enfin découvert, savoir où il se trouvait, tant le dépaysement était grand à deux pas de New York.

En bois laqué blanc, l'habitation de style colonial, entourée d'une galerie soutenue par de majestueuses colonnes, s'étendait sur deux cents mètres de façade. A travers les larges portes-fenêtres on entrevoyait d'immenses salons recouverts de parquets et éclairés de lustres monumentaux déjà allumés.

Deux valets, en livrée gris souris, sortirent par la large porte d'entrée et vinrent à la rencontre du traîneau. Ils aidèrent les deux femmes à descendre.

Déjà l'avion repartait. Il ramènerait d'autres invités à l'heure du dîner. Madona avait demandé à Josepha de l'accompagner bien avant les autres invités afin de la garder quelques heures pour elle. C'est à peine si elle laissa un valet s'emparer du léger bagage et de la robe de Josepha quand elle l'emmena dans sa chambre, la plus belle.

Josepha se retrouva sur une terrasse où était aménagé un agréable assemblage de fleurs et de plantes, dans des cache-pots en pierre sculptée. L'océan s'étalait à perte de vue. D'énormes vagues se succédaient en rangs serrés et mouraient avec fracas sur la plage déserte.

La nuit n'était pas encore venue.

Soudain Josepha frissonna. De froid ? Ou bien se préparait-il quelque terrible événement ? Il lui semblait tout à coup que la plage devenait un no man's land désolé, l'océan une menace et cette immense maison vide un lieu dangereux où le Mal, peut-être, allait exercer ses funestes offices.

Elle rentra dans la chambre, referma les doubles fenêtres. Elle frissonna à nouveau et son cœur se mit à battre. Elle voyait arriver une créature gigantesque dont la tête semblait se perdre dans les nuages et qui faisait trembler la terre à chaque pas. Dans cette énorme poitrine battait un cœur dont chaque pulsion retentissait dans son être comme un bruit de tonnerre.

De toutes ses forces, elle chassa la vision qui tentait de l'investir. Et tout disparut aussi soudainement que cela avait commencé.

Elle eut envie de fuir, mais impossible. Elle était à bout de forces alors que la vision n'avait duré que quelques secondes. Elle traversa sa chambre immense où d'autres fenêtres donnaient sur le terre-plein.

Les cochers, désœuvrés, avaient organisé une course de traîneaux. Les clochettes tintaient gaiement. Des rires, des cris, des insultes lui parvinrent. Elle respira, soulagée. Elle avait ressenti un grand danger. Et alors ? Ce ne serait pas la dernière fois. D'ailleurs, Jonathan Korn et son frère seraient là dans quelques heures.

Elle pensa à son cher Samuel, son père, le plus adorable des non-vivants. Où trimbalait-il sa misérable djellaba, là, en ce moment même ? Elle l'appela de toute son âme.

Avec ou sans lui, dorénavant, elle ferait face.

— Fermez les yeux ! intima la voix de Madona derrière la porte.

Josepha sourit, ferma les yeux, entendit la porte s'ouvrir et se refermer. Madona s'approchait d'elle.

— Ouvrez vos yeux, maintenant.

Josepha obéit et ne put s'empêcher de pousser un cri de surprise. Madona se tenait au milieu de la pièce, vêtue d'une robe longue qui semblait d'or massif, composée de milliers de petits carrés qui à chaque mouvement créaient un spectacle de sons et de lumières. Autour du cou reposait sagement une année entière de la production diamantifère de l'Afrique du Sud. En pendentifs, deux émeraudes soulignaient le délicat ourlet des oreilles. Enfin, un diadème de pierres multicolores d'où sortait une corne de rubis achevait de faire de Madona un véritable arbre de Noël.

« Somptueux et ridicule », pensa Josepha. Aussitôt une bouffée de tendresse corrigea cette pensée.

— Où est-ce que ça s'allume ? demanda Josepha.

Madona s'approcha de l'immense miroir, s'y regarda complaisamment et répondit :

— Ce soir je suis la Fée Mélusine. Ne vous moquez pas de moi sinon je vous change en citrouille. Voyons plutôt comment va votre robe.

Josepha mit sa robe, tourna sur elle-même avec grâce, faisant apparaître ses superbes jambes gainées de bas à couture. Puis la jupe de la robe retomba.

— Mais l'arrondi n'est pas régulier ! s'exclama Madona. Je vais vous le retoucher.

Et voilà Madona assise en tailleur avec un dé à coudre, une aiguille et du fil, égalisant l'ourlet de Josepha. Josepha s'agenouilla et releva Madona, en lui donnant un gros baiser et en lui disant :

— Qui avez-vous invité ? La voyante ou l'amie ?

Madona réfléchit un instant et reprit :

— Je suis l'amie des deux. Mais ce soir la voyante

est l'invitée d'honneur. La plupart de mes amis viennent surtout pour vous rencontrer. Y aurait-il à cette fête les plus grands artistes ou le Président des États-Unis, c'est vers vous que les regards convergeraient.

Une pendule au timbre désaccordé annonça 8 heures.

Sur la terrasse, chauffée par d'invisibles infrarouges, un valet leur apporta un plateau de liqueur qu'elles burent assises, en bavardant et en regardant se poser les avions et les hélicoptères. Le gros des invités était ponctuel.

Elles pouvaient même entendre les cris d'étonnement que la vue des traîneaux provoquait chez les nouveaux arrivants. Des milliers de bougies avaient été allumées dans des tubes de verre et créaient jusqu'à la maison un fantasmagorique chemin de lumière. Les traîneaux se suivaient. On entendait, dans une langue gutturale dont on distinguait mal l'origine, les hurlements des cochers et, en fond, des bruits de voix, des rires ponctués de claquements de sabots et de tintements de clochettes.

— Je vais les accueillir, dit Madona. Je vous appellerai tout à l'heure.

Deux coups discrets furent frappés à sa porte et Jonathan Korn apparut. Josepha se jeta dans ses bras, le serra de toutes ses forces.

— Enfin, tu es là !

Jonathan la repoussa tendrement.

— Laisse-moi te regarder.

Elle fit quelques pas, virevolta gracieusement, imitant les mannequins de chez Dior. Il la regardait gravement, sans un mot. Il semblait amaigri et fatigué. Ses yeux étaient cernés. Un foulard dissimulait son cou. Il l'entraîna sur la terrasse.

L'aller et retour des traîneaux entre la piste d'atterrissage et la maison était devenu permanent. Le vent chassait les nuages et une pleine lune impressionnante s'installait, régnant sur des milliers d'étoiles. Du salon leur parvenaient les sons d'instruments qu'on accorde puis retentirent les accents romantiques de la musique de Weber : *Le Spectre de la Rose* dont on avait fait un célèbre ballet.

Jonathan s'était placé derrière Josepha et se pressait tendrement contre elle. Il lui mordillait la nuque et lui murmura, en mesure avec la musique :

— Je suis le Spectre de la Rose...

La pendule désaccordée annonça 10 heures.

Deux cents invités prirent place dans l'immense salle des fêtes où une cinquantaine de tables étaient somptueusement dressées. Les lustres monumentaux dispensaient une lumière douce, créant des coins d'ombre et de mystère.

N'ayant pas de problèmes financiers, la fantaisie et l'imagination des invités avaient été sans limites, le surnaturel se prêtant à toutes les démesures.

Malgré les noms écrits sur les tables, Josepha n'avait pas voulu se séparer de Jonathan. Il était assis à sa droite, déguisé en Mandrake le Magicien.

Pouvant difficilement échapper à sa condition de voyante, Josepha avait décidé de jouer le jeu et s'était tout d'abord déguisée en Dame de Pique. Mais la connotation funeste voire morbide de cette carte l'avait amenée à changer d'avis. Elle serait en Dame de Cœur, image plus confortable.

A leur table se trouvaient Marie-Hélène Custer, déguisée en farfadet dans un savant dégradé de verts, Humphrey Dowen, superbe Flash Gordon, un danseur étoile du New York City Ballet ressemblant à un hot-dog géant enveloppé dans du papier d'aluminium et prétendant être l'incarnation moderne de Perceval le Gallois, un manager de la Bank of America habillé en cyclope, accompagné de son énorme femme transformée en soucoupe volante.

— Enfin un costume à ma taille, dit-elle en guise de bonjour.

A l'autre bout de la pièce, Madona présidait une table et faisait feu de tous ses joyaux. John Meisner était à sa droite. Des doigts il envoya un baiser à sa sœur et fit un amical signe de main à Jonathan. Tout le monde était assis maintenant.

Certains invités dîneraient avec leur loup ou leur masque, d'autres attendraient la fin du dîner pour finir de se grimer ou de se travestir. Cinquante domestiques, en livrée gris souris et gants blancs, assuraient le service. Leur visage était recouvert d'un masque d'animal. On reconnaissait des phacochères, des loups, des oiseaux de proie. Des petits cercles fluorescents avaient été peints au niveau des yeux et soulignaient leur regard d'une note inquiétante. Des bottines de feutre leur permettaient de se déplacer sans bruit.

Les bouchons des magnums de champagne claquèrent allégrement.

L'orchestre entama une valse de Strauss.

La fête commençait.

Marie-Hélène Custer exerça une pression de la main sur l'épaule de Josepha dont elle était séparée par Jonathan. Josepha se retourna. Marie-Hélène lui fit signe d'approcher et se pencha. Leurs deux visages étaient ainsi réunis dans le dos de Mandrake le Magicien, alias Jonathan Korn.

— Je vous remercie, Josepha. Mon père est mort heureux. Nous avons passé ensemble les dernières semaines à voyager autour du monde. Je m'occupais de tout, jusqu'au choix des mets, de ses cravates, de ses costumes. Il se sentait complètement pris en charge.

— Je vous préviens, j'entends tout, les coupa Jonathan.

— Vous, taisez-vous, lui dit tendrement Josepha.

Marie-Hélène demanda un léger pardon au dos noir sur lequel, sans plus de vergogne, les deux visages s'appuyaient un peu, et reprit :

— A la fin, il m'appelait « patron »...

Sa voix s'altéra. Une larme dessina un petit sentier dans les stries compliquées de son maquillage. Josepha posa un baiser furtif sur l'extrémité de ses doigts.

— Je vous l'avais dit, Marie-Hélène, la vie continue. Maintenant, soyez un bon petit patron pour vous-même.

Josepha sentit une main qui se posait sur son genou. Elle se retourna et vit, tout contre le sien, le visage couperosé du manager de la Bank of America, Jason Masters. Il la regardait sans ciller. Dans ses yeux verts opaques, Josepha lut une totale détermination.

— Nous sommes un peu cousins, voyez-vous, déclara-t-il en la dévisageant insolemment.

Jonathan, étonné, prêta l'oreille.

Josepha ne baissa pas son regard. Sans détourner le sien, le banquier ôta toutefois sa main. Il connaissait Jonathan Korn de réputation et opta pour la prudence. Peut-être était-il son amant ?

— Alors nous sommes cousins ? Comment ça ?

— C'est très simple, vous êtes une voyante célèbre. Vous prédisez des choses exactes à une clientèle incohérente, inquiète, naïve. Vos résultats sont bons. Tout naturellement vos clients remettent leur sort entre vos mains.

— Vous aussi vous êtes voyant ?

— Pas tout à fait. J'appartiens à une... disons une confrérie, un groupe auquel je me suis associé il y a quelques années. J'en suis le dirigeant pour l'État de New York.

— Comment s'appelle cette confrérie ? demanda Jonathan.

— Le « Salut Végétal ».

— On a beaucoup parlé de vous dans les journaux ces temps-ci.

— Oui, je sais. Dans la rubrique faits divers. Notre boss, le fondateur, Ronald Gardner, a été assassiné. Crime abject et gratuit. Comme celui de Sharon Tate, la femme de Polanski.

— Mais qu'apprend-on au « Salut Végétal » ?

Jason Masters réfléchit. Jonathan Korn et Josepha, par des voies différentes, comprirent qu'il cherchait à quel niveau d'intelligence, d'efficacité, il allait placer sa réponse. Leurs mains se joignirent sous la table.

Jason attaqua :

— Quand les pulsions des heureux membres du « Salut Végétal » sont maîtrisées, domestiquées, ils deviennent enfin distanciés, cohérents. Leur énergie ne s'éparpille plus au travers d'émotions parasitaires. Comme un élément du règne végétal dont nous avons fait notre enseigne, ils sont enfin objectivement ce qu'ils souhaitent être en permanence.

— Et les pulsions créatrices ? demanda Jonathan.

Jason ne sembla pas embarrassé une seconde par cette question faussement innocente. Comme un bon politicien, il l'ignora superbement.

— Et en quoi sommes-nous cousins ? reprit Josepha.

— Comme vous, nous leur donnons des Directives de Vie.

Josepha, indignée, détourna les yeux et allait répondre quand, d'un signe, Jonathan lui fit comprendre que c'était inutile.

Madame Masters en avait profité pour finir consciencieusement son perdreau à la choucroute. Elle avait largement entamé l'assiette de son mari. Il lui jeta un regard noir. Mais d'une bourrade à l'épaule qui faillit le faire tomber de son siège, elle l'interrompit :

— Il faut choisir, mon petit bonhomme. Toi tu parles, moi je mange !

Elle émit un très beau rot dans une tonalité grave et des restes de choucroute lui remontèrent jusqu'au bord des lèvres. D'une main experte elle les repoussa dans sa bouche.

Amplifiée par un micro, la voix de Madona Dowen se fit entendre :

— Enchanteurs, fées, lutins, farfadets, dieux, demi-dieux et chers amis, cette soirée surnaturelle est placée sous la clairvoyante autorité de celle qui nous aide tous à vivre : Josepha Meisner.

A la plupart des tables, les invités se levèrent, regardèrent dans la direction de Josepha et applaudirent, sifflèrent, crièrent. On se pressait autour d'elle, on la serrait, on l'embrassait. Josepha rendait chaque regard, chaque baiser.

La réalité dépassait ses rêves les plus fous. Elle était aimée par celui qu'elle aimait. Il était là, tout contre elle. Et bientôt ils se marieraient. Les gens les plus remarquables de ce pays étaient devenus ses clients. Certains d'entre eux, de véritables amis. Mais surtout elle devait bien admettre, devant tant de demandes répetées, qu'elle pouvait exercer sur cette brillante assemblée, si elle le souhaitait, un véritable pouvoir.

Le Pouvoir.

Efficaces, silencieux, les valets débarrassèrent rapidement les tables et les disposèrent en demi-cercle face à l'estrade où se tenait l'orchestre. Une vaste piste de danse était ainsi aménagée.

A cette occasion, bon nombre d'invités changèrent de voisinage, selon les affinités ou le hasard. Tout le monde circulait. On se reconnaissait, se saluait, se congratulait, s'embrassait, se séparait.

L'orchestre à cordes fut chassé par un groupe de rock and roll, « Face B » (la facc du disque où il n'y a pas de tube). Les jeunes musiciens qui le composaient étaient les rejetons des familles patriciennes présentes à la fête, dix-huit ans et déjà décadents !

Sans aucune gêne, les invités sortaient leur petite boîte de bois ou de métal précieux, prisaient un peu de cocaïne et en offraient autour d'eux comme s'il se fut agi d'une simple cigarette.

Jonathan bavardait avec un des dirigeants de la Gulf & Western.

Marie-Hélène Custer se tenait face à l'océan, entourée de deux beaux jeunes gens qui la courtisaient. L'un d'eux s'était déguisé en Vulcain, fils de Jupiter, qui forgea la foudre. Son torse musclé était barbouillé de suie. Il portait une masse avec laquelle il décrivait des moulinets menaçants. L'autre jeune homme se présentait sous l'aspect d'un saumon. Il actionnait ses nageoires en sautillant autour de Marie-Hélène, ses deux jambes insérées dans un appendice caudal très réaliste.

Malgré ses prétendants, Marie-Hélène ne cessait de suivre Josepha des yeux.

Elle n'était pas la seule. La plupart des invités, chacun à sa manière, tentaient de rester dans son orbite, quêtant un regard, un sourire, un petit signe.

Un court instant, Josepha fut seule à sa table.

Humphrey Dowen s'approcha d'elle et mit un genou à terre :

— Mon nom est Flash Gordon. Donnez-moi une mission impossible et je l'accomplirai.

Josepha voulut relever son ancien patron lorsque la voix persifleuse de Jason Masters la fit sursauter :

— Prenez donc le pouvoir puisqu'on vous le demande à genoux.

A deux pas, près d'une richissime Bostonienne, John Meisner se demandait s'il n'allait pas craquer : sur le poignet de la main qui vérifiait sa virilité, un bracelet de diamants lui adressait des appels sans équivoque. La Bostonienne ne le quittait pas des yeux.

Elle poussa sur le minuscule levier du fermoir. Le bracelet s'ouvrit en deux, désormais simplement maintenu par la chaînette de sécurité. John fut déconcerté.

Cadeau ou incitation au délit ?

6

Samuel Meisner ferma les yeux. Sa djellaba voletait doucement autour de son corps sans consistance. Il s'était laissé flotter au gré des vents et se trouvait au plus profond d'une forêt équatoriale africaine.

Autour de lui, lui passant parfois à travers le corps, une douzaine de Pygmées chassaient l'antilope, armés d'arcs et de sagaies.

Au village, il avait entendu de remarquables prières en bantou, s'adressant à leur dieu unique, Khmvoum. Pour la première fois de sa vie, s'il pouvait dire,

Samuel était l'individu le plus grand à des kilomètres à la ronde, un Pygmée devenant un géant à partir d'un mètre cinquante.

Un arc fut bandé, une flèche siffla et s'enfonça dans le cœur d'une antilope. Samuel ne put même pas vérifier si les antilopes, comme lui, avaient une seconde chance. Il fut littéralement happé par un appel puissant : Josepha et John, conjointement, l'appelaient.

Mais il y avait autre chose. Quelque part en Amérique, entre ciel et terre, se préparait un événement extraordinaire. Samuel ignorait si cela était bon ou mauvais mais il avait la conviction que Josepha serait impliquée dans l'événement.

Adieu Pygmées.

Il devait être dans les 11 heures du soir à New York. Une étoile filante qui s'y rendait justement passait par là. Samuel se nicha paresseusement dans ses cheveux d'or et, les yeux grands ouverts, fit une petite sieste.

7

Toutes générations confondues, les invités de la fête du Surnaturel se contorsionnaient au rythme carré du rock and roll. Puis, à la demande des parents, le groupe enchaîna avec un tube des Platters, *Only you*.

Soudain l'orchestre s'arrêta.

Les lustres s'éteignirent. Le halo d'un projecteur se promena sur l'estrade et se posa sur un homme en chapeau haut de forme et en habit.

— Bonsoir, les magiciens ! dit-il en guise de

préambule. Je ne suis qu'un modeste illusionniste. Dirigez-vous du côté du terre-plein où se trouvent les traîneaux. Je vais compter jusqu'à dix et vous pourrez voir mon premier tour.

Les invités obéirent et se massèrent le long des portes-fenêtres. L'illusionniste commença à compter :

— Un... deux... trois...

Les valets ouvrirent largement les portes-fenêtres et un bruit de moteur se fit entendre, venant du ciel.

— ... quatre... cinq... six...

D'un petit avion sautèrent quatre hommes qui déployèrent une large banderole tandis que s'ouvrait leur parachute :

— ... sept... huit... neuf...

Les hommes approchaient rapidement, présentant aux invités la banderole bien déployée.

— ... dix !...

Synchrones, les parachutistes se posèrent et l'on put lire en lettres rouges :

Happy New Year
for Humphrey, Madona and Folks

Les applaudissements furent nourris. Même les plus blasés s'y joignirent. Les parachutistes se fondirent dans la nuit avec leur banderole.

On referma les portes-fenêtres et l'illusionniste reprit :

— Minuit approche. Il me faut un homme. Un volontaire pour déclencher une terrible machinerie. Attention, c'est dangereux ! J'ai besoin de quelqu'un qui n'ait peur de rien.

Un pinceau de lumière commença à chercher lentement, visage par visage, le compère qui serait assez audacieux pour monter sur l'estrade. Sous la lumière, chaque visage se fermait ou se détournait.

Puis le pinceau s'arrêta sur Jonathan Korn. Il sourit et prononça d'une voix forte :

— Je déclencherai la machine.

Il ajouta :

— Je meurs de peur, mais ma curiosité est bien plus forte.

Il monta sur l'estrade, encouragé par les invités. Le premier projecteur éclairait maintenant le visage de l'illusionniste et celui de Jonathan Korn. L'autre projecteur décrivit un rapide trait de lumière et se posa sur une boîte de métal noir surmontée d'une poignée de cuivre, représentation désuète d'un détonateur du début du siècle.

— Il faut appuyer sur la manette, expliqua l'illusionniste.

Dans un silence entrecoupé de petits rires nerveux, de petits cris, Jonathan s'approcha solennellement du mécanisme, prit la poignée dans ses mains et appuya.

Il y eut aussitôt une série d'explosions et les invités stupéfaits se précipitèrent vers les portes-fenêtres que les valets avaient ouvertes sans bruit. Tous coururent sur la plage où l'on avait installé des auvents et des sièges. Des centaines de brûlots dispensaient chaleur et lumière.

Le ciel s'embrasa. Un feu d'artifice digne du Grand Siècle découpait le ciel en volumes de feu élaborés comme une chorégraphie.

Les artificiers avaient disposé des échafaudages à perte de vue. La presqu'île entière semblait se consumer en un brasier rigoureux. Les valets aux yeux fluorescents circulaient en silence, proposant des cigarettes et des alcools.

Un grondement terrifiant parvint de l'océan.

Les murs de vagues s'écartèrent et, lentement, faisant trembler le sol à chaque pas, une créature gigantesque apparut.

Elle s'arrêta. Des vagues énormes se brisaient contre son torse colossal sans même la faire vaciller. Ses yeux rouge vif se fixèrent intensément sur l'assemblée et dévisagèrent férocement chacun des invités.

Les flèches de feu multicolores tournoyaient autour de sa face grossièrement sculptée.

Tout d'abord les invités crurent que la « chose » faisait partie de l'attraction. Ils interpellèrent la Créature, l'applaudirent. Quelques enfants se dirigèrent même vers l'océan, voulant s'approcher et même toucher cette remarquable machine.

Le feu d'artifice hoqueta puis cessa tout à fait.

Les invités virent alors distinctement une étoile de feu scintiller sur la poitrine de la Créature. Soudain, elle sembla avoir trouvé ce qu'elle cherchait. Elle reprit sa marche.

Une petite fille était entrée dans l'eau et en riant s'accrocha à l'une des énormes jambes. Elle criait :

— Comment t'appelles-tu ? Moi, c'est Leslie.

La Créature s'arrêta, considéra la petite fille, entrouvrit sa bouche sans lèvres et émit un formidable grondement. Effrayée, la fillette lâcha la jambe et courut vers ses parents.

Humphrey Dowen n'avait pas perdu de temps. Il avait téléphoné à la police et armé quelques amis de fusils de fort calibre. Il s'était muni également de grenades de forte puissance.

Josepha, suivie de son frère, s'était mise à la recherche de Jonathan. Pâle, tendu, celui-ci se dirigeait vers la plage, armé d'un fusil de chasse, la taille ceinte d'une cartouchière.

Josepha se jeta à son cou :

— C'est le Golem, n'est-ce pas ? N'y va pas. Il est venu pour toi.

Humphrey Dowen prit un mégaphone et intima aux invités l'ordre de rentrer dans leur chambre et de se barricader.

— Que tout le monde se rassure !

Douze hommes du Service de Sécurité d'ITT veillaient sur eux, aidés par une impressionnante puissance de feu.

Marie-Hélène Custer, d'une voix autoritaire, demanda aux femmes et aux enfants de la suivre.

La Créature avançait, détruisait les auvents, écrasait les chaises. Elle n'était plus qu'à quelques mètres de la maison.

Dès qu'elle vit Jonathan Korn, elle s'immobilisa, tendit les bras vers lui et poussa un cri strident qui se terminait dans l'aigu et brisa toutes les vitres.

Avec sang-froid, les hommes du Service de Sécurité l'avaient mise en joue. Humphrey Dowen, calmement, donna l'ordre de tirer. De dix fusils partit un feu nourri dont chaque balle touchait la cible. Le monstre sembla ricaner et avança de quelques pas sous la pluie de balles.

Jonathan se retourna vers Humphrey Dowen et les tireurs :

— Cessez le feu ! Rien ne peut le détruire car il est une IDÉE. C'est moi qu'il vient chercher. Laissez-moi aller seul au-devant lui. Il pulvérisera tout ce qui l'empêchera de m'atteindre. Tous les invités sont en danger de mort et votre maison peut être détruite.

John Meisner s'était également muni d'un fusil. Lui aussi avait tiré sur la Créature.

Il fut étonné de ressentir du remords. Il était tout de même en partie responsable de ce qui arrivait.

Déjà Jonathan se dirigeait vers le monstre d'une

démarche tranquille. Josepha s'élança à sa poursuite, le rejoignit et l'étreignit :

— Je t'en supplie, n'y va pas. Il doit y avoir un autre moyen.

Le Golem fit alors un pas ultime qui l'amena près de Jonathan. D'une main, il l'arracha des bras de Josepha. Il le souleva comme une plume, se retourna et se dirigea vers l'océan.

Trois voitures de police étaient arrivées. Une dizaine de policiers vinrent rejoindre les hommes du Service de Sécurité. Ils s'élancèrent à la poursuite du Golem. Mais le monstre, peu à peu, s'enfonçait dans les abîmes en emportant Jonathan Korn.

Josepha s'était mise à nager vers le large, là où le monstre avait disparu. John se lança à sa poursuite, la rattrapa et dut l'assommer pour la sauver d'une mort certaine.

Tandis qu'il revenait avec sa sœur dans les bras, il se surprit à scruter avec tendresse le visage inanimé.

Sous l'intensité du regard de John, Josepha reprit conscience. Ses yeux se fixèrent sur lui. Instantanément, elle comprit ce qui venait d'arriver et dans le même temps sa « vision », jusqu'alors occultée, se déploya. Toutes les mauvaises pensées, les mauvaises actions de John se déroulaient à une vitesse folle, précises comme des procès-verbaux.

Elle appuya ses mains contre sa bouche pour ne pas crier pendant qu'inexorablement le film se déroulait.

John, chancelant, l'étendit sur un divan. Il comprimait les battements de son cœur. Il se jeta à ses pieds et l'étreignit, les larmes aux yeux.

Josepha sanglotait. John tenta de la calmer.

— Pardon, Josepha. Pardon ! Je t'aime. Je vais tout arranger.

Josepha plongea avidement dans l'âme de John et vit qu'il disait vrai.

C'était un véritable exode. Les invités se battaient pour monter dans les traîneaux et quitter la maison. Des avions et des hélicoptères atterrissaient et décollaient sans cesse.

La Brigade fluviale avait dépêché trois vedettes et les pêcheurs de Montauk avaient mis à la mer plus de trente embarcations afin de se joindre aux recherches. Un gros hélicoptère de la police survolait l'océan, son puissant projecteur fouillant les eaux sombres.

Le grand salon était maintenant désert à l'exception de quelques policiers, d'Humphrey, de Madona Dowen et de John Meisner qui faisaient cercle autour de Josepha. Affaiblie, d'une pâleur mortelle, elle avait fermé les yeux et semblait poursuivre en silence quelque vision.

Puis, d'un bond, elle se leva et cria :

— Enfin, Papi, tu es venu !

Le petit groupe tourna la tête dans la direction où Josepha avait parlé et ne vit que les lustres monumentaux éclairant la salle de bal absolument déserte.

Pourtant Samuel était bien là.

— Papi, aide-moi. Le Golem a enlevé Jonathan. Toi seul peux m'aider.

Sans aucune pudeur, Samuel se gratta les testicules à travers sa djellaba et répondit, un peu embarrassé :

— Je vais essayer. J'espère que je me souviendrai de la formule d'exorcisme.

John interrogea Josepha du regard.

— C'est Samuel, notre père ! Moi seule peux le voir.

Et s'adressant au reste de l'assemblée :

— Je vous expliquerai plus tard.

— Répète après moi, dit Samuel dont le visage avait pris l'expression d'un masque de tragédie.

Il commença à se balancer d'avant en arrière et articula en araméen des mots qui devaient être terrifiants.

A chaque mot que Josepha répétait à voix haute, sans le comprendre, Samuel semblait recevoir un coup. On arrivait bientôt au point culminant du danger. Samuel allait s'adresser directement au Seigneur et l'adjurer de détruire la Créature diabolique.

Il s'agenouilla, leva la tête, fixa un point précis et prononça les paroles terribles, ainsi que le nom sacré du Seigneur.

A peine Josepha avait-elle répété les derniers mots que Samuel sembla s'effacer purement et simplement. Il réussit à lui dire dans un pauvre sourire :

— J'ai outrepassé mes droits. C'est idiot, j'aimais bien me balader sur cette planète. Désormais Il va me mettre dans un coin pour l'éternité.

Puis il disparut totalement.

8

Dans son misérable réduit, Ezechiel le Maudit fumait cigarette sur cigarette.

Comment avait-il pu penser contrôler le Golem ?

Maintenant il était seul et pour toujours. Les rats

avaient déserté la décharge publique. Aucun de ses chats n'était revenu. Personne ne s'aventurait plus jusqu'à son cul-de-sac.

Il était sur le point d'allumer une nouvelle cigarette lorsqu'une douleur fulgurante lui traversa la poitrine. Il essaya à nouveau mais ses mains tremblaient et la flamme ne put se rapprocher du cylindre blanc. Il s'assit dans son fauteuil à bascule, étonné de la soudaineté de cette attaque, lorsqu'une douleur intolérable investit chacun de ses yeux, le rendant à moitié aveugle.

Son cœur se mit à battre, à galoper même. Il comprit alors qu'il luttait contre les Forces Divines et qu'il était arrivé au bout de son chemin.

Un mauvais rictus déforma sa bouche. Il put articuler :

« J'ai vécu un grand moment. J'ai sculpté et animé le Golem, comme le plus savant des rabbi. »

Il pouvait à peine marcher tant la douleur devenait grande dans sa tête et dans sa poitrine.

Il réussit toutefois à se vêtir du costume rituel de l'Autre Vie et, vêtu de blanc, sans plus lutter désormais, il s'allongea sur son grabat et attendit.

Il croyait être le seul à connaître le secret du contre-envoûtement araméen, et pourtant, ô prodige, en ce moment même, loin, très loin, un autre être prononçait ces paroles sacrées. Cela ne pouvait être un vivant. Encore un mystère qu'il ne pourrait jamais élucider.

Il rejoignit par la pensée celui qui luttait contre lui et se surprit à répéter chacun des mots de la prière.

Quand arriva le moment de prononcer le nom sacré du Seigneur, il se répandit sur la tête un peu de terre d'Israël et ferma les yeux, n'osant pas de sa bouche commettre ce dernier sacrilège.

Le nom fut prononcé par « l'autre ».

Une chaleur accablante régnait dans la pièce.

Ezechiel ne fut pas étonné de voir un cercle de flammes s'élever autour de lui, qui bientôt le consumeraient. Avant de sombrer, il eut une dernière pensée :

« Décidément, Seigneur, tu es sans surprise. »

9

Madona Dowen, tremblante, avait pris les mains de Josepha et lui demanda :

— Mais avec qui parliez-vous ?

Josepha n'eut pas le temps de répondre. Dans un bruit d'explosion, une onde de chaleur s'engouffra par les portes-fenêtres largement ouvertes, dont la plupart des vitres étaient brisées. Un vent violent la portait, tourbillonnant, amenant avec lui des nuages de sable, de varech et de coquillages. Une nouvelle série d'explosions ébranla les murs.

Dans l'immense salle de bal, la chaleur était devenue intolérable. John, Josepha, Madona et Humphrey décidèrent de se tenir la main.

Le chef du Service de Sécurité leur suggéra de se réfugier sur la plage car la maison pourrait s'écrouler. Ils revêtirent des cirés pour se protéger de la tempête et, littéralement amarrés les uns aux autres, ils se dirigèrent vers l'océan.

Des tornades de sable mouillé les enveloppèrent. Les explosions se succédaient, de plus en plus fortes.

Puis il y eut une déflagration dont le souffle les précipita à terre.

Alors s'éleva au loin, sortant de la mer en furie, une gigantesque silhouette de feu en laquelle ils reconnurent le Golem, démesurément grossi. Le ciel s'embrasa, devint un gigantesque incendie qui occupa l'horizon entier, semblant puiser son énergie dans l'océan. Puis il n'y eut plus qu'une boule de feu qui, lentement, se résorba et disparut.

La pleine lune éclaira à nouveau l'océan déchaîné.

Sur la crête d'une très haute vague Josepha crut voir un corps. La vague s'abaissa, s'avança, vint mourir sur la plage, déposer aux pieds de Josepha le corps de Jonathan.

Il était vivant.

On le coucha dans la chambre de Josepha. Bientôt il reprit ses esprits. Il articula faiblement :

— Que s'est-il passé ? Je ne me souviens de rien.

Madona et Josepha, se coupant la parole, riant et pleurant à la fois, tentèrent de lui relater fidèlement les événements incroyables dont elles avaient été les témoins.

Jonathan se dressa sur son séant et se mit à rire.

— Quel culot, il se moque de moi ! s'écria Madona.

— Parfaitement ! Et il y a de quoi...

En effet, à travers le ciré ouvert, maculé de boue et d'algues, la robe princière de Madona était devenue un véritable torchon. Ses bas étaient lacérés. Son make-up s'était enrichi de grains de sable, de parcelles de coquillages qui, mêlés aux coulées noires de son eye-liner, lui composaient un masque de Pierrot.

Jonathan reprit son sérieux. Il essaya de descendre du lit mais y retomba, totalement épuisé.

Humphrey Dowen frappa à la porte et entra, suivi de John. Son état d'excitation frisait l'hystérie.

— John m'a tout raconté. Pardonnons-lui, puisqu'il est prêt à nous aider. Je l'envoie en avion militaire à Los Angeles rejoindre Maurice Faynbaum.

Puis il téléphona, à Washington, à l'Attorney General. Au nom de leur vieille amitié et de la puissance d'ITT, il lui demanda d'établir à l'encontre d'Ange Damon un mandat de perquisition et un mandat d'amener puis de les faire porter par motard jusqu'à l'avion militaire qui embarquerait son mandataire.

Qu'il vienne dîner à la maison. Il lui expliquerait pourquoi il ne fallait pas prévenir le juge et le D.A. de Los Angeles qui pouvaient être impliqués dans l'affaire et peut-être même, sans le savoir, complices de criminels. Quand tout serait fini, il préviendrait le State Attorney General pour ménager sa susceptibilité.

10

— Je le savais depuis le début ! s'exclama Maurice Faynbaum rageusement.

— Tu veux que je m'excuse à nouveau ?

— Écrase ! Tu me donnes envie de gerber !

Au volant de la Turbo, Garrick O'Hara jetait de rapides coups d'œil sur le visage de John Meisner. Il faudrait qu'il retourne au cours de psycho-physionomie : ce type-là ne pouvait pas être une ordure.

Les trois hommes s'arrêtèrent devant la double porte de la forteresse d'Ange Damon. Garrick porta la main à sa poitrine. Les mandats de perquisition et d'amener s'y trouvaient bien.

Six voitures de police et une ambulance les suivaient et prirent place autour de la maison. Dans une demi-heure un hélicoptère de la police atterrirait dans la propriété et, sans danger, on pourrait arrêter les trois hommes.

Maurice se retourna vers John :

— Tu es armé ?

— Non.

— Alors prends ça.

Il lui tendit un colt à canon court et des munitions. John, d'un geste expert, en vérifia le mécanisme et glissa l'arme dans sa ceinture.

Garrick sonna, montrant son visage à la caméra.

— Police ! Ouvrez ! Nous avons un mandat de perquisition.

La double porte pivota sur ses gonds et la Turbo s'engagea dans l'allée goudronnée.

Dès que la demeure fut en vue, John ouvrit la portière arrière et se laissa tomber en roulé-boulé, puis il se dissimula dans les buissons. Il avait établi le plan précis des lieux pour les deux policiers.

Ange Damon reçut les deux flics sur le perron. A ses côtés se tenaient les jumeaux. Tous trois, en smoking, tenaient à la main une coupe de champagne. Sous le regard insolent et ironique des jumeaux, Garrick sentit bouillir son sang irlandais mais Maurice n'eut même pas à le calmer. Se souvenant de la raclée éclair dont les avaient gratifiés les jumeaux, les deux hommes méfiants se tenaient sur leurs gardes, prêts à dégainer à tout instant.

Ange Damon s'adressa à Faynbaum :

— Le flic de New York prendra bien une coupe de « Dom Pérignon » 1973 ?

Et il versa deux coupes qu'il tendit aux policiers.

— Trinquons à la nouvelle année, proposa alors Ange.

Les flics ressentirent la présence magnétique d'Ange

Damon. Sa « dangerosité », comme on dit dans les manuels de police. Son élégant costume de soirée n'y changeait rien.

— Vous avez enfin obtenu ce fameux mandat ! Vous êtes rudement forts.

— Vous voulez le voir ? demanda Garrick.

— Ça n'est pas la peine. Je vous crois. Qu'attendez-vous de moi ?

Ce fut Garrick O'Hara qui répondit, établissant ainsi qu'il était en charge de l'enquête :

— Nous voudrions visiter la maison. Ensuite nous vous poserons quelques questions.

Ange Damon leur décocha un sourire étincelant :

— Mais je suis à votre disposition.

Il fallut bien un quart d'heure aux policiers, escortés de leurs hôtes, pour inspecter de fond en comble les chambres, les caves, les greniers, le club-house de la piscine, les jardins, les potagers et les serres de fleurs exotiques.

Quand ils revinrent devant la maison, Garrick demanda à en faire le tour extérieur en longeant les murs d'enceinte.

Les cinq hommes s'y rendirent et arrivèrent bientôt à l'étroite porte de chêne bardée de fer. Garrick s'arrêta et demanda à Ange :

— Où cela mène-t-il ?

— Je vais vous montrer.

Il ouvrit la porte sans la refermer et s'engagea jusqu'à la seconde porte qu'il ouvrit également.

Maurice s'effaça pour laisser passer les jumeaux. Il entra ainsi le dernier dans cette immense salle que John avait décrite comme lieu de torture, et peut-être de détention.

Un énorme Doberman était assoupi sur la moquette lie-de-vin. Il se réveilla et alla lécher la main d'Ange Damon. Son œil unique fixa les deux policiers d'un air menaçant et il gronda. D'un claquement de langue le Magicien le fit taire. Puis avec un geste large, théâtral, il déclara aux policiers :

— C'est notre salle d'entraînement. Vous pouvez fouiller partout.

« Quel enfoiré, pensa Faynbaum, il a tout nettoyé. »

En effet, contrairement au récit de John, il n'y avait ni table de torture, ni bloc opératoire, ni autoclave, ni bassin contenant de l'acide.

Six puissants projecteurs reconstituaient la lumière du jour. Il y avait effectivement un bassin, mais rempli d'eau chaude et transparente qui reflétait, en le déformant, le carrelage turquoise. Un jakusy. Banal à Hollywood.

Puis, sur une estrade, il y avait un ring. Plus loin, un tatami et des barres fixes, des anneaux, des agrès. Aux murs étaient accrochés tous les haltères possibles. On avait installé d'autres appareillages assez compliqués pour travailler le torse, les biceps ou les jambes, au choix. Bref, une grande salle de culture physique, richement équipée, à laquelle on pouvait faire un seul reproche : elle était vraiment trop neuve.

Devant la mine déconfite des deux policiers, Ange Damon ne put s'empêcher de dire :

— Mais que pensiez-vous trouver ?

Un hurlement de douleur leur parvint.

Le Doberman se précipita vers la porte suivi des jumeaux. Les policiers hésitèrent un instant et s'élancèrent à leur poursuite.

John souffrait terriblement. Son colt à la main, il avait rampé, couvert par la végétation, bien décidé à se montrer au dernier moment pour faire jouer l'effet de surprise.

Alors qu'il allait courir vers la maison, un piège

à loup s'était déclenché et les terribles mâchoires lui avaient brisé la jambe gauche. Il n'avait pu s'empêcher de hurler.

Il vit arriver sur lui, missile borgne, le Doberman dont il connaissait la cruauté, suivi des jumeaux.

Il visa soigneusement le chien. Celui-ci bondit et la balle lui fracassa la patte arrière droite. Il retomba en aboyant furieusement et continua d'avancer. Mais déjà les jumeaux couraient vers lui. Il entendit le déclic de deux crans d'arrêt.

Calmement, il visa Vlad et lui tira une balle en plein front, puis Nicolas, qu'il atteignit à la poitrine.

Azraël lui sauta alors à la gorge et il perdit connaissance.

L'hélicoptère de la police se posa près de la piscine et une douzaine de tireurs d'élite, armés et casqués, descendirent, bientôt suivis de leur capitaine.

Maurice trébucha sur le cadavre de Nicolas. Son magnum aboya trois fois en tir instinctif. Sous l'impact des balles, Azraël fut littéralement coupé en deux.

En deux pas Maurice, suivi de Garrick, fut près de John.

Même dans la mort, les crocs du Doberman étaient restés plantés dans la gorge de John Meisner.

Garrick courut actionner le mécanisme de la porte d'entrée, permettant ainsi à l'ambulance de prendre en charge les blessés.

Maurice se précipita comme un fou furieux dans la salle de culture physique : le métal des haltères luisait à la lumière électrique. Le jakusy bouillonnait paisiblement.

Ange Damon s'était purement et simplement volatilisé.

Quarante policiers et six chiens fouillèrent le

moindre centimètre carré de la demeure, sans trouver trace du Magicien.

Dès que le Doberman, les jumeaux et les policiers l'eurent quitté, Ange Damon avait fait jouer le mécanisme invisible à l'œil. Un lourd dispositif de métal comportant les barres fixes et les agrès avait pivoté sans bruit. Ange s'était glissé dans l'ouverture ainsi aménagée. Le lourd dispositif, parfaitement indécelable, s'était remis en place.

Sans se presser, Ange avait descendu une volée de marches qui le menèrent à un souterrain étayé de fortes poutres de bois. L'obscurité était totale. A l'aide d'une mini-lampe de poche qu'il allumait de temps en temps, Ange, en chantonnant, allait son chemin.

Il avait marché ainsi pendant deux kilomètres.

Il arriva à un cul-de-sac. D'une pression du doigt, il fit basculer le mur de pierre qui terminait ce couloir et se retrouva dans une modeste cabane, entourée d'un jardin en friche.

A moitié recouverte par une bâche se profilait la silhouette aiguë d'une Maserati noire.

Ange flatta le capot du monstre, s'assit sur une chaise face à un petit bonheur-du-jour qui comportait un miroir. D'un tiroir, il sortit une trousse à maquillage.

En souriant, il commença à enduire de fond de teint ce visage qui allait peu à peu se transformer jusqu'à disparaître.

11

Les forces du Vénéré, devenu totalement aveugle, déclinaient.

Au chevet de son père, Jean-Baptiste essayait d'avoir un entretien cohérent afin de démêler l'écheveau de leurs entreprises criminelles.

« Mon Dieu, comment arrêter tout cela ? » pensa-t-il.

— Père Vénéré, pourquoi les sectes, pourquoi les envoûtements ?

Le vieil empereur du crime trouva la force de se mettre sur son séant. Il tourna son visage occulté par les lunettes noires vers son fils et parla d'une voix rocailleuse.

— Nous avons donné aux gens ce dont ils avaient besoin : l'alcool, le jeu, la prostitution. Puis la vie quotidienne devenant intolérable, nous leur avons permis de rêver avec la drogue. Après, s'est produite l'érosion des valeurs fondamentales : familiales, religieuses, philosophiques, politiques. Plus de bergers, plus de guides. Alors, à travers les sectes, les gourous, les sorciers, nous avons pris sur leurs destinées un pouvoir dont ils ne voulaient à aucun prix. Ils nous ont demandé de les investir. Nous avons toujours fourni du rêve. Il a changé de forme, c'est tout.

— Et pourquoi les actions contre Korn et Dowen ?

— L'étape suivante était la possession des médias : chaînes de radio et de télévision, satellites, presse écrite. Là, la planète entière eût été entre nos mains.

— Et Ange ?

Le visage de Vittorio se contracta de colère. Il reprit son souffle et répondit :

— Il ne peut rien contre nous. S'il bougeait, où

qu'il se trouve dans le monde, nous le localiserions et l'abattrions.

Sa voix se brisa :

— D'un seul coup, à travers Césarino, je paie pour toutes mes fautes. Arrête tout, mon fils ! Les Simbalini vont devenir des bourgeois, protégés par les institutions. Va chercher Césarino, je veux le voir... Si je puis dire...

12

De la fenêtre de sa chambre, César Simbalini, douze ans et petit-fils du Vénéré, pouvait reconstituer le lacis compliqué des chemins privés de Bel Air, le quartier le plus élégant de Los Angeles. A sa droite, derrière une rangée de cèdres tirée au cordeau, s'épanouissait l'architecture mussolinienne de la maison construite pour Zaza Gabor et habitée par un célèbre imprésario.

Ses paupières commencèrent à se fermer.

Deux détectives de la Bel Air Patrol s'amusaient à se poursuivre sur les chemins sinueux. César sourit faiblement. Deux Dinky toys. Son regard fit alors l'inventaire de sa chambre.

En quoi différait-elle de celle de milliers de garçons de son âge ? D'abord, elle était immense.

Une vaste bibliothèque s'étalait sur deux murs, bourrée de romans policiers et de science-fiction. D'un doigt, il pouvait faire descendre du plafond un écran géant. Un abonnement spécial avec les grands studios lui permettait de voir tous les films d'Hollywood avant leur sortie.

Du Japon, on avait fait venir pour lui un prototype

de téléviseur ultra-plat. Des cristaux liquides remplaçaient le tube cathodique.

Ses douze raquettes de tennis « Davis », en bois tourné à la main, dormaient dans leur étui comme de braves petits soldats.

Près de son lit un robot grandeur nature pouvait servir du lait, de la limonade, du Coca ou du Seven Up.

César sentit ses entrailles se nouer. Normal. Le poison, maintenant, devait circuler dans tout son corps, causant des lésions irréversibles. Son regard restait fixé sur la fenêtre, essayant de récupérer les deux voitures de police dans son champ de vision qui s'obscurcissait.

« Que suis-je, sinon un enfant riche qui n'a pas besoin de gardes du corps ? Qui aurait le courage de me kidnapper ? »

Il porta la main à son ventre et faillit tomber de sa chaise tant la douleur était devenue grande. Il garda les yeux fermés.

« Ai-je été invité une seule fois par un ami ? Un seul garçon de mon âge est-il venu partager ce luxe indécent ? En dehors de la maison, je suis traité comme un pestiféré. N'importe quel fils d'ouvrier est plus heureux que moi. Je les hais. Je hais la vie qu'ils m'ont préparée. »

Un spasme violent le convulsa et le fit tomber de sa chaise. Le livre qu'il tenait s'échappa de ses mains, un bel exemplaire relié des *Aventures de Mickey*.

A l'intérieur avait été aménagée une cavité où se trouvaient une seringue et un bout de coton taché de sang.

César Simbalini avait cessé de vivre.

13

Jonathan Korn avait choisi le luxuriant jardin d'une auberge près de New York pour le déjeuner qui suivait son mariage avec Josepha et celui d'Alexandre avec Margot.

Maurice Faynbaum les y rejoignit accompagné de Virginia. Avant même de saluer les deux couples de mariés, Maurice avait attrapé Jonathan par les revers et lui disait d'une voix bourrue :

— O.K., c'est vous que Josepha a choisi, mais tâchez de filer doux ! Touchez un seul de ses cheveux et votre visage ressemblera au Vietnam.

Jonathan se dégagea en souriant :

— Arrêtez de vous vanter, Maurice. Vous avez vu ce que j'ai fait au Golem !

Les deux hommes éclatèrent de rire.

Virginia, ravissante dans sa robe de coton vert largement décolletée, ne quittait pas Maurice des yeux. Dans moins d'un an, il serait lieutenant, mais même éboueur elle aurait été son esclave.

Josepha et Margot, vêtues de blanc, papotaient un peu à l'écart et comparaient le métal de leur alliance. Alexandre s'approcha d'elles. Les yeux brillants, le rouge aux joues, elles se turent.

— Je préfère ne pas savoir ce que vous vous racontiez. C'était sûrement interdit aux moins de dix-huit ans.

Virginia prit Maurice par la taille, lui mordilla le lobe de l'oreille, lui murmura :

— J'ai envie.

— Pas avant le mariage, lui répondit Maurice hypocritement, sûr de craquer dans l'heure.

Un claquement de porte de voiture.

— C'est John ! Il arrive en retard depuis qu'il est

honnête, dit tendrement Josepha en allant à sa rencontre.

Un vent léger faisait frissonner les cannisses de la tonnelle sous laquelle sept couverts avaient été disposés. Les cuillères et les fourchettes étaient frappées de trois initiales : J.J.K., Jonathan-Josepha-Korn.

Josepha prit son frère par le bras. Il se dégagea, claudiquant encore un peu.

Après la fusillade de Carolyn Way, on lui avait coupé la jambe. Sur son cou s'inscrivaient pour toujours les cicatrices laissées par les dents d'Azraël. Il s'était habitué à sa prothèse et voulait montrer à ses amis qu'il n'avait plus besoin d'aide pour marcher.

Les oiseaux ne se dégonflaient pas, ils sifflaient comme des fous.

A l'intérieur de l'auberge, une main hésitante posa le diamant sur le disque en le rayant quelque peu.

Embrasse-moi, Josepha. Embrasse-moi
Tu vois bien que j'ai l'béguin pour toi
A quoi bon faire tant de manières
Un bon mouvement, laisse-toi faire.

C'était la voix de Jonathan, ne chantant pas très juste, mais en mesure.

Tous étaient assis.

On trinquait.

Jonathan se leva et, tandis que l'on entendait le second couplet, il le mima en play-back.

Si tu ne voulais pas m'embrasser
Il ne fallait pas tant m'aguicher

Embrasse-moi, Josepha
Car je souffre et je n'en peux plus.

Les serveurs amenaient de savoureux plateaux de fruits de mer, rehaussés d'épices aux couleurs vives.

John regarda d'un air mélancolique Jonathan et Josepha, puis Alexandre et Margot qui mangeaient et buvaient sans se quitter des yeux. Virginia essayait d'entraîner Maurice dans un buisson, mais il se défendait avec la pudeur d'une rosière. Soudain il saisit la main de John et s'écria :

— Rends ça immédiatement !

John le regarda de ses grands beaux yeux verts.

— Je t'ai vu ! Rends ça tout de suite.

Tous avaient maintenant les yeux tournés vers lui.

D'une cache aménagée dans sa jambe artificielle, il sortit avec précaution une petite cuillère à café en argent frappée des initiales J.J.K.

Étonné, il regarda successivement Josepha, Jonathan, Alexandre, Margot et Virginia, comme pour les prendre à témoins de ce prodige.

Puis, enfin, il s'adressa à Maurice :

— Je n'y suis pour rien, je te le jure ! C'est sûrement un envoûtement.

Affectueux remerciements à Sabine Cassel

Table

Première voyance 7

Premiers crimes 51

Premiers envoûtements........................ 119

Le bal des sorciers 161

Magie noire et rose........................ 263

Composition réalisée par C.M.L., Montrouge

IMPRIMÉ EN FRANCE PAR BRODARD ET TAUPIN
Usine de La Flèche (Sarthe).
LIBRAIRIE GÉNÉRALE FRANÇAISE - 6, rue Pierre-Sarrazin - 75006 Paris.

ISBN : 2 - 253 - 05576 - X 30/7565/2